大鱼

有爱的青春陪伴者

枝春在野
何知河——著
江苏凤凰文艺出版社
JIANGSU PHOENIX LITERATURE AND ART PUBLISHING

图书在版编目（CIP）数据

枝春在野 / 何知河著. -- 南京 : 江苏凤凰文艺出版社, 2024.4
ISBN 978-7-5594-8511-3

Ⅰ. ①枝… Ⅱ. ①何… Ⅲ. ①长篇小说－中国－当代 Ⅳ. ①I247.5

中国国家版本馆CIP数据核字(2024)第053324号

枝春在野

何知河 著

责任编辑	王昕宁
特约编辑	周丽萍
出版发行	江苏凤凰文艺出版社
	南京市中央路165号，邮编：210009
网　　址	http://www.jswenyi.com
印　　刷	长沙鸿发印务实业有限公司
开　　本	880mm×1230mm 1/32
印　　张	9.5
字　　数	321千字
版　　次	2024年4月第1版
印　　次	2024年4月第1次印刷
书　　号	ISBN 978-7-5594-8511-3
定　　价	42.80元

目录

第一章 · 新同学 /001

第二章 · 多指教 /015

第三章 · 逍遥游 /027

第四章 · 家长会 /040

第五章 · 蜂蜜水 /053

第六章 · 心跳声 /066

第七章 · 检讨书 /079

第八章 · 运动会 /089

第九章 · 800 米 /103

第十章 · 医务室 /117

第十一章 · 换座位 /134

第十二章 · 音乐厅 /145

目录

第十三章 · 背《离骚》/159

第十四章 · 车厘子 /173

第十五章 · 篮球赛 /189

第十六章 · 没出息 /205

第十七章 · 许个愿 /226

第十八章 · 春日里 /237

番外一 · 约会吗 /257

番外二 · 夹娃娃 /268

番外三 · 第三次 /274

番外四 · 她的神明 /281

新番外 · 如果，如果 /289

后记 · 正遇春光 /295

第一章 新同学

淞城到底是小地方，在外地高中忙着补课的时候，作为本市唯一的一所重点高中，淞城一中正同这座蜷缩在南方的小城一起在冬日里舒展着懒腰，遵照教育局的指示按时放起了寒假，一天都没拖延。

上学的时日实在太久，学生们巴不得放假，一刻也不愿多留。

此刻，高二（5）班的教室空空荡荡，连个人影都瞧不着。

这也太积极了。

班主任老余叹着气经过，准备回办公室时眼风一扫，忽然在走廊尽头瞧见了一个熟悉的身影。

少女脊背挺直，像春日里冒出来的新芽，身上无端地透出种韧劲来。她皮肤很白，明明是站在靠墙的阴影处，却跟会发光似的，能在第一眼就叫人挪不开视线。

“枝春，你过来下。”老余握着保温杯，操着大嗓门朝人喊道。

林枝春摘下戴着的白色耳机，茫然地偏过头去。待看到是自己的班主任，她才赶忙收了正在做的英语听力，快步走了过去：“余老师，您找我有事？”

“也没什么大事。”老余倚着栏杆，和蔼地笑道，“这不是碰巧看到你了，怎么还不回家？最近和你母亲有联系过吗？”

他颇不自在地咳了一声，毕竟这涉及学生的家事。

林枝春慢慢“嗯”了声：“她给我打过电话。”

老余叹了口气：“光她给你打可不行，你也得给她打几个才是，这做母亲的哪有不惦念自己孩子的呢？”

在他的印象中，林枝春一直乖巧听话，成绩优秀，一看就是不用让父母操心的那类好学生。

若不是昨天她母亲的电话都打到他这里来了，老余还真不知道，她们母女已经有小半年没见过面了。

林枝春点头，再次“嗯”了声。

除了在他说“没有母亲不惦念自己的孩子”时，她很轻很轻地扯了下嘴角，态度好得压根儿叫人挑不出毛病来。

“来，就拿我手机给你母亲回个电话。”

到底是当过多年班主任的人，老余不吃这一套，径直从自己兜里掏出手机递了过去。

“余老师……”

林枝春面色犹豫，最后却还是在老余不依不饶的目光里妥协下来，手指僵硬地接过手机。

她无奈地按下母亲苏明惠的电话号码，拨了过去。

电话很快被接通，女人带笑的声音响起：“余老师啊，您好。”

“妈，是我。”林枝春神情平淡，语调也没什么起伏。

那头的苏女士似乎很快就反应过来当下是个什么状况了，笑音不改地跟她寒暄，问她最近天冷有没有多加衣、学习压力大不大、期末考试发挥得怎么样……

十成十的寒暄语气，倒不像母女了。

林枝春挑着问题回答，模样依旧乖乖巧巧。

直到苏女士说出最后一句：“今天学校不是放假吗，你晚上应该有空，那就来找妈妈吃个饭吧？”

说是问，却又带着不容人拒绝的意味。

林枝春半晌没说话，却在这短暂的沉默间对上老余带着疑虑的目光，她倏地合上眼，然后不冷不热地回了苏女士一个“好”字。

毕竟，谁能拒绝一个惦念着自己孩子的母亲？

等林枝春慢腾腾收拾完书包走出教室门时，偌大的校园早已空了，冬日的冷风像是一只裹着厚重寒意的大手，直往人身上抓去，躲不开也避不得。

好冷。

她缩了缩脖子，半截脸埋进砖红色的围巾里，但小巧直挺的鼻尖仍然露在外边，只是原本瓷白的颜色这会儿因着寒冷染上了些薄红。

她轻轻地叹了口气。

这种天气自然是待在暖气充足的室内舒服。

可一想到即将去往的地方是母亲和另一个素不相识的男人重新组建的家庭时，林枝春的脚步就不由自主地慢了下来，甚至带了几分她自己都没察觉到的沉重。

要不，先找个地方歇会儿？等吃晚饭的时候再直接过去？

这个念头一冒出，就一发不可收拾，她只觉得自己浑身上下每一个细胞都在叫嚣着“不想去”，至少不想那么早过去。

偶尔却又坚决的任性让林枝春径直走向旁边新开的奶茶店，她买了杯热奶茶，然后在商场门口拣了条干净长凳坐了下来，大张旗鼓的架势像是要一坐坐到天黑。

头脑逐渐放空，林枝春直直看向前边，用最直白的视线描摹这座她出生的小城。

可冬日的街道其实没什么好看的，步履匆匆的行人，稀疏零落的树木，一眼望去，满是孤寂。

“啪嗒！”

直到耳边传来些许不寻常的声响，林枝春闻声偏头，在稍远处的左侧瞧见一只滚落在地的奶猫，而奶猫的旁边站着位一头黄毛的社会青年。

她皱了皱眉，觉出些不对劲来，往前走了几步。

“喵——喵喵——”那边猫猫的叫声又低又小。

可那些能在人心底最柔软处挠起涟漪的声音，却也能让心怀不轨之人生出破坏欲来。

黄毛青年弯腰捡起毫无抵抗之力的小猫，大手随意地揉了揉它的头，然后不过片刻，就像是好玩似的，一根一根地松开自己的手指。

在林枝春尚未来得及作出反应的时间里，“咕咚”一声，猫从半人高的空中滚落在地。

“喵——”

叫声更微弱了，伴着几分凄厉，奶猫似是难受地在地上滚了几圈。

见此情景，黄毛青年“哈哈”笑出声来，脚上纯白的球鞋往前走了几步，堪堪落在小猫的身体处：“再叫一声我听听。”语气张狂又嚣张，“怎么不叫了，不会是死了吧，没劲。”

黄毛青年看垃圾般瞥了眼地上的猫，发出声不屑的嗤笑，看样子似乎想直接一脚踩上去。

那是活生生的猫，还很小。

林枝春清楚自己绝对不是黄毛青年的对手，可也做不到无动于衷。

她低头拾起花坛里碗口粗的树杈，壮着胆往前走了几步。

但出乎意料的是，在林枝春抬头的那一刻，黄毛青年的身体突然踉跄得往旁边退了好几步。她定睛看过去，才发现他原先那双一尘不染的白球鞋上顷刻间多出个脏印子。

视线上移，她蓦然瞧见刮着冷风的购物广场上，多了个单手抄兜的少年，个子高高瘦瘦，光看背影，就不大好惹的样子。

刚刚好像就是他绊了下黄毛青年。

“还不走？”少年的嗓音响起，明明只是一声轻笑，却锋利得像能将空气生生划破。

果然不太好惹。

“活腻了吧你？”黄毛青年变得恼羞成怒，瞪大眼看着面前不知何时出现的少年，恐吓的话不过脑子就喊了出来，“你小子少多管闲事，信不信连你一块收拾了？”

在那装腔作势的叫喊中，林枝春瞧见少年不耐烦地活动了下手指。

少年似乎连话都懒得说，只是冷冷地扫了一眼面前的人，迅速而准确地控住了黄毛青年的手腕。

隔着一段距离，林枝春瞧得没那么清楚，可那干净利落的动作着实把她震住了。

遑论黄毛青年这个装腔作势的半吊子。

黄毛青年方才还在小猫面前嚣张得不可一世，这会儿脸上却是难以忍耐的表情，语气则不可置信，颤抖着道：“放手，知道我是谁吗？”

少年却连眼神都不想在他身上多停留哪怕片刻似的，只稍稍垂下头，像是在想些什么，半晌过去，嘴角不带一丝感情地吐出两个字：“站好。”

“有完没完？”黄毛青年嘴里念念叨叨，可身体却像是对面前这个少年有了应激性反应，不由自主地就按着他的话直起了腰板。

尽管面前一脸冷漠的少年明显比他要小上几岁。

天光渐隐，夜色将至，冬日的萧瑟冷清在傍晚时分最是明显。

两人面对面站着，谁都没说话，压抑的燥热分子在无声里蓄积。

凭借 5.0 的裸眼视力，林枝春能勉强分辨出稍远处两个人影大概的模样气质——一个眉眼耷拉没什么精气神，一个虽垂首站着却平白给人一股无形的威压。

颇有种剑拔弩张的气氛在。

这是，要打起来了吗？

人类最本能的好奇心驱使着林枝春放下树杈，悄然往前走了几步。

前方的景象陡然间清晰起来，她看见，原先浑不在意低着头的少年猛然抬头，长臂一伸，轻松钩住对面黄毛青年的脖子，单手将其拎上台阶最高处。

他的动作相当干净利落，整个过程不过三秒，如果不是眼下时机不对，林枝春险些鼓起掌来。

因为重心落空，全身重量唯一倚仗不过是少年抓着他的手，黄毛青年恐惧地惊叫出声，喊声尖锐又突兀。

而少年连眼都没眨一下，他只是很轻地笑了下："如果我松手的话，你会怎么样？"

会就此摔下去，像被他松开手的猫猫一样，不过，大概率会伤得更重，毕竟人的体重摆在那儿。

黄毛青年还没来得及开口，林枝春的心里已经先他一步给出了答案。

那边，黄毛青年的腿止不住地打哆嗦："求你，大人有大量，别跟我一般见识。"

连哀求的声音都在发抖，明明别人压根儿没动他。

似乎觉得无趣，少年将人提到安全区域，松了手。

见黄毛青年没动静，像才还了魂似的立在原地，少年冷淡地开口："还不走？"

却没承想，黄毛青年回过神，却贼心不死，狠狠抽出右手，妄图扯住少年的衣领，与之搏斗一番，将方才落下的面子找回来。

随着他的反水，林枝春的心蓦地一紧。

暗沉沉的天空下，因为背对着路灯，少年的五官笼在半明半昧的夜里，看不大清楚。

正当她想出声提醒时，那光下的落拓背影，似有预料般侧身制住了那只作乱的右手，然后毫不费力地甩在了一边。

林枝春不自觉地往前走了好几步。

也是这距离的再度拉近，让她得以听见，那个又跩又冷的少年微俯下身，将人控制住，漫不经心地说了一句：“不服吗？”

黄毛青年这下是真的老实了，哆嗦着连大气也不敢出，老老实实闭着眼躺地上装死。

这种欺软怕硬只会对猫猫逞凶的人，根本犯不着动真格，往往你还没怎么，他就㞞得不行了。

少年不再管黄毛青年，站起身居高临下地俯视着地上这一摊烂泥似的人。路灯的光打在少年身上，平白给人笼上层米黄色的光辉，形成强烈反差。

少年半合着眼，看不出什么别的情绪，只是视线错落着朝四周扫了过去，忽而定住了一瞬——在她所站的方向。

他，看到她了吗？

稍远处的林枝春呼吸一屏，胸腔里那颗心扑通扑通跳得迅速。

大概，是没有。

少年极轻极淡地朝她这边瞥了眼，而后轻描淡写地收回视线，恍若无事发生般站起身离去，高瘦的身形逐渐同夜色融为一体。

像阵风，来得快去得也快。

林枝春的目光循着他的背影看了很久。

终于在一个转角处，他身形即将没入另一条街道，她也以为这萍水相逢的缘分即将结束的时候——那个高高瘦瘦的背影忽地又顿住了。

林枝春的心猛地又悬了起来。

在这个瞬间，她甚至此地无银三百两般将脸往围巾里埋了埋。

但少年只是往兜里摸去，甚至没有回头，他把身上翻出来的几张现金，尽数放在一个沿街乞讨的奶奶的碗里。

而后，他修长指节拎起自己的卫衣帽子套在头上，拐过转角，彻底消失不见。

“呼——”

林枝春轻轻舒了一口气，连自己都说不清楚少年最后没能转身回头，她是庆幸多一点，还是遗憾更多一点。

她慢慢踱着步，往苏明惠女士现在的住处走去，可脑海里总是不可自抑地想起那个身上透着股冷淡劲的少年。

她觉得，他矛盾得简直叫人看不透，面对黄毛青年的时候毫不留情，可走时又在“喵喵”的叫声中俯下了身。

他眉眼仍然是冷着的，但单手捧起小奶猫时又像是浸在酒里的冰块融化了几分……

另一边，灯火通明的独栋别墅群与两公里开外的旧城区恍若不在同一个地界，林枝春站定在门口，清冷地瞧着庭院里的那七八盏大灯。

“站门口干什么，来了也不知道打个电话？”

还没瞧个仔细，她妈妈苏明惠女士就披着个毛绒坎肩下楼来了，举手投足间阔太太的派头很足。

对，阔太太。

她今天能上这儿来，沾的可不就是她妈妈的光。

盛和园地处淞城市中心，寸土寸金不至于，但能住进来的也都是这座小城里最有钱的一小撮人，来来往往非富即贵。

苏明惠女士现如今再嫁的就是这一小撮人之一。

“叫你早点来，你倒好，非要给我磨蹭到这个时候。”苏明惠女士恨铁不成钢地望了她一眼，甩了甩手，直接朝屋里走去。

林枝春倒是不在意，静静合上门，随口扯了句：“你说，这灯亮着会不会觉得累？”

盏盏亮堂，在这四下无人的寂静夜里，耀人眼，衬人悲。

苏女士：“瞎说什么，多气派啊！”

林枝春垂下眼睑，很轻地笑了一下，纤长的睫毛在她白皙清透的脸上打下一小片阴影。

她怎么给忘了，苏女士最爱的就是气派。

足有两米长的实木饭桌上，呈列着六七样菜，林枝春稍稍扫过一眼后就收回了目光。她看向坐在对面的苏女士：“妈，你不吃吗？”

“我和你周叔叔吃过了。”

对于这个答案，林枝春丝毫不意外，反而觉得轻松。

她没再说话，低头敛眉安安静静地吃自己的饭。

“你要是下午早点过来，不就正好能赶上你周叔叔在家，同他打个招呼？”苏明惠情绪恢复得很快，现下正气定神闲地剥着紫晶葡萄，只是剥着剥着就不住地念叨了起来。

“我叫你常来家里走动走动你也不听，难道我会害了你不成？这人和人的关系不都是得走动了才亲近？”

林枝春原本正在夹离自己距离最近的那盘清炒莴笋，听了这话，只觉得筷子沉甸甸的，吃什么都提不起兴趣。

她放下筷子，深呼吸了一口，到底还是没把那句“打再多个招呼，走动得再多，我也不可能会是他女儿”说出口。

她停筷告别：“妈，我吃饱了，就先回去了。”

“大晚上的你回哪儿去？”苏明惠扫了一眼墙上的挂钟，时针正指在“8”这一数字上，她皱了皱眉，一不留神葡萄汁水溅在指尖，没好气道，“这里是住不下你还是怎么着？”

“八点十五分，还不晚，我可以自己回家。”林枝春抿了抿唇，尽量心平气和地把话说明白，她不想再和苏女士有哪怕一点冲突。

“你能不能跟人圆圆好好学学，不要这么固执……”

苏明惠话一说出口，就觉出几分不对，她顿了下又改口道：“妈妈也没有非要拿你和人家比的意思，只是你看圆圆听话懂事，从来不用你周叔叔多操心。

“人唱歌跳舞样样精通，我也是为了你好，希望你不要除了读书什么也不会。”

每每提到这些，总是无止境地老生常谈。

明明已经忍了很多年，可林枝春这次就是坐不住了，她生硬地告别，转身就走出了门。

走在路上，林枝春垂着眼，一下一下地踢着滚落在脚边的石子，等到流光溢彩的别墅区终于被远远抛在了身后，才如释重负地松了口气。

就是那句“妈妈也是希望你不要除了读书什么也不会”怎么也挥之不去，甚至有越演越烈之势，让她忽然想起从前，才刚刚开始念书的时候。

老实说，林枝春并不是一个爱沉湎过去，时不时翻旧账的人，可也不知道为什么，尘封了近十年的一句“但凡你多花点心思在学习上，数学也不至于满分都拿不到”就这么横冲直撞地，一把撞上了心头。

顷刻间将她那颗心如易碎琉璃般撞了个七零八碎。

当事人苏女士估计早忘了，你怎么还记得呢？

她在叹气声中无声地质问自己。

“刺啦——”

石子与地面摩擦出尖锐的声响，在翻涌而上的烦闷情绪支配下，林枝春脚下使力，没想到不使则已，一使惊人，石子被踢到一个全新的高度，高到完全飞出她的视野。

一丝丝不好的预感从心头飘过，她蓦然抬头，视线在空中搜寻着石子的踪迹，没怎么费力就在正前方捕捉到那条走向奇怪的抛物线，和看起来颇有几分熟悉的人影……

空气中传来细微动静，少年略微偏了下头，石子擦脸而过。

好险好险。

林枝春松了口气，但转瞬心又被提了起来。

那人往前走了几步，冷漠而凌厉的轮廓完完全全暴露在路灯的光线下，再加上他怀里抱着的那只猫，她简直一闭眼就能想起他傍晚轻易将人制伏住的画面。

她怎么就把石子往这人身上踢了过去呢？

林枝春不着痕迹地吞咽了下口水，他不会找自己麻烦吧？

恰在此时，少年原先闲闲放在右腿侧的手举了起来。

这是要动手了吗？

林枝春心里的弦突地绷紧，身体警觉地先于意识做出反应，直接转了个身，直到后背响起懒洋洋的一句“跑什么”，才尴尬地顿在原地。

少年人的清越声线在这空寂无声的夜晚分外中听，林枝春的耳朵微微泛红，在寒冬的夜里冒着热意。她僵直的身子又转了回来，讷讷地说了句：“不好意思，你没事吧？”

他轻笑出声，同傍晚时分的冷戾判若两人。

大抵是被她仓皇转身的举动给逗到了，他语调没什么起伏的句子里也藏着丝不起眼的调侃：“怕我有事，要你负责？”

“我没想不负责……”回想起自己用石子踢到人的“恶劣行径”，林枝春的脸庞也热了起来。

她抿了抿唇，正想问问他究竟有没有事，一抬头却发现，他人早已转身，看架势是要往马路对面走去。

“放心，用不着你负责。”

昏黄路灯映照下，少年的影子在低矮的灌木丛的衬托下，显得格外干净修长。

林枝春想出声喊住他，却看见那人似是能预先感应到别人想法似的，依旧没回头，但懒懒地抬起了右手，在空中挥了挥，像是告别。

她站定在原地，听得他最后一句：“早点回家，多少注意点安全。”

四下无人的寂静夜里，散漫低沉的男声格外清晰，他没追究她那点过失，像是压根儿不在意，跟拂去身上尘埃似的，轻飘飘地就把事情给揭过去了。

年关将至，淞城很多人家门前都高悬着一对大灯笼，另张贴着对联、“福”字，多到让林枝春躲在廊檐下听雨时，都能透过自家院子里那扇敞开的院门，瞥见外头斜风细雨也挡不住的世俗热闹。

“七七，进来吃饭了。”屋子里传来林奶奶的叫唤声。

林枝春赶忙起身，撇下室外的连绵冬雨，往屋内走去。

一进屋就瞧见铺着天蓝色桌布的餐桌上摆着碗刚出锅的红烧小排，热气腾腾，酱香味在空气中一下就迸发了出来，令人垂涎欲滴，这是她爸爸林建国生前最喜欢的菜。

她神色如常地坐了过去，将盛好的白米饭递给正解下围裙的奶奶，笑着说道：“差点忘了，今天是我们林建国同志四十岁的生日。”

“是该好好庆祝，咱俩一起陪你爸好好吃上一顿。”

林奶奶的目光从桌上摆着的三双碗筷上移开，落在自己正对面坐着的孙女身上，见她脸上真的没有什么异色，才松了口气，可转瞬又为她这比同龄人更为安静懂事的模样心疼起来。

老人家掩下心疼，夹了块排骨到她碗里：“来，七七吃菜。”

饭后，收拾完碗筷，林枝春和奶奶一起搬了把矮凳坐在廊下，像幼时那般听雨闲聊。

话题不知道怎么就绕到了苏女士身上，奶奶问她：“明惠最近怎么样，你去看过她没有？”

林枝春没可能也没必要避而不答，索性就将放假那晚去盛和园吃饭的事给说了出来。

林奶奶知道自己这个儿媳生性好强，但总归心地不坏，叹了口气说道：“她毕竟是你的母亲，她有自己的选择，既然再嫁了，我也希望她在周家能过得好。”

林枝春：“过得好不好我不知道。”

林枝春耳里尽是“滴答”的细雨声，望着屋檐瓦片上一滴一滴垂落下来的水滴，她眼前蓦地浮现林建国同志在她很小的时候，带她踩雨胡闹的情景，她每每输了，必是不肯轻易罢休的，一定要人哄着背回去。

林建国同志长得人高马大，脾性火暴，可在妻女面前，却是一点脾气也没有，常常是不等她闹，直接长臂一捞，就把她整个人捞到背上，给背了回去。

“但我知道，我爸在的时候，她从来都没有自己剥过葡萄。”林枝春低声说道，话到最后，几近无声，很快就被渐渐大起来的雨声给盖住了。

春节一过，寒假生活跟流水似的，哗啦啦走得飞快。

林枝春在这流水似的光阴里按部就班地写着作业，傍晚陪着奶奶一起坐在廊檐下消食，倒也不觉得日子无聊。

只是偶尔也会想起放假那天晚上遇见的猫和少年。

或许是因为他和她在过去的十七年里遇见的人都要不一样些，所以记得格外久一点，就像是她自己主动造出来的一场梦。

梦的结尾，少年高高瘦瘦，徒留下一个身影，在黑夜里显得孤傲冷寂。

他始终没回头，林枝春也自始至终没有看清过他的脸，可是那句散漫低沉的“早点回家，多少注意点安全”一直一直在她脑海里挥之不去。

开学前一天晚上，林枝春的手机受到了来自前桌李舟舟同学的密集式轰炸。

李舟舟：明天开学？明天真的开学吗？

李舟舟：政治大题、历史大题、地理大题我都还没动笔怎么就要开学了！

李舟舟：数学卷子是人做的题目吗，我怎么都看不懂啊啊啊？

李舟舟：枝春快救救我！

林枝春眉心跳了跳，正想告诉李舟舟同学这么多作业，她就算是即刻起不眠不休不吃不喝，一直抄到明天早上，她也抄不完的时候，手机叮咚一声又进来了一条新消息。

李舟舟：枝春别管我了，我还是死了算了，一了百了呜呜呜呜！

这条新消息透着股强烈的自知之明，以及看破一切放弃挣扎后，那种淡淡的绝望。

林枝春又被她最后发的那个“一中教学楼，一见解千愁”的表情包逗笑了，想了想，给她回了条消息：要不我陪你连夜去把老余装进麻袋里？

李舟舟：枝春你什么时候也会开玩笑了？

李舟舟：我不管，反正我已经信了！

陪李舟舟天南海北地胡扯一通后，林枝春放下手机，心情愉悦了不少。

经此提醒，她开始提前收拾起了明天开学要用的东西……

淞城一中的门口经过一整个冬日的沉寂，又恢复了往日的热闹，大门敞开迎接着学生们的到来。

林枝春才踏进教学楼，就听见一声熟悉的叫唤，她毫不意外地回头，果不其然看见跑得气喘吁吁的李舟舟朝她而来。

林枝春好心问道："作业都补完了？"

"先不提这个。"李舟舟挤出一个勉强的微笑，快速转换话题八卦道，"听说了吗，咱们班今天要转来一个新同学？"

见她脸上仍然没什么表情，李舟舟强调道："新同学，是新同学哎！"

林枝春对她这种心怀班级、关心同学的精神表示肯定，但还是忍不住说了句："要不，舟舟你还是先关心关心你自己？"

"这你就不懂了吧，据说我们的新同学是位大帅哥，校草级别的！居然转到我们班来，这我能不激动？"

诚然，高二（5）班作为文科重点班男生少得可怜，帅哥更是没有，乍然间转进一位"校草级别的大帅哥"确实是很能让绝大部分同学激动的。

但这个同学并不包括"心中无情爱，成绩自然好"的林枝春同学。

且林同学一向讲究实事求是的道理，她望了望还在极力跟她八卦的李舟舟同学，镇定自若地问了句："你见过？"

"没……"

李舟舟难得结巴了下，从林枝春的眼神里轻松读出"没见过，你怎么知道人家是帅哥"。

她赶忙找补道："但是，大家都这么说！"

眼看着已经走到教室门口了，李舟舟不死心地揪住一个平时爱玩爱闹，和她们关系也都还不错的男生问道："听说没？咱班是不是要来位转学生，长得特帅的那种？"

"这还用听说，人都来了。"

男生像是才打完球，边擦汗边回自己座位坐了下来："不过，那兄弟确实够帅的。"

"来了？在哪儿？"

"就在操场，你们要去看吗？"男生好心劝了句，"操场边围了一圈人，我劝你们还是别去挤了，反正也是咱们班的同学，早晚能看见。"

这么夸张？

只小小惊讶了一下后，林枝春就放下书包坐回了自己的位置，不顾李舟舟同学在一旁接连不断地劝着："枝春去看看吧，那可是校草级别的帅哥哎。"

林枝春不为所动，只是在抽出课本的时候好心提醒了一句："舟舟，如果你现在开始抄，应该可以在老余上课之前把语文的古文赏析抄完。"

与此同时，一中操场，平日稍显空荡的栏杆前站满了人，目光不约而同地朝着操场中央那人望去。

无他，那转学而来的新同学实在太惹眼。

去年翻新过的红色跑道上，校长领着两个老师在前边殷勤地做着介绍，至于转来的新同学，面上全然不见拘谨，闲散地挎着单肩包在后头跟着，有一搭没一搭地听，很少出声。

人群里顿时传来窸窸窣窣的声音：

"咱这位新同学不仅人长得帅，还是位酷哥啊！"

"你要长得有人家一半帅，我允许你当个哑巴。"

"不过新同学什么来头啊，能让校长和蔡主任亲自陪着？"

…………

像是能感知到远处的议论声似的，正散漫走着路的少年蓦地抬起了头，冷淡的视线往栏杆处移了过去。

这一抬，就让所有人看清了他的脸。

他面容偏冷，眉骨凌厉，眼皮很薄，高挺的鼻梁之下，薄唇抿成一条直线，最让人见之难忘的数那双漆黑又锐利的丹凤眼。

不笑的时候，里头半分情绪也无，给人十成十的不好糊弄之感。

但这疏冷并不妨碍这张脸的好看，恰恰相反，平添了别人所没有的气场。

被他视线扫到的同学，一下就噤了声，不再乱议论。

少年若无其事地收回目光，手上还拎着罐正在冒着冷气的可乐，拎上来就着吸管喝了一口时，冷白皮肤下的青筋分外明显。

他停下脚步，懒懒开口："陈校长，要不今天的参观就到这儿吧，我觉得都挺好的。"

"那行，就到这儿。"

校长扯出个热情的笑容，又向后招手吩咐道："余老师来，小陆以后就是你们班的学生了，记得平时多关心关心人家啊。"

老余忙不迭附和点头：“那是当然，当然。”

等校长走后，偌大的操场中央便只剩他们两个人在那儿大眼瞪小眼，还是少年忍不住嗤笑一声，率先打破了这尴尬局面：“走吧，余老师。”

第二章 多指教

老余这才如梦初醒般，领着他往教学楼走，边走边絮叨道：“你是叫陆在野是吧，听校长说你是从北城那边转过来的。

“你原先学校的师资力量、教学资源确实很优秀，不过你放心，我们淞城一中的学习质量也是可以的，只要肯认真学，就一定会有收获……”

陆在野闲闲听着，偶尔给个只言片语的应答。

“陆同学，关于座位你有什么要求吗？”等终于爬到五班所在的四楼，老余忽地顿住了脚步，停下来征询他的意见。

少年半合着双眸，冷淡嗓音里透出种无所谓的随意：“都行，余老师看着安排吧。”

见他还挺好说话，老余松了口气：“现在班里就剩最后一排还有个空位置，你先坐那儿，要有什么不方便的，到时候直接跟我说成吗？”

像是让新同学坐最后一排委屈了他似的，老余赶忙又添补了句：“虽然是最后一排，但坐你旁边的是我们班成绩最好的同学，你平时要是有什么学习上的问题，都可以找她的。”

陆在野不甚在意地“嗯”了声，抬头望了眼高二（5）班教室的门牌号，就单手抄着兜走了进去。

下节课是老余的语文课，他赶着回办公室拿教案，也就没跟陆在野一起进去，所以此刻教室里还处于一种无序状态，坐在座位上的同学视线明里暗里地往这位新同学身上瞟去。

只见少年个子极高，外加肩宽腿长，走起路来给人以强烈的视觉冲击感。

大抵是刚开学还没来得及领校服的缘故，他上半身套了件纯黑的冲锋衣，拉链拉到顶，无端生出禁欲冷感，下半身穿了件同色运动裤，脚踩一双新出的联名鞋——不折不扣的酷哥打扮。

陆在野的视线锁定在全班唯一的那个空位上，然后不偏不倚地走了过去，甩下包就想坐下时，冷不防地瞧见外边座位上的女生，正安静到不行地做着作业。

且他的这位新同桌似乎从他进来起，就全程没抬过头，从头到尾没给过他一个眼神。

已经对各种黏到身上来的目光都可以熟视无睹的陆在野，微微挑了挑眉，等了好一会儿后，他修长的指节叩了叩女生面前的课桌，不急不缓地问了句："写完了吗？"

清淡的少年嗓音入耳，林枝春反应慢了半拍，迷迷瞪瞪地回了个"怎么了"，却笔下不停，一门心思地把题给写完。

"没怎么。"边上站着的人好耐性地回道，等她终于算出个答案来，才接着叩了下课桌。

在这清脆、一点也不显沉闷的"咚"声中，林枝春听见有人在说："小同桌，赏脸抬个头？"

声音慢条斯理，不疾不徐，透着股漫不经心的味道。

给她一种莫名的熟悉感。

电光石火间，这句"小同桌，赏脸抬个头"同一个月前的那句"早点回家，多少注意点安全"蓦地重合了。

林枝春怀疑地放下笔，抬眼朝正说话的人望了过去，然后她看见新同学长腿支着，半倚靠在课桌上，似笑非笑地瞧着她。

"既然写完了，这下能让我进去了吗？"

对于她眼中流露出来的震惊茫然，陆在野像是毫不在意，只是拿下巴点了点她身旁的空位。

林枝春噌地站起身，让了空隙出来，等人完全进去后才慢慢坐了下来，耳边闻得一句极轻极淡的"谢谢"，带着笑音。

她没法熟视无睹，正视着前方回了句"没关系"。

“丁零丁零——”

好在上课铃声及时响起，老余踩着铃声进了教室，一出现就将底下同学的目光全都给吸引了过去。

林枝春挺直脊背看向前方，而在她的余光里，旁边那人正困倦地枕在书上，可即便是这样，少年的眉眼仍然是极好看的，在冷白的皮肤上舒展开来。

“先不急着上课啊，今天我们班转来了一位新同学，让他给大家做一个自我介绍。”

讲台上，老余放下教案，目光定格在最后一排，大声喊道：“陆同学，上讲台上来吧。

“陆同学，陆同学！”

见同桌全然没有反应，林枝春只能伸出食指，轻轻戳了戳他，将老余的话重复了遍：“陆同学，上去自我介绍。”

闻言，陆在野懒懒地掀了掀眼皮，倒也没多说。他个高腿长，几步就走上讲台，然后毫不扭捏地在黑板上写下自己的名字。

“陆在野，很高兴能在未来的时间里和各位成为同学。”

他神色敷衍，话却说得像模像样，至少老余是很满意他这一番介绍的，还带头鼓起掌来，夸赞道：“名字取得好，字也写得不错。”

林枝春稍稍抬起头来，盯着墨绿色黑板上三个用白色粉笔写就的大字“陆在野”。

原来他叫这个名字。

讲台上，老余已经就着陆在野的名字引入诗经，嗟叹中国诗词之美：“没记错的话，陆同学的名字来自《诗经》中最长的一篇，‘七月在野，八月在宇，九月在户，十月蟋蟀入我床下’，好诗啊好诗……”

在这一叠声的溢美之词中，陆在野脚步未曾停，下了讲台径直走回后排，目光落在端端正正坐着、看模样似乎正在认真听着课的林枝春身上。

“陆在野，转学过来的。”陆在野顿了下，又淡声补充了句，“大概还是你以后的同桌，多指教。”

“你跟我说这个干什么？”

刚刚睡了会儿，他这会儿精神已经好了很多，耐心地回了句：“自我介绍。”

林枝春手中握着的笔忽然顿住，眼中闪过一丝疑问：“可你刚刚不是介绍过了吗？”

陆在野漫不经心地“嗯”了声，眼神始终落在她身上，反问了句：“可你不是没听？”

甚至，连头都没抬一下。

林枝春一时语噎，正想说话时才慢慢反应过来，他方才给她一个人做了一遍自我介绍。

没有敷衍，没有不耐烦，惯常冷淡的眼神里像装了小钩子，能轻易引出人心底最隐秘深处的悸动来。她慢慢地“哦”了一声。

窗外有风刮起，吹得教学楼旁边栽种的大樟树枝叶乱颤，呼呼而过的风声像个未知世事的小孩子窥见了什么秘密后发出来的笑声，一阵一阵，良久才停。

“请大家拿出之前十校联考的卷子，我们主要来讲一下上面的文言文和作文题目。”

正在她愣神间，老余已经结束了他每节课上课之前的必备项目——长吁短叹，感慨时局，准备切入正题讲一讲课了。

林枝春收了收心，依言拿出对应的卷子，再瞥过去时，陆在野正倚着墙斜坐着，薄薄的眼皮垂着，也不知道有没有在听课。

她想了想，觉得自己现在戳他提醒他，然后他幡然醒悟起来认真听课的可能性委实不大。

但身为同桌就这么看着他荒废下去，林枝春倒也觉得不大合适。

于是，老余在台上讲卷子，她在台下抄笔记，抄的还是双份的。

她在心底悄然叹了口气，就当是看在那只被他救下的猫猫的面子上。她这同桌，总之不是什么坏人。

下了课，林枝春把誊好的笔记朝陆在野递了过去：“里面有老余上课讲的重点内容，你没事的话可以看看。”

“看什么？”陆在野喝水的手一顿，似是不明白她在说什么，骨节分明的手接过笔记本，微微扫了眼上头秀丽工整的字迹，眼神落在那一句句文言文及翻译上。

他突地低笑出声，觉得他这新同桌人是真的有趣。

因着那张脸，抑或是斐然的家世，陆在野收到过不少女孩儿送来的书信，厚厚一沓，多到能用来糊墙，这倒还是第一次有人给他递课堂笔记。

他啪嗒一声将笔记合上，修长手指在硬壳包装上点了点，低垂着头说了句："谢了，小同桌。"

面上瞧不出什么情绪，嗓音却是又冷又"劲"。

"不用谢。"林枝春闻言抬眼望过去，黑白的瞳仁里干干净净，纯澈得看不见一丝杂质。

在她面前说谎一定是一件特别困难的事情。

这是陆在野在与之对视后，心里冒出的第一个念头。

太干净了。

陆在野微微后仰，正欲开口，教室门口却又突地响起老余的大嗓门："小陆，来我办公室一下。"

林枝春自然也听到了，见他没什么动静，跟着提醒道："老余找你。"

才来第一天，多少得给老余个面子。陆在野没什么表情地站起身，扯了扯衣领就往外走去，高瘦的背影在一众人影中分外突出，临出门前，落下句："回来再说。"

等陆在野再回到教室，已经是第四节课过后的午休时间。

他将外套拎在手里，单穿了件黑色短袖，流畅的小臂就这么明晃晃地暴露在空气中。

三月的室内不过几摄氏度，但他看上去像是真的一点也不冷。

然后，林枝春眼睁睁地瞧着他把半人多高的教辅书堆在了她桌上。

她试探着开口问："这是？"

"这学期发的新书。"陆在野神色一怔，似乎在对她这副吃惊的模样表示不解，嗓音冷淡地补充了一句，"老余让我去领的。"说完又面无表情地补了句，"顺手就把你的也拿上来了。"

林枝春明白了。

眼前这一大沓是他们本学期的教辅资料，怪不得看着这么眼熟。

可是她要怎么告诉陆在野她的已经领了，在寒假放假之前，老余看她学习进度较快，直接让她把下学期的资料给拿回去做了。

此时陆在野就站在一旁，双手反撑在她桌子上。林枝春稍一抬头，就能瞥见他利落的下颌线，少年清隽的喉结在空气中划过流畅弧度。

她只能硬着头皮开口："谢谢，但我已经领了。"

顺着她手指的方向，陆在野在她课桌抽屉里瞧见与他搬回来的一堆书里，一模一样的教辅封面。

林枝春从小就是这么个性子，不愿吃一点亏更不愿占别人一点便宜。

这突然间，叫人白跑一趟，她心里委实过意不去。

她仰着头，正想说“要不我请你吃个饭吧”时，陆在野开口了。

“没什么不好意思的。”他嗤笑出声，懒洋洋地说，“帮同桌拿个东西而已。”

说完，他就出了教室门，留给林枝春的又是那样一个瘦削却又利落的背影。

他走得很急，急到还没来得及和她恢复上午的那段无疾而终的对话。

林枝春只能透过门缝看见，他们班的另外几个男生追了上去，钩着他的肩，簇拥着他往教学楼外走去。

是有什么事吗？

她叹了口气，却想不出个所以然，只得动手把堆在她桌上的教辅一本一本地拿下来，分成两份，一份塞进陆在野自己的课桌，一份便宜了前桌的李舟舟同学。

放学的时候，陆在野还没回来。这是翘了一下午的课啊？

林枝春皱眉，望见午休和他一起出去的那几个男同学已经回来了，于是抓住一个询问道：“陆在野不是和你们在一起吗，他怎么没有回来？”

“陆哥啊，他、他在学校西门。”

男生支支吾吾的，但最后还是在林枝春那种“你不说我就一直看着你”的架势下败下阵来。

西门？

淞城一中最偏僻，几乎没有学生会去的一个校门，陆在野去那儿干什么？

得到答案后，林枝春把尚未做完的值日做了。

做完值日之后，教室里已经没有一个人影，她拿着锁门的钥匙，视线落在她邻桌的黑色挎包上，那是陆在野的包。

犹豫了好一会儿，她最终还是将包拿上，然后把教室门给锁上了。

林枝春没打算在原地等陆在野回来。

她直接往男生口中说的地方走了过去。越往西门走，学生越少，虽然还是在一中校园内，但荒草丛生的破败却让人莫名生出种战栗之感。

她狠了狠心，快步走了过去，果然在西门的铁栅大门处瞧见了半蹲在地上的陆在野。

他手里拿着个随手捡的小石头，正有一下没一下地把玩着。

没来得及多想，林枝春先喊了他一声："陆在野。"

少女清脆的咬字回荡在耳边，让人想忽视都难。

陆在野闻声回头，一眼就瞧见了不远处那个扎着高马尾、穿着整齐校服的身影，他眉心不着痕迹地皱了起来。

可他还没来得及说话，身边就传来令人不舒服的戏谑声："哟，陆哥，这妹妹是谁啊？看着跟陆哥你关系匪浅啊。"

听到那几句不怀好意的话语后，林枝春就知道陆在野并不是一个人，再一看，才发现，他身后老旧的建筑物残墟后头还站着一帮子人。

这才开学第一天，陆在野怎么会和他们沾上关系？

正在她胡乱思索着当下这个局面是如何形成的时候，半蹲在那儿的人倏地站了起来。

陆在野表情冷淡地环视了那一圈人一遍，随后发出声极轻的嘲讽："除了瞎说就没点别的本事了？"

"怎么还说不得了，我们老大是给你脸，你别给脸不要脸！"

"告诉你，你那同学的事既然想解决，最好拿出点诚意来，我们也都不是吓大的。"

另外几个跟班似的刺头在旁边搭腔。

这群人中为首的那个长相凶狠的男生稍一抬手，示意旁边的人安静，然后往旁边的草地上啐了口唾沫，指着陆在野说："我知道你是新转学来的，可能不太懂咱们的规矩，但没关系，规矩这种东西教一教就会了。"

他举着张不知道从哪儿掏出来的欠条，朝陆在野扬了扬："既然你说五班这事找你，那你就替他们把钱给了吧。"

他又上下扫了眼陆在野身上的穿着，扯出个泛着些恶心的笑容来："陆少爷应该不缺这么点钱吧？"

"是不大缺。"陆在野仍旧把玩着手中的小石头。

林枝春蓦地想起那天他教训那个黄毛青年时，他说话也是这般，语气平淡，语调没什么起伏。

她望着那张欠条，还有那几张嚣张的嘴脸，心中忐忑。

她怕他会像那天一样，同人起冲突，可今天对方人多势众，他怎么看也不占上风。

而那边陆在野似乎是要落实她这种担心似的，他径直接过那张轻飘飘的欠条，然后看都没看一眼，冷冷地扯起嘴角后，直接给撕掉了。

撕掉了？

连对方都没有预料到他这个显得很是挑衅的举动，且他还不止于此。

刮得人有些生疼的寒风中，陆在野将手中的小石头狠狠一掷，直直砸在那个为首的凶狠男生身上，这个出乎所有人意料的举动一下将在场人的注意力吸引去了大半。

“要钱吗？还真没有。”

旋即，陆在野往后转身，迅速地跳下台阶，沿着小路飞驰而过。

经过呆愣在原地的林枝春时，他反手抓住她的手腕，然后就这么扯着她在校园里跑了起来。

“陆在野。”慌乱中，林枝春下意识地喊出他的名字。

在风声擦着耳边而过的瞬间，她恍然间听见自己的心跳声漏了一拍。

身后那群人自然不会善罢甘休，在因疼痛慢了一拍的凶狠男生一声令下后，追着他们一路狂奔。

但陆在野的反应和速度实在够快，短短两分钟，他就带着她从几近荒芜的西门拐进了平时供学生上实验课使用的乐知楼。

他扯着她跑进了一间空教室，然后动作机敏地关上了门。

门合上，听到金属锁扣发出嗒的一声的那一刻，林枝春虚脱地从门上滑了下去，她已经很多年没有这么剧烈地运动过了。

“陆、陆在野……”

她想问问他什么时候才能离开，这一切又究竟是怎么一回事，嘴却忽地被只掌心温热的大手给捂住了。

林枝春一低头就能瞧见鼻翼下方的手，指节干净修长，没什么奇怪的味道，恰恰相反，她隐隐能闻见股淡淡的柑橘味，像是才剥过小橘子沾染上的果香。

她气息还不稳，呼吸多半洒在那只捂着她嘴的手上，这个认知让她脸上闪过一丝赧然。

恰在此时，门外响起一阵脚步踢踏声。

“人跑哪儿去了？会不会不在这里？他拖着个女生，还能跑这么快？”

“给我分头找，今天非得报这个仇不可。”

脚步声渐远，等到门外彻底没了声音时，陆在野才低声解释了句：“抱歉，怕声音被他们听见。”说完，他就将手挪开，像是在做一件再正常不过的事。

“没事。”林枝春点头表示理解。

当看到他朝自己伸出手时，她又摇了摇头，不好意思再次麻烦他，轻声回绝道："没关系，我自己可以。"

然而话还没说完，她就被他一把扶了起来。

少年的手遒劲有力，将她从地上扶起再顺手拉至课桌的一整个过程，完成得行云流水，简单自如。

空荡的大教室里忽地陷入沉默，林枝春愣愣地坐在课桌上，一瞬间忘了该如何开口，开口又该说些什么。

陆在野不笑的时候通常显得很冷漠，不好接近，尤其是他嘴角下撇着的时候，周身气场都要冷上一度。

可他这会儿漫不经心地望着他这不管站哪儿都是腰背挺直的小同桌时，他嘴角忽地勾了勾："以后拒绝的话就不用说了，说声谢谢就行。"

林枝春没再多纠结，从善如流地答了句"谢谢"。

她现在满脑子想的都是欠条的事，正犹豫着该如何开口问询时，头顶却忽地又传来陆在野的问话声："今天为什么来西门，找我？"

除了这个理由，陆在野实在想不到还有什么能让她突然出现在那里。

林枝春手中还攥着他那个几乎没什么重量的挎包，听他问，直接就把包给人扔了过去。她尽量言简意赅地回答："锁门的时候你包还在教室。"

陆在野对此置之一笑："这种事以后可别干第二次。"

给人送个包，把自己搭进去，听起来可不太值当。

过了大约半个小时，林枝春轻手轻脚地拧开教室门，探了个头往四周张望一下，确认走廊上真的没人后，才从里面小心地溜出来。

不怪她如此小心翼翼，实在是她循规蹈矩的十七年里，还从来没遇见过被一群嘴里骂骂咧咧的男生追着围堵的情况。

见走廊还算安全，她朝里头低头整理包的人招了下手："陆在野，可以走了。"

声音仍旧压得很低，像是在害怕什么。

里头那人闻言懒懒掀了掀眼皮，视线在她身上扫了一圈，淡声笑道："不用担心，他们早就跑了。"

相较她此刻压低着声音的谨慎模样，陆在野迈出教室门，顺便将教室给锁上的动作可要大摇大摆多了。

林枝春抿唇看着他，然后听他重复了句："这里是学校。"

她忽然反应了过来，那群人还不敢在学校乱来。西门那边地处荒凉，年久失修，又很久没有师生前往，所以没安装摄像头。但淞城一中绝大部分教学区域是有监控覆盖的，那伙人再嚣张也不可能在监控之下，明目张胆地欺凌同学。

刚刚他们来这里搜寻，估计也只是确认他们到底还在不在学校，就算真的发现了他们，也不可能会在教室里直接动手。

但听到这个，林枝春心里不由得冒出了一个更大的疑问。她望着几步走至自己身边来的陆在野，轻声问了句："那你刚才为什么要跑？"

假如面前站着的是其他人，她不会提出这样一个听上去简直愚蠢的问题，诸如"在对方人多势众还想打你的时候，你为什么要跑而不是正面对抗"。可林枝春瞧着他身上那种浑然不在意的嚣张劲，还真觉得，跑似乎不是他的作风。

没承想，陆在野低笑出声，轻哂道："怎么，我不能跑？"

他一个人可以保证全身而退，可旁边不是还站着一个她？

说完，他人已经往前走去，林枝春一抬头就能看见他的后脑勺。

而就在她恍惚愣神间，身体突然跟着往前倾了一下——他拉着她的书包肩带，往前扯了扯。

"别想些有的没的，快点回家才是正事。"陆在野神色松懒地开口。

他说着老余才会说的话，却又叫人无法辩驳。

走着走着，林枝春不死心地问："那你总能告诉我，秦昆手上的欠条是怎么回事吧？"

秦昆就是刚才那一群人中间的头目，就是那个高高壮壮、一脸凶相的胖子，她刚刚想了好久，才从脑海中将他的名字搜罗出来。

怕陆在野不肯说，她又给自己添补了一句："作为事情的见证者、参与者，我觉得我应该有权了解一下事情发生的原因。"

头顶传来一声很淡很轻的笑声，这次他倒没再拒绝她的问题。

他简短地开了口："欠条不过是为了要钱杜撰出来的借口罢了，他们找王、王永——"疏冷的嗓音顿了下，他似乎想了会儿才记起人家的名字，"他们找王永安要钱，说上学期期末五班借用了他们班教室。"

陆在野没再说下去，这件事情的荒谬从这几句话中就可以窥见一斑。

教室属于公共资源归学校所有，就算五班临时借用其他班教室，也是教学资源的正常使用，怎么会跟钱扯上关系？

说白了，秦昆那伙人不过是为了讹钱才找上身材瘦小，一看就好欺负的王永安。

“那你今天会在那里，是替王永安去的？”

林枝春皱了皱眉，忽然想到陆在野还砸了秦昆一下：“他们肯定不会轻易放过这件事的，那你怎么办？”

那群人平日里无所事事，整日在校园里横行霸道，像牛皮糖一样，寻常同学一旦和他们扯上关系，就很难再摆脱掉他们。

陆在野轻描淡写地“嗯”了声，算是回答她前面的问题。

他这个样子让林枝春记起中午的时候，陆在野被教室里那几个男生叫走的场景，他当时走得那么急，看来八成和这件事有关。

五班是文科重点班，和所有学校的文科班一样，班上女生占多数，他们班的男生一只手数得出来，加上新近转学过来的陆在野，也才六个。

王永安性子温和，温和到连口角都不会与人发生，可见被那伙人盯上勒索后，他基本是不会反抗的。

而且林枝春听李舟舟提起过，王永安的家庭状况似乎不是很好，从小跟着多病的母亲生活。

林枝春叹了口气，一下就明白了过来，班上另外几个男生知道此事后估计也不敢同秦昆他们硬碰硬。在无计可施的情况下，他们找上了一看就不大好惹的陆在野，然后让他出面帮帮他们。

只是她没想到，陆在野会答应他们。

林枝春悄然抬眼，余光里，少年松垮穿着校服外套，凌厉的轮廓线条让他整张脸显得不近人情。

可事实告诉她，分明不是这样。

等他俩从教学楼出来，远处的天际已经染上了抹墨蓝，眼看着最后一点光亮就要被夜晚给一口吞掉。

此时已经过了放学的点，校门口早就没什么人影了，倒是卖各种小吃的摊贩还在，陆在野随手买了两串糖人，付了钱就接着往前走。

他一边递给林枝春一串描得金澄澄的糖兔子，一边说了句：“有时间担心我，不如好好念书。”

他面上看不出情绪，手上的另一串糖人挡住了他半张脸，漆黑的眉骨在金黄的糖丝映衬下，更显锐利，处处冷淡，处处透着股不好招惹的气息。

他显然不想再多说，林枝春也就没有再问。

她一步一步地往前挪着，四周都是她熟悉的街道，这条放学回家的路，自她上高中起，已经数不清走过多少遍了，甚至旁边林立着的商业店铺，她都一一记得。

但今天身后似乎多了个人。

她回头，一眼看见那个一手抄兜，另一只手捏着糖人的身影。

他怎么还在？

他们两家是顺路吗？

林枝春没说话，但她那双黑白分明的眼，往人那儿一望，别人就知道她在想什么。

她见身后那人还是冷冷的，没有要言语的意思，又将头转了回去。

却在转回去的那一刻，听得熟悉的冷淡嗓音，低低地说了句："不顺路，送你回家。"

不顺路，但是送你回家。

在她身后，陆在野薄唇抿成一条直线，说完这句话后就再也没说过别的。

"哦。"林枝春心里清楚，他是怕她一个人回家路上碰见秦昆那伙人，尽管可能性不大，但向来是不怕一万，就怕万一。

她就这么往前走着，耳里听着那人深一下浅一下的脚步声，从在西门望见那群混混时就悬在半空中的心，终于在此时落回了原处。

等林枝春踏进自家院门，再往后一瞥时，那个身影已经没入拐角处，像是完成了自己使命的太阳，毫不留情地从空中落下，将舞台转交给漫天星辰。

第三章 逍遥游

之后的时间里，林枝春也无暇想太多，因为淞城一中迎来了为期两天的入学考试。

考试安排和高考一致，两天考四门，第一天考语文和文综，第二天考数学和英语，学生总体上考下来不会太累，甚至比起平时繁重的课业，这个安排算得上是放松。

毕竟，痛苦的事在后面。比起考试，更可怕的分明是考试过后公布成绩的时刻。

比如此刻林枝春正坐在座位上，手上整理着考试卷子，耳边是李舟舟同学每回考试后的必备哭诉节目。

“枝春你摸我的手是不是很凉，可是它没有我的心凉呜呜呜！

“我上辈子肯定做了什么对不起数学老师的事情，所以这次月考他出的题目，我才一道都写不出。

“还有那个政治，我背了的为什么都在题干上摆着，他考的为什么都是我没背的？这就是传说中的人菜运气还背吗呜呜呜……”

林枝春见怪不怪，也知道她说这些只是来讨个安慰，于是动作熟练地将手伸了过去，抚了抚李舟舟同学的手背，以示安抚。

“吵什么？”

这时，旁边忽地响起一道因为没睡醒，还透着几分沙哑的声音。

林枝春和李舟舟的目光一齐朝那声音来源望了过去，只见旁边桌子上的陆在野依旧懒洋洋地枕在书上补觉。

他浓密的睫毛在眼睑下方覆出小片阴影，眼尾晕着一点薄红，看样子是昨晚上没休息好。

他说话时，正不耐烦地睁开眼，吓得刚才还在“鬼哭狼嚎”的李舟舟同学一下就不敢说话了。

李舟舟乖乖回头，坐回了自己的座位上。

这边，陆在野被吵醒后，也不大睡得着了，索性睁开眼，望向自己考试完了仍旧在整理错题的同桌，随口说了一句：“西门安装监控的事是你报上去的？”

林枝春一时没反应过来，怔了好一瞬后才反应过来，慢吞吞地补了句：“学校给西门装上监控了？”

“嗯。”他声音一贯散漫，更何况这会儿眉眼间还散落着倦意。

“那挺好的，我只是往校长信箱投了封建议信。”林枝春如实说道，而且她也没想到学校的动作会如此迅速。

她是前两天放的信，信上陈述了西门地处偏僻，学生容易发生意外的状况，然后建议学校安装监控，同时安排保安加强巡逻。

不管有用没用，姑且一试。

没想到，今天事情就落到了实处。就好像冥冥之中一切自有安排，自助者天助之。

“你做得对。”陆在野侧过脸，毫不吝啬地说了句。

老实说，他很意外。

意外于还有人会往校长信箱一类的东西里表达自己的想法，将问题得到解决的希望寄托于最正规合理的手段。

但林枝春就是这么做了，并且得到了答复。

至少在她这个举动之后，西门那片儿不可能再是秦昆那伙人放学后盘踞、逗留的地方了。

接下来的两天时间里，高二（5）班的教室里一片愁云惨淡。

原因无他，各科考试成绩陆陆续续出来了。

首先出来的是老余教的语文。老余这人有个特点，他喜欢自己发考试卷子，还喜欢一边发一边念同学的成绩，且还是那种扫你一眼后，再根据你考的分数对你进行一番评论的那种。

总之，仪式感非常之强。

在老余唱诗般的念分数声中，林枝春有幸得知了他同桌的语文成绩。

“下一位，陆在野。”

老余话音刚落，林枝春就看见陆在野不紧不慢地往讲台上走了过去，表情淡定，和平时没什么不同。

“陆同学看起来很胸有成竹啊。”老余将最上头的卷子拿出来，一脸痛心疾首，“你说说你，名字取这么好，还取自《诗经》，语文怎么能只考这么点分数！”

陆在野原本没什么表情，半垂着眼，在听见他后头那句话时倏地笑了句：“名字可不是我取的。”

言下之意是分数要赖也赖不到他身上。

“陆在野，42分！”老余哀其不幸怒其不争地望了他一眼，又接着发其他同学的卷子。

“卫子悦，118分，默写有个空没填出来，这可不行，这种分数一定要拿到。”

“李舟舟，91分。”老余横扫了她一眼，也是重重地叹了口气，“你怎么可以连选择题答题卡都能涂串了呢？下回要不要把我名字也给记串啊？”

…………

最后念到林枝春的分数，老余终于舒心地笑了出来：“枝春同学这次142分，虽然有学校自己出题，简单了一些的缘故，但还是很值得同学们学习的。”

只是他话音一转，又转到某人身上来了：“尤其是坐在枝春旁边的那位同学，你更要好好地学习。算了，你下课来一趟我办公室。”

陆在野手中正转着的笔停下，听见老余又喊他名字，遥遥地冲讲台那边点了点头，算是答应了。

等林枝春领了语文卷子回来，两张卷子都大剌剌地摆在桌子上，对比一下就出来了。

白色的考卷上，都有着老余用红笔改出的分数，一张“42”，一张“142”，乍一看好像差别也不大，就差了一竖而已。

莫名的喜感涌上心头，简直多望一眼，都觉得好笑。

林枝春这么内敛的一个人，竟然也没能忍住，嘴角压不住地往上扯了扯。

一边的陆在野见了，毫不在意地朝她这边偏了偏头，轻飘飘地念出“142”这个数字。

“是得好好学习，小同桌什么时候教教我？”他一字一顿，难得配合着开起了玩笑，疏冷嗓音里混着颗粒般的质感，“不对，小林老师？”

然而，这边话音才刚落下，讲台上站着的老余就敏锐地捕捉到了，立马吼了一嗓子：“那边同学不要讲话破坏课堂纪律，打扰其他人学习。”

林枝春强忍笑意，好半天才说出一句：“你先好好听课。”

他果然没再说话，又恢复了那副懒洋洋，仿佛总也睡不醒的状态。

在她以为他就快睡着了的时候，他冷不防地说了句：“小林老师可别看我，看黑板。”

啊？

天地昭昭，日月可鉴，林枝春就抬头抄板书的时候余光往他那儿扫了一眼。

下课后，陆在野抓起校服往身上一披，就往老余办公室走去了。

这对他来说已经是轻车熟路。虽然开学还不到一周，但老余总是隔三岔五地找他说话，还美其名曰地说成是按照校长的吩咐多关心他照顾他。

至于林枝春，则被李舟舟喊去楼梯间打水喝。

“唉，我实在想不明白学校为什么要把饮水机装在楼梯间，喝个水还要出来跑一趟，这也太麻烦了吧。”李舟舟摇头吐槽着，“一层楼的人就用这么几个饮水机，接个水还要排队。”

“是有点麻烦。”林枝春将李舟舟拉到一边的空地，两人准备坐在台阶上等前边的人把水打完再过去。

她这人不爱和人排队挤在一处，李舟舟也乐得和她坐一块聊天，反正课间休息时间还长，队伍看着还有三四个人就要打完了。

不远处传出些细碎的讨论声，是几个已经打好了水的女生围在一块，像个小团体，中间众星捧月着的是一个高个女生，披散着头发，长得很漂亮。

“圆圆，那不是五班的林枝春吗？长得也没你好看啊。”

“她也配和圆圆比，和她妈妈一样，上不了什么台面的。”

旁边围着的女生发出不屑的嘲讽。

中间的高个女生没出声，却也没阻止，一双眼就这么居高临下地往台阶处瞥着。

“圆圆，这种人不得给她个教训？”

高个女生听到这儿终于淡淡“嗯”了一声。

另一边的台阶上，李舟舟正想拉着林枝春起来，却没承想反被扯到一边，且就在下一秒，耳边响起哗啦的水声。

李舟舟猛地瞪大了眼，看见有个别班的女生，手中拿着水壶，泼水的姿势还没来得及收回，而林枝春正挡在她前面。

“你疯了吗？热水也敢往人身上泼。”李舟舟气不过骂了出来，又急忙去看将自己扯到一边的林枝春有没有事。

“还好。”林枝春淡淡开口，望了眼手背上被水溅出的小红点，因她皮肤白皙，所以分外明显。

林枝春没盯着那个泼水的女生，眼神自始至终望着人群中那个一脸无事发生的人影。

周圆。

苏明惠女士口中的“圆圆”。

林枝春望着她那一脸无辜的样子，小小的怒火一点一点地在心里升腾，攥得发白的手指暴露了她内心此刻的不平静。

周围已经打好了水的同学没有一个人离开，楼梯间交头接耳的议论声在不知不觉间又大了些，不少人好奇着这件事该如何收尾。

“谁这么不长眼水洒我同桌身上了？”恰在此时，突然凭空响起一道散漫的男声，空气中的紧绷随他话音落下消弭于无形。

林枝春猛然间抬头，望见陆在野卷着书从办公室那边过来。

他个高腿长，几步就停在了饮水机前。

他好像一眼就瞧清了这小小一方地到底发生了什么，那些尚不成熟的钩心斗角在他那儿跟形同虚设似的。

泼水的那个女生被他冷冷瞥了一眼后，慌张道：“不好、不好意思，我刚刚手抖没拿稳。”

“没拿稳？”

陆在野嘴里玩味着这三个字，低低重复了遍，脸上为数不多的笑容敛了个一干二净，只有语调还算平静地说道：“没拿稳就给我同桌道歉啊。”

“什、什么？”泼水的那个女生似乎是被吓到了，过了好一会儿才反应过来，赶忙低声说了一句“不好意思”。

语速快得像是生怕有人听清她在说什么。

正给林枝春被烫红的手背呼呼吹着气的李舟舟听了她这道歉，只觉得离谱："你这也是道歉？你在向谁道歉？说话声音小就算了，你道歉的时候，全程有看过枝春一眼吗？"

陆在野睨了那个女生一眼，眼神里的冷淡意味很是明显，毫无表情的脸上明晃晃地表明着一种"有些话我不想说第二遍"的漠然。

不少同学还围在楼梯间，泼水的女生见有那么多的视线落在自己身上，还都是相互认识叫得出名字的同学，她脸色涨红，只觉难堪，因为开不了口，求助的视线自然而然地望向了人群中正环胸站着的高个女生。

"圆圆……"

泼水的女生这一喊，周圆自然不可能再置身事外。

于是，林枝春见着她放下环胸的手，脸上扯出一个真假难辨的笑容，缓缓朝这边走了过来。

"实在是不好意思啊林同学，婷婷一时手没拿稳，不小心就将水泼到你身上了。这样吧，我们等下陪你去医务室看看，医药费我们来出。"

周圆再看向那个泼水的女生时，眼神带着一丝嗔怪："怎么就不小心把水泼人身上了呢？道个歉吧婷婷，相信林同学不会怪你的。"

说完，她站在楼梯间，下巴微扬着，漂亮的大眼睛直直盯着林枝春看。

真不愧是苏明惠女士口中那个什么都能做好的周圆，周旋得得体又漂亮，三两句话将自己撇了个干净。

林枝春忽然将手从李舟舟的手里抽了回来，清冷地开口道："第一，她不是手没拿稳才把水倒在我身上的，她是蓄意。"

那个女生原本和她们隔着一整条走廊，就连水杯盖子都是到了她面前才揭开的。

她扫了一眼正泫然欲泣的女生，继续说道："第二，我不明白，故意泼人开水的是她，道歉毫无诚意的也是她，为什么在这儿装出一副受害者姿态的还是她。"

"林同学你可能是误会了什么……"周圆忍不住开口，想要继续替那泼水的女生辩解几句，或者单纯就是看不惯林枝春占上风的模样。

"她俩的事，你着什么急？"

一直站在一旁低垂着眼的陆在野嗤笑出声，短短一句话就堵得人开不了口。

林枝春默默朝他看过去，才发现他不知何时站在了自己的身后，不说话，也没什么其他的动作，就只是站着。

“接着说啊，同桌。”

感受到她的视线后，陆在野下巴冲她抬了抬。

突如其来的安全感蔓延至她的四肢骨骸，林枝春轻轻舒了口气，大胆地说出放在心底很久，但由于顾忌这个顾忌那个，顾忌苏女士，才没敢彻底说出来的话。

“第三，周同学的道德感真的挺强的，闲着没事还喜欢替别人原谅。”

可你，永远的高姿态，又有什么资格替别人原谅？

林枝春说完就走，也没管周圆脸上堪称精彩纷呈的表情。路过那个蓄意动手泼她开水的女生时，她脚步顿住，突地弯了下腰，像是要看清对方的脸。

女生害怕地躲了躲。

林枝春却维持着原姿势没变，认真又诚恳地说道：“道歉我不要了，可如果再有下次的话，我会直接泼回去的。”

她不太擅长和人打交道，也没有一张可以讨好所有人的嘴，但她真的很讨厌别人将她的安静无争认作是软弱可欺。

话音一落，她就挺直脊背，迈步回了教室。

明明是很单薄的身影，却偏偏像那春日的疾风，能破开这世间所有迷雾。

陆在野望着她的背影，嘴角突地勾了勾，露出个很浅的笑容来。

他眼风一扫，瞥见这楼梯间还有不少围观了刚才那一场“意外”的人还没走，蓦然开口：“多说一句，我这个人不大喜欢别人在背后嚼舌根。

“如果有人还有什么话没说完，大可以就在这儿说，当着我的面说。”

他环望了一圈，冷淡的视线扫过在场每一个人的脸。

不少同学急忙摇头表示自己的嘴严。

陆在野这个人，好像能让人从骨子里生出一种畏惧来。

尽管他什么都没做，就只是冷淡瞧着你。

仍站在原地的周圆望着陆在野跟在林枝春背后离去的身影，忽然皱起了眉。

方才她的同伴在贬低林枝春时，她虽然没出声，但她心底对她们的话是赞同的。

林枝春就跟她妈妈一样，只会惺惺作态，来博得男人同情，也就她爸爸瞎了眼，才会被那样的女人蒙蔽。

直到站在她身旁的另一个人扯了扯她的衣袖：“圆圆，我们走吧。”

察觉到她的不高兴，同伴只敢小声提醒道：“快上课了。”

周圆没再搭话，快步往教室走去。

陆在野闲散地走到五班的教室门口时，上课铃声应景地响了起来。

他却忽然顿住脚步，脑海里闪过林枝春连个弯都没拐，径直就走回教室的身影。

就这么不爱惜自己，连个药也不买？

陆在野皱了皱眉，看了眼教室的课表，又是老余的语文课。

他转身就走，赶在老余从办公室出来之前下了楼。

一中的医务室还挺显眼，他没费多大力气就找到了。

值班的是个四十岁左右的女医生，听他说要买治烫伤的药，自然而然地问了句：“烫哪儿了，我看看。”

“不是我。”

陆在野想了想，补充道：“她烫到的是手背那一块。”

“帮同学买药啊？看不出来你这同学还挺热心的。”值班医生麻利地给他开药拿药，最后装进白色塑料袋里递给了他。

陆在野半垂着眼，道了句谢，转身出门时，却又语气别扭地问了句：“应该不会留疤吧？”

她那手，白得跟块玉似的，真要留了疤，就算面上不显，心里指不定有多后悔。

医生：“按药方好好涂，不会有事的。”

“谢谢。”

等陆在野再回到教室，课已经上了一半。

他不想惊动老余，趁着老余板书的间隙，从后门溜了进去。

“你怎么又翘——”

从他推开后门的那一刻，林枝春就察觉到了。

但她话还没说完，就被陆在野捂住了嘴，冷淡的嗓音从头顶上方低低传来：“小声点，别让老余听见。”

嘴都被人捂住了，她还能说什么。

林枝春用眼神示意，让他赶紧把手给松开。

陆在野悄然坐了下来，自然而然就把手给放下了。

然后听见她小声地埋怨：“第二次了陆同学，再有下一次，我就……”

“你就怎么样？”不知道为什么，他突然很想逗一逗这新同桌。

想起她在人前放的狠话，“如果再有下次的话，我会直接泼回去的”，陆在野挑了挑眉，漆黑锐利的眼里此时尽是笑意：“再有下一次，你就将我的嘴也捂住吗？”

林枝春愣了愣，显然没想到他提起这一茬。

然后又听见他漫不经心地笑了笑：“也行。”

也不是不可以。

但陆在野说完这句话后，迟迟没有再听见他旁边坐着的同桌吱声。

他视线朝她望过去，开个玩笑，不会生气了吧？

却没承想，林枝春在座位下踢了踢他的腿，暗示：老余在看你。

原来不是生气，陆在野眉心舒展开。

然后，他抬眼和老余对视。下一秒，就听见老余扯着大嗓门喊道：“陆在野，你盯着你同桌看什么，她脸上有花啊，要不你来说说她好看还是我好看，啊？”

“她。”少年混不吝地扯出个笑容，在漏过窗户闯进来的自然光下，眉眼清隽得不像话。

就是老余让他给笑得心脏疼。

“你给我站直！”

老余拧开他那不锈钢的保温杯，喝了口温水平复下心情，这次显然是不打算轻易放过陆在野：“你说说，我都讲到哪儿了？”

陆在野瞥了眼林枝春的课本，气定神闲地回道：“《逍遥游》。”

他这点小动作自然没逃过老余的眼睛：“枝春，你把书合上，不要让他看。”

闻言，林枝春听话地将语文书给合上了。

老余见了，满意地点头，然后拿教鞭去指他刚才讲到的那句话。

陆在野没看老余，视线仍然停留在林枝春身上，他看见她合上书后，在奋笔疾书写着些什么。

“你把《逍遥游》的最后一句话给我翻译一遍。”

老余的教鞭找到PPT上对应的位置，上边写着“至人无己，神人无功，圣人无名”。

又没看书，他哪会。

正想开口说不会，陆在野忽然瞟到桌上多了一张字条。

他照着字条上写的，一字一字地念了出来：“道德修养高的人能忘掉自己，修养达到神化不测境界的人无意于求功，有道德学问的圣人无意于求名。”

嗓音疏懒，念得一整个教室空寂无声。

下了课后，五班另外几个男生都跑到了陆在野座位上来，毫不吝啬地表达他们的敬佩之情。

“陆哥没听课都能把《逍遥游》给翻译出来！”

“不愧是咱陆哥，连老余都给你唬住了。”最后说话的男生叫王敢，就是那天告诉林枝春去西门找陆在野的那个。

他们吹捧他们的，陆在野脸上却没多大反应，只懒懒地掀了掀眼皮，眼神往旁边的空位上瞥去，然后嗤声反问了句：“你们还真信我会？”

众人愣住。

王敢还跟个二愣子似的傻里傻气地重复了遍：“不会陆哥你是怎么翻译出来的……”

陆在野面上平静，手指却夹着那张写着翻译的字条招摇过市，轻描淡写地说了句：“我同桌会。”

还能这么搞？

几个人看着字条上工整秀丽的字迹，足足五秒没有说出话来。

还是王敢摸着头，讪讪地说了句：“也就陆哥有这个运气能和咱们班学霸做同桌。”

学霸，还挺人美心善。

“还有别的事没有？”

估摸着林枝春去英语老师周老师那儿批改作文快回来了，陆在野垂着眼下逐客令：“没有就都回座位去，堵在这儿干吗？”

班上这几个男生自从陆在野解决掉了秦昆纠缠王永安那件事后，一直对他是唯命是从，甚至对他有了点盲目崇拜的倾向。

听他这么说，他们都一溜烟地滚回了自己的座位。

唯独王敢还杵在原地，出声叫唤：“陆哥。”

陆在野微微挑高了眉，眼中意味明显：“有话说话。”

“我跟王永安说了，叫他先在家避避风头，下周一完全没事了再来上学，但是，”王敢咬了咬牙，硬着头皮说了下去，“万一秦昆约你不怀好意怎么办，要不这周……”

他话没说完就被陆在野打断。

倚靠在椅背上的少年眉心微皱，长得无处安放的腿搭在过道上，嗓音低沉，像五月大雨正沉沉击打着顽石：“这事跟你无关，别把自己瞎扯进来。”

“陆哥？”

“还不走？”

陆在野的目光已经从王敢身上错开，落在后门口站着的那道人影身上。

他那同桌怀里正抱着硬壳的英语笔记本，浑身上下永远穿得干干净净，校服规整，一样朴素的穿着，却就是能让人一眼从人群中挑出。

安静内敛的气质则像一汪泛不起波澜的湖泊。

而他，偏偏想往其中投下石子，让湖水激起层层涟漪来。

“怎么不过来？”

少年的清越声线辨识度极高，林枝春没抬头就知道是陆在野在喊她。

一望，果然是他。

她迎着他瞧过来的目光走回座位，放下笔记，然后好奇地问了句：“王敢他们找你干什么？”

见他久久不答，许是女生的第六感在发挥作用，林枝春试探着说道：“是跟秦昆他们有关吗？”

这都能猜到。

陆在野搭在过道上的长腿不着痕迹地收了回来，却没有要说出实情的意思。

“一天到晚哪那么多问题？”他装作不耐烦的样子，敲了敲课桌，“把校服袖子挽起来。”

林枝春被他这副强盗似的语气给震惊到，不可思议地微微张口，问了句：“陆同学你在凶什么？”

凶？这还凶？

一句重话都没说。

陆在野眉骨上挑，凌厉轮廓所带来的冷感稍稍消减了点。

他从抽屉里掏出烫伤药，放她桌上，下巴稍抬：“自己挽袖子还是要我帮你挽？”

“你什么时候买的？”

林枝春的注意力顿时被桌上的药给吸引过去，不由自主地想到，现在离她在楼梯间被烫伤，也就隔了一节课的时间而已，且他方才又没出去。

难道是老余的语文课？

她顿时就想起少年溜进教室后门时，手里还藏着东西来着。

林枝春小声说了句“谢谢”，心脏的一角像是被人放在温温热热的蜂蜜水里泡过，说不清道不明的情绪被一点一点熨平。

她没想到会有人惦念着她这轻微的烫伤。

苏明惠女士一直以来秉持的教育理念是“孩子跌倒了就应该自己站起来”，即便她是个女孩子，也从未在苏女士那儿得到半分宽宥。

久而久之，她就养成了小伤小痛绝不喊疼的习惯。

就像今天，林枝春还真没打算特意去一趟医务室拿药。

“谢什么，受了伤擦药不是应该的？”

陆在野散漫地垂着头，语气一如既往的冷淡，压根儿看不出在关心人，虽然他明明就已经将“照顾”二字落在了实处。

“快擦。”他接着催促道。

教室后排新装的不锈钢玻璃窗前，林枝春轻轻“嗯”了声，然后在头顶若有似无的视线下，将绿色药管里的药膏挤出，手背的星点红印上，瞬时多了种冰凉的触感。

她不太熟练地用左手拿着棉签将药化开在右手背上，然而动作还未持续多久就被打断了。

另一只骨节分明的手夺过棉签，迅速又细致地完成了擦药这一过程。

林枝春转头望去，眼神里有不明所以的错愕。

却见陆在野仰靠着墙，单手将用过的棉签甩进教室后头的垃圾桶里，语气不咸不淡：“你擦得太慢了。”动作自如，神态镇定，真的像是单纯看不过眼才给她抹了一下。

“谢谢你啊。”林枝春一时语塞，除了这个，她不知道还能说什么。

大玻璃窗的倒影处，女生纤细的剪影难得呈现出低头状。

她细碎的刘海垂落在耳侧，澄澈的杏眼一动不动地盯着手背上那薄薄一层膏体。

另一道影子突地贴近，是陆在野。

她盯着手，他转头就能望见她低头时的侧脸，有一瞬间眼底情绪未明，似雾升腾。

重复的日子里时间总是过得格外快，新学期的第一个周末就这么来了。

其他同学欢呼雀跃，林枝春倒没什么感觉，反正在家也是学习。

放学的时候，教室里人走得差不多了，等她从老余办公室里回来，就看见只陆在野一个人还趴在桌子上，修长手指正飞快地点着手机屏幕，似在和什么人发消息。

“你怎么还没走？”林枝春走近了问道。

见她回来，陆在野停下手中动作收了手机，眉眼透着散漫，随口说了句：“恰巧在这儿。”

他单手提起基本不用怎么收拾的挎包，冲她扬了扬下巴：“走，再送你最后一次。”

这周过后，秦昆的事就可以彻底解决。

她也不会再有任何的后顾之忧。

林枝春轻轻点了点头，没说拒绝的话。

这几天一直都是这样，她回来总会在座位上见到他。

像是有一种无言的默契在，每当她背上包踏出教室门，就能从余光里瞥见少年高瘦的身影，在后头不紧不慢地跟着。

第四章 家长会

两人一直是这么一前一后地走着，从淞城一中到林家院子附近的清水巷。

林枝春常常心不在焉，黑白分明的眼四处张望打量，像个小孩子，对什么都好奇，所以走起路来，比寻常人要慢许多。

陆在野个高腿长，脸上通常是一副没什么表情的冷淡模样。

所以其实很难想象他会这样走走停停地跟在一个小姑娘后边，不急，也从不出声催促。

“陆在野。”走着走着，林枝春忽然唤了一声。

她回过头去，看见少年的步伐随之顿住。

见她停住没说话，陆在野径直朝她走过来，两人从一前一后霎时变成了并排走着。

“怎么？”

望着高了她大半个头的少年，林枝春问了句：“可以聊聊天吗？”

语气含着丝丝不确定，但她确实还挺想和他聊聊的。

很奇怪，平时一个人走的时候丝毫不觉得冷清，可知道有个人就站在自己身后的时候，反而有了说话的欲望。

“你说。”陆在野没拒绝，语气平静，看起来很好说话的样子。

林枝春鼓足勇气问道："听说你周末要去找秦昆，能带上我一起去吗？"

她藏在衣袖里的手微微攥紧，因为用力而显得有些发白的手指暴露了她此刻的紧张。

她也觉得这个要求不是很对劲，进一步说，就算她去了，可能也做不了什么。

但是……但是她不希望陆在野一个人去面对这件事。

秦昆那伙人胆大包天惯了，在学校里横行霸道的时间又久，指不定做出什么不可控的事情来。

如果她去了，至少，能在场面最坏的情况下给他报个警什么的？

林枝春仰头看他，干净瓷白的脸上此时满是恳求："可以吗？"

"跟我去？"陆在野扯了扯嘴角，低声笑出来，他不答反问，"你周末都不用学习的吗？"

"作业我已经在学校写完了，接下来的学习我也计划好了，一个下午的时间还是抽得出来的。"她很认真地跟他说着周末的时间安排。

她怎么连去凑热闹都规划得这么认真？

陆在野冷淡多时的眉眼染上一丝无奈："就这么想去，没见过人打架？"

林枝春愣了愣，顿了下才说道："好像见过。"

她不擅长说谎，假话往往到了嘴边也会转个弯回去，所以当面前的人无意中问起时，尽管不太想，但她还是如实道出了。

这下怔住的人轮到了陆在野，他不觉得林枝春这种好学生会见过这种混乱局面。

陆在野狭长的眼微微上挑，跟着就问了句："你见过谁打架？"

话都说到这份上了，林枝春隐藏不下去，也觉得没有很大的隐藏必要了，她慢吞吞吐出个字来："你。"

感受到头顶传来的那道恍若有实质的视线后，她抿唇说道："就是放寒假那天看见的。"

看见他救了一只猫，神情淡漠地蹲在花坛上，黑色外套鼓着风，看起来颓然又冷清。

不过，准确地来说，那不算打架，陆在野明明只是把那天那个黄毛青年对猫做的坏事，又付诸到黄毛青年自己的身上。

除此，他也没怎么动手。

“寒假？”陆在野嗓音微沉，面上闪过一抹思索神色，似是在搜寻那天关于她的记忆，“在路上踢石子玩的人是你？”

林枝春惊讶出声：“你记得我？”

她确实没想到，那个夜晚的短暂相逢不仅给她，也给他留下了记忆。

陆在野漫不经心地“嗯”了一声，轻扯着嘴角笑道：“一个女生大晚上不回家，在路上踢石头，还差点踢到人，想让人忘记也难吧？”

眼看提起这件丢脸的事，林枝春赶忙说起了别的，提醒他道：“那天你还救了只猫。”

“你是说‘冰棍儿’？”

陆在野点了点头，然后了然地道：“原来你就是花坛后边站着的那个人。”

的确没想到，那天他不但碰见了她，还一而再再而三地碰见她。

挺有缘的。

那天，陆在野抱起“冰棍儿”后，有朝四周睃了一圈，睃的时候隐隐觉得花坛的角落处，藏着个人影，但他当时急着带猫上医院看看，也就没多追究。

“那你都见过了，还去干吗？”清冷的嗓音在空气中响起，辨不出说话人真正的情绪。

林枝春想了想，觉得自己确实需要给人个理由，于是缓了好一会儿才思考出个结果，咬着字句说道：“或许，我可以给你望个风。”

望风？这个理由真是不能再拙劣。

陆在野目光远眺，望向别处：“林枝春，你为什么非要去？”

为什么非要卷进这件对自己半点好处也没有的事情来？

“可这件事原本也和你无关的，他们勒索的是王永安。”她半低下头，启唇说道。

他们找上的是王永安，不是你，也不会是你。

秦昆那伙人永远都是柿子挑软的捏，只要陆在野不主动掺和进来，他们不可能敢惹他。

如今这个局面的造成，唯一的可能性就是陆在野主动承下了这桩麻烦事。

他将王永安摘出去，将自己卷了进来。

她的言外之意陆在野自然听得明白。

他望着她，神色淡淡，好半天才说了句："看不过眼而已。"

"那我也是。"林枝春忙跟在他话音落后补了句。

陆在野仰着头，任夕阳最后的余晖镀在他高挺的鼻梁上，伴着徐徐晚风说道："看不出来啊小同桌，这么爱管闲事。"

还有两步就到了他们平常分开的那个拐角处，林枝春站定，没再往前，执拗地看着他，求一个答案。

然后听见他说："那你来吧，地点就在学校附近的那个体育馆。"

得到了想要的答案，她舒了口气，眉眼也在一刹那舒展开："再见。"

"早点回家。"

林枝春依言向前走去，只是在回头的余光里恍然发现，他没有在她走的那一刻就转身离开，而是仍然停留在原地，似是在注视着她回家。

那天，等林枝春赶到体育馆门外的时候，正好是下午一点。

她依着陆在野的话，安静地站在了侧门。

如果没记错的话，陆在野是说秦昆和他约好的地方，就在侧门附近那个废弃了的乒乓球室，那里已经很久没有人去过了，就连门上的锁都被岁月给腐蚀掉了。

看到那把锈迹斑斑的，已经被人撬开的锁，林枝春皱了皱眉。

又是这种地方。秦昆选的永远都是没有保安巡逻，鲜有人经过的废弃之地，他的司马昭之心，简直昭然若揭。

林枝春的心跳忽地有些乱，她担心陆在野会在他们手上吃亏。

他是看起来很厉害，长了一张不好欺负的脸，可这也架不住他人玩阴的吧？

她悄然走近了那扇门，想透过门缝窥见里头的动静。

视线在四下搜罗了一圈，她才在角落瞧见了那个熟悉的挺拔身影，单手抄进兜里，面上依旧是那种无所谓的神情。

而他面前，秦昆带着一群人，呈一个包围圈似的围着他。

根本就不是什么单独见面！

林枝春握紧了拳，勉力抑制住了自己想要喊出的声音，可身体还是止不住地在颤抖。

林枝春边扶着那陈旧到掉了漆的石灰墙，边小心地探出半个头去，在看清秦昆他们身侧还放着触手可及的器械时，手指不禁微微发白。

"我再给你一次机会，王永安的事情你不再插手，然后你就那天的行为给我道歉赔礼，这件事就可以彻底翻篇儿了。”是秦昆在说话，他到底是忌惮于陆在野，没敢逼得太紧。

她紧张得连呼吸都一同屏住，细细听着里头的动静。

忽然，乒乓球室里传出了少年冷淡的嗓音。

“你急什么？”陆在野稍稍抬起头，狭长的眼里勾出那么一丝好笑的情绪，“不如先看看这个。”

“啪嗒！”

一沓照片摔落在地。

旁边立即有人捡了照片递给秦昆，陆在野不急不缓地说着话：“要挟同学的事你也不是第一次做了，凡事做了就会留下痕迹。”

留下痕迹，自然就要承担后果付出代价。

秦昆沉着脸将照片一一看过去，再开口时脸色很不好：“你到底想干什么？”

“那我也给你最后一次机会，就此停手，然后向王永安及其他被你欺负过的同学道歉，我就不再追究。”陆在野面上神情冷淡，语调无波也无澜。

“你别得寸进尺！”秦昆是个暴躁性子，没忍住骂了句。他在一中横行霸道这么久，还从来没人敢叫他道歉。

“听人说你有个叔叔当警察？”陆在野斜瞥了他一眼，“你说他要是知道这些，会不会亲手把你抓进去教育几天？”

说完，陆在野就头也不回地离开了。

在经过那几个还愣在原地的跟班时，他眉心微皱，直接拿肩膀撞出一个空隙来，声线疏冷地道了句：“借过。”

出来后，陆在野果然看见林枝春守在外头。

许是周末的缘故，她没穿淞城一中那套号称“永不过时的经典”的黑白校服，而是在外边套了件嫩黄色的开衫，领口上绣着的绿枝洋溢着缠绵春意。

很适合她。

陆在野瞥了林枝春一眼，旋即往外走去，眉眼不似方才冷然：“看够了？”

“你没事吧？”被陆在野突然的出现吓到，林枝春怔了一瞬才回过神来。

“你不是都看到了？”

要是真的准备和人正面起冲突，一开始也不会同意她过来。

林枝春轻轻地“嗯”了一声，这次是用肯定的语气说道：“你没事就好。”

即便是此刻，见到他安然无恙的模样，她回想起那帮人将他包围住，也仍然有些后怕。

陆在野一低头，看到的就是她脸上藏不住的惊魂未定，那双杏眼里的情绪一览无遗，里头甚至明晃晃地摆着担心。

他忽然开口解释了句：“没必要打架。”

在解决这件事情上，他就没想过要和秦昆硬碰硬：“不是对付所有人，都要脏了自己的手。”

林枝春愣了下，待听懂他话中意味的时候，忽地眉眼弯弯地笑了起来，嗓音轻软地附和了句：“是没必要。”

“当你凝望深渊时，深渊也在凝望着你。”

陆在野嘴角轻勾，懒懒地收回视线，单手抄着兜走出了体育馆的大门，不似里面暗沉陈旧，外边正是人间好时节。

三月微风吹过，林枝春的发丝被吹至脑后，还有几缕散落在少年眉间。

没等陆在野动手去拂，浅淡的栀子香气就不着痕迹地飘至他鼻尖。

周一上学那天，林枝春特意起得比平时要早些，因为没记错的话，今天轮到她和李舟舟两个人打扫公共区卫生。

到教室的时候，她望了眼前桌，然后悠悠叹了口气。

李舟舟啊李舟舟，果然还没来。

林枝春认命地拿着两个大扫帚下了楼。他们班的公共区是教学楼前坪那一大块，主要任务是将地上的落叶给清理干净。

昨天晚上估计是刮了场大风，宽敞的前坪满是凋零的樟树叶子。

等她扫了一小半时，李舟舟终于来了：“枝春，我对不住你，今早忘记定闹钟了，呜呜呜！”

“快来。”林枝春言简意赅，她正俯身和铺满前坪的落叶做着艰苦卓绝的斗争。

连教室也没回，李舟舟直接把书包往旁边一放，就拿过扫帚跟着她扫了起来。

多了一个人加入这场战斗，速度确实是比方才快了许多。

但是望着扫成两大垛的落叶，林枝春犯了难："舟舟，这落叶我们该往哪儿倒？"

前坪是有一个绿色垃圾桶的，但是来检查的值日生不让倒在里面，说是垃圾桶太小且归属别班，让他们另外想办法。

这能有什么办法？

"我们就一个小撮箕，难不成让我们来来回回地用撮箕将落叶运到垃圾场去？"

李舟舟嚷嚷了起来："那个垃圾场少说离我们也有两百米远。"

这个规定确实很不合理且不友好。

林枝春皱眉望着面前的两大垛落叶，耳边又响起了早读课的铃声。

她叹了口气："舟舟你先上去吧，你书包都没在座位上，周老师可能会记你旷课。"

"那、那你快点上来，要是扫不干净就算了吧。"

李舟舟踌躇了下，然后背上自己的书包往教学楼走去："我先上去了啊，我帮你跟周老师请假。"

林枝春冲李舟舟挥手，然后认命地将落叶扫进撮箕，看样子是真打算一趟趟地运到垃圾场去。

没办法，她要是也这么走了，老余那为数不多的工资又会被扣掉了。

她正低头注意着落叶是否掉了出来，忽地瞧见前方停着一个人。

林枝春没多注意，一心想快点把垃圾运过去："同学，麻烦让一下好吗？"

头顶却传来一声极浅极淡的嗤笑："你这么倒，得倒到什么时候？"

林枝春猛地抬起了头，一眼望见少年清隽的眉眼。

大抵是早上来的时候，头发让风给吹乱了，显得有些蓬松微乱，他整个人看着比平日里更加散漫。

他止住她拿撮箕的手，随意地瞥了眼楼上正在开始早读的教室，"啧啧"叹了句："连早读也逃，同桌你这样可不行。"

那我为什么会在现在这个时候在这里碰见你？

才背着包进到教学楼区域的不是你吗？

林枝春再一次被他的这种无所畏惧、坦然从容给震惊到了。

"不要和我比。"

像是精准察觉到她内心想法似的，陆在野又慢悠悠地补了句："好的不学，学什么坏的呀？”

他今天心情似乎格外好，还同她开起了玩笑。

林枝春无语，正准备走的时候，突然就看到他长臂一伸，将撮箕里的落叶全部往附近的草地里倒了过去。

淞城一中的地理位置有些特别，别的学校在市中心，它却处于半山坡上，所以校内栽种着很多树，百十年树龄的老树连成一片时，就自然而然地形成了片没有进行过任何人工改造的草地。

“你……”林枝春被他这个做法惊得站在原地怔了一瞬，转瞬就瞧见，那块生机盎然长势良好的绿地上盖了一层不起眼的落叶。

从来没有人这么干过，甚至是动过这个念头，他还真是不走寻常路。

“化作春泥更护花。”陆在野挑了挑眉，“这个道理不用我来教你吧。”

因为距离近，通过这个办法处理剩下的落叶果然快了许多。

她愁了许久的问题，他在两三分钟之内就给解决了。

上楼的时候，陆在野也没让她拿扫帚和撮箕这两样卫生工具，径直提着走在了前边。

他个子高，比那大扫帚仍然要高上一截，单手提着像是压根儿不费什么气力似的。

林枝春赶忙跟在他身后，亦步亦趋地上了楼，说：“要不我帮你拿书包吧？”

“不用。”

陆在野转头，半张脸落在光影下：“这点小事就不劳烦同桌了。”

高二（5）班教室，林枝春朝里头喊了声“报告”，这还是她第一次早读课缺席。

正批改学生作文的周老师闻声抬起头来，一眼就看见门外站着的是自己的得意门生，想起李舟舟提前替她请过假，也就没多计较，点了点头示意她赶快进去。

林枝春犹豫了下，进去的脚步又顿住。

她一个人进去不太好吧？

她偏了偏头朝旁边看去，却见陆在野垂着头也不知道在想什么，半天没动静。她只好戳了戳他，细白的手指落在他黑色的校服袖口上。

陆在野瞥了她一眼，紧接着散漫的少年音响起，在这满教室的英语诵读声中格外明显。

“报告——”

“陆在野同学。”周老师挑眉念出他的名字，这次没再轻易放过，“没请假还迟到，那就罚你在走廊上站着，早读下课再进来吧。”

“周老师，他今天在下面帮我一起做了值日。”林枝春觉得自己有必要把事情解释清楚，也就还站在教室门口候着。

“是这样吗？”周老师看向了陆在野。

“做是做了，但我也确实迟到了。”

清晨的熹光里，少年语气坦荡，毫不遮掩，站在狭窄的走廊中间，身形挺拔得像是海上的照明灯一样：“这样，我罚站，您接着改作文。”

他一脸淡然，面上全然没有别扭、尴尬的情绪在，像是永远也不会有。

等早读结束后，林枝春合上英语书，眼神往外瞟去。就看见陆在野还站在走廊栏杆前，身旁站着老余。

老余估计在说什么“你们这个年纪主要的任务就是学习”“上课一定要认真听讲，有不会的来办公室里问老师”“高考就是人一生之中最重要的转折点”之类的车轱辘话。

她瞧见陆在野偏头听着，一开始还敷衍地点两下头，最后直接面无表情地倚靠在栏杆上，眼睛无欲无求地盯着教学楼前坪的孔子像。

可惜孔子救不了他。

还得是第一节课上课的预备铃响了起来，才让陆在野从苦海之中逃脱出来。

回到座位后，他扯开校服外套，露出里面的黑色短袖，神情是丝毫没受影响的淡然自若。

林枝春望着他，终究难掩好奇：“老余都跟你说什么了？”

“想知道？”

林枝春重重点头“嗯”了声。

她确实想知道老余到底是说了什么话能让陆在野听着听着，听得脸上罕见地出现了一丝迷茫。

陆在野轻哂了声，旋即从老余的话里挑了段重点重复了遍。

“陆同学，在我看来，你是咱们班上为数不多的学习的好苗子，你聪明，学习能力也很强，老师相信只要你肯静下心来读书，假以时日你一定会成为老师的骄傲。”

然后，他眉骨微微上挑，低笑出声来：“如果不是知道我爸确实和他没联系，我都要怀疑他到底收了我爸多大的好处。”

——这样的话也夸得出口。

“你来之后，老余的办公桌上就多了好几本书。”知道一点内情的林枝春替老余解释了句，“《夸奖让孩子更努力》《赞美的艺术》《夸他，改变他，塑造他》。”

陆在野挑了挑眉，真是低估老余了。

老余纯粹是为人师表爱岗敬业关爱学生。

下午最后一节是老余守着的自习课。老余有一点特别好的地方是，他不爱占用别的课来上他的语文。

他只在最后两分钟的时候，清了清嗓子出声道：“有件事要告诉一下同学们。本周三的下午，也就是后天，高二年级统一召开家长会，所以请各位同学回家后都告知家长，让家长务必出席。”

闻言，林枝春写答案的手忽地顿了一下，黑色中性笔在试卷上拐出一道细长的墨痕。

林奶奶今天坐车去隔壁市里找老朋友玩去了，估计得两三天才能回来，也就是说，她没有人可以来参加家长会。

陆在野正在玩魔方，修长手指转得飞快，敏锐地察觉到她的异常，手指停住，偏头朝她望了过去。

“你不想开家长会？”

好歹也是文科年级第一，没道理害怕这个吧。

被一下就猜中心思的林枝春扭头望着他，挤出了句：“你很想开吗？”

陆在野无所谓地回道：“差不多吧。”

正当林枝春条件反射性地想问一句为什么时，放学的下课铃响了起来，讲台上的老余也不再多说，往教室外走去。

她忙追了上去。

望着女生显得有些急促的背影，坐在座位上的陆在野挑了挑眉，依稀听见走廊外头她询问老余家长会能否请假的事。

“再忙孩子的学习情况总还是要关心的，家长会是老师与家长必不可少的沟通，在即将高三的这个节点，家长会还是不要缺席为好。”

老余大着嗓门，他的话倒是一句不落地落入陆在野耳朵里。

两分钟后，林枝春从外边回到自己的座位上，看样子是没能说服老余，原本安静淡然的模样显得有些垂头丧气。

她抿了抿唇，显然没打算多说，对陆在野说了句“明天见”之后就背上包走了。

这天晚上，林枝春写完所有作业后，犹豫再三，还是给苏明惠女士拨了个电话。

响了快一分钟，在她以为可能不会有人接电话的时候，那头终于传来了声音：“喂，有什么事吗？”

林枝春手指捏着数学练习册的封页，将打好的草稿说出：“妈，后天学校要开家长会。”

“我知道，圆圆回家的时候说了。”

纸张被林枝春捏得有些变了形，她深呼吸了下，才接着说道：“奶奶这两天刚好有事不在家，你能不能——”

她的话还没说完，就被苏女士打断：“枝春，你等一下。”

然后，她就听见电话那头响起一道娇俏的女声：“苏阿姨，你在跟谁打电话呢？对了，你答应了我周三下午要去给我开家长会的，苏阿姨你可别忘了呀。”

这个声音，出现在她妈妈手机里的声音，是周圆。

苏女士后面是怎么和周圆说的，林枝春没听清，反正，等苏女士再想起这通电话还没挂断的时候，通话时间已经过了五分钟。

苏女士：“不好意思啊枝春，刚才圆圆找妈妈有点事，你是说奶奶不在家是吗？”

林枝春面无表情地答了个“是”。

旋即就听见苏女士条理分明的嗓音响起：“那你和你们班主任请个假吧，主要是我这边已经答应圆圆了，你周叔叔周三下午有个会要开，走不开的。”

话语里或许有几分歉意，但也只是几分而已。

反正事情不会再有转圜，苏女士决定好了的事情一贯如此。

没等那边说完，林枝春直接挂断了电话。

她把手机放回桌上，头低着一点一点地往下沉，最后埋首于膝盖处。

到底谁才是你女儿啊？

林枝春忽然很想问上一句，可是她开不了口。

一开口，眼泪可能就会不争气地流出来。

桌上只剩一盏小灯还亮着，她眼眶红红地盯着里头的小灯泡，觉得整个人有种悬在半空中的失重感，她下不来，底下也没有人愿意将她拉扯下去……

周三下课后，五班同学陆陆续续地离开教室，为即将到来的家长会腾出位置。

林枝春随意往外瞥了一眼，就看见不少家长已经站在走廊上等候。

怎么明明知道结果，还会对苏女士怀有那么一丝丝期待？

她别过脸，不再看。

干脆利落地收拾好书包后，林枝春神色淡然地出了教室，只是在快要走到校门口的时候，脚步顿了顿。

盯着那个熟悉的背影，她迟疑地喊出了声："陆在野？"

少年回头。

确认是她每天上课下课都能见着的那张脸，林枝春反而更加困惑了起来，小声问了句："这是你妈妈吗？"

不怪林枝春困惑，陆在野身旁站着位四十岁上下的中年妇人，她烫着的鬈发盘起，脖子上戴着特别粗的金项链，身上穿了件粉色的珊瑚绒印花睡衣……

总而言之，就是特别"朴实"、特别接地气的一身装扮。

怎么也不像是能生出陆在野这种类型的酷哥的人。

"不是。"陆在野嗤笑了声，答得干脆。

然后，他介绍道："这是王姐，今天来学校演我妈。"又看了眼林枝春，"王姐，这我同桌。"

"王阿姨您好。"林枝春万分惊诧地和面前的中年妇女打了个招呼，她实在没想到陆在野还能这么做。

"哎，同学您好。"王姐特别热情地应了一声。

惊诧过后，林枝春后知后觉地将陆在野拉到一边，支吾着开口："你这'妈'哪里找的，能给我也找一个吗？"

陆在野满脸疑惑。

"这种事情你得早点说。"陆在野指了指一旁的王姐，"人家是挤出去打麻将的时间来开家长会的，这不得提前预约？"

林枝春沉默半晌，追问了句："你花多少钱雇的？"

"一百五。"

“我出双倍行不行？”对王姐，林枝春展露出势在必得的意思。

你觉得我缺钱？

陆在野眉心跳了跳，没承想听见她那惯常淡定的同桌恳求地望着他，说了句：“求你。”

他抄着兜往教学楼走去。

听见身后传来的稀碎脚步声时，他轻扯嘴角道：“行，让给你。”

第五章 蜂蜜水

陆在野个高腿长，走起路来都要比别人快上几步，见他朝着教学楼方向走去，林枝春赶忙一溜烟小跑跟了上去。

“让给我了，那你怎么办？”她小喘着气问道。

闻言，陆在野放缓步子停了下来：“什么怎么办？”

“王姐给我开家长会，那你不就没人开了吗？”

林枝春摸了摸鼻子，在他答应之后莫名生出一种心虚，于是建议道：“不然这样，我陪你再去雇一个。”

“不用。”陆在野神色淡然，依旧是那副没什么表情的样子。他好像全然不在乎这家长会，雇个人也只是临时起意。

“我爸妈原本就不在淞城，来不了。”

他望了眼不远处的王姐，不咸不淡地说：“找个人开家长会，不过是为了不让老余问起，少些麻烦罢了。”

听他这么说，林枝春半锁着眉，抿着唇：“那我岂不是又把这麻烦给你添上了？”

她巴掌大的脸无意识地皱成了一团，黑白的瞳孔里明晃晃地映着忧虑，平日里安静淡然的气质在这会儿偏透出一种无辜来，像雪地里的小狐狸。

目光错落在她这样一张脸上，陆在野忽然又生出了逗一逗她的心思。

他心里不以为意地笑了笑，面上却装模作样地“嗯”了一声，说道：“那你准备怎么谢谢我？”

“你要怎么谢？”林枝春很认真地看着他。

陆在野下巴朝左手边的小卖部扬了扬，偏冷的嗓音徐徐说道：“先帮我拿瓶可乐怎么样，要冰的。”

相较他将王姐让出来的大恩大德，这点小要求林枝春没道理不答应。她点了点头，一转身就进了小卖部。

冰柜放在最里面，林枝春回忆着她这同桌平时爱喝的口味，挑了瓶无糖可乐，青柠檬味的，又给自己和外头站着的王姐拿了矿泉水。

出去的时候，却望见陆在野掀了掀眼皮，目光朝她怀里抱着的饮料和水扫来，他食指叩了叩收银的玻璃柜，喊道：“老板，付钱。”

小卖部老板望了林枝春一眼，飞快地报出了一个数字，陆在野低头“嗯”了声，接着掏出手机把钱给付了。

好像有点不太对。不是让她给他买可乐的吗？

林枝春愣在原地，一时没说出话来。

眼神移至门口的那个少年身上，却发现他正随意地瞥向地上一个空了的易拉罐，也不知道是哪个缺德鬼喝完了直接扔在地上的。

他眉心微皱，眼神中的冷淡又重了几分，两秒后俯下身去。

红色外观的易拉罐被一只骨节分明的手拾起，然后手的主人以一个三分投篮的姿势，将它直直掷向远处一个绿色垃圾桶里。

随着哐当一声响，易拉罐被完美地丢了进去。

一套动作从俯身到投掷，行云流水，挑不出一点毛病，原来还真有人丢个垃圾跟少年漫主角似的。

注意到小卖部里朝他望过来的视线，陆在野偏头看去，果不其然就见林枝春还站在里面。

“在里面站着干吗，出来。”

林枝春“哦”了声，先把矿泉水给了王姐，然后将那瓶正冒着冷气，瓶身上还有着细密水珠的可乐朝陆在野递去。

她想了想，还是说道：“不是让我买可乐吗，要不我把钱转给你？”

“不用。”

冷淡嗓音里是一以贯之的随性散漫。

陆在野轻松地拧开瓶盖，喝了口可乐，仰头的时候突起的喉结随之滚动，此刻他所站的那个位置正好处在光下，然而早春的光线并不强烈。

至少是不及他耀眼。

家长会即将开始，两人没在小卖部门口过多耽搁，直接领着王姐上了教学楼四楼，给她指了指高二（5）班最后一排的那个位置。

林枝春怕她紧张，特意说道：“您待会儿什么都不用做，坐在座位上就好了，等家长会结束的时候，我来接您离开。”

“我晓得，小同学你放心吧。”王姐操着一口不大标准的普通话回道，然后在他俩的视线中进了教室，找到位置坐了下来。

也不知道为什么，紧张的反倒是林枝春本人，许是因为第一次做这种完全没有做过，在她以前的认知里甚至有些“离经叛道”的事情。

她的眼神总是往教室里瞥去，一会儿看着王姐，一会儿看着老余。

身旁忽地传来一声闷笑。

精神正处于高度集中的林枝春一下就听见了，她反应极快地锁定目标，朝陆在野脸上望去。

“你笑什么？”

陆在野慢悠悠地说：“林同学你以后可千万别干坏事。”

也太容易被发现了，别人问都没问，就一脸慌慌张张，恨不得全招了的表情。

林枝春杏眼里划过一丝疑虑，似是不懂他为什么这么说，特别实诚地接了句：“我没干过坏事。”

又突地想起自己家长会雇人来参加的事情，她艰难地改口，找补道：“在今天之前没干过。”

陆在野稍微敛了敛面上的情绪，将校服外套甩到肩膀上，轻笑了声：“难怪。”

说完，人就毫不留情地离开了。

“去哪儿？陆在野你去哪儿？”

眼看他就这么步履不停地往前走，林枝春也顾不得教室里头的王姐，和自己方才还在想的，要是“家长会雇人参加这件事被发现了该怎么办”的问题。

她追在他身后往教学楼顶楼跑去。

淞城一中的教学楼最高是六楼，再往上就是空旷的天台。因为一中本就处在地理位置比较高的山坡上，所以顶层天台可以眺望到的小城风光其实非常之广。

陆在野停在天台上，感受着在这早春三月里仍然有些寒意的微风刮过。

他瞧了眼后边跟上来的林枝春，唇边扯出浅淡笑意：“你在下边待着，还不如上来看看。”

上来看什么？

她很快就知道了答案，站在栏杆边往下望，绿林蜿蜒，形状似那曲折的溪河，栋栋灰白建筑点缀在其间，像上好的工笔画卷，徐徐铺开却不见尽头。

这几日因为家长会而生出的烦闷情绪忽地就一扫而空，林枝春不去想此刻就坐在一中教室的苏女士，不去想故意亲昵喊着“苏阿姨”的周圆……

只是往下看去，天地开阔，近在眼前。

她随意地在天台上找了个位置坐了下来，转头望向陆在野。

少年侧脸线条优越，自高挺的鼻梁往下，薄唇微张，下颌处剪影利落，疏冷感重得不言而喻。

望着这样一张脸，林枝春斟酌着开口道：“你是不是奇怪我为什么要雇人来开家长会？”

“不想说可以不用说。”陆在野偏头，看穿她脸上的犹豫。

他倒也没有那种想要揭开人伤疤的好奇心。

面前这个少年高高瘦瘦，却又浑身散发着一种“生人勿近”的冷淡气质，林枝春心头忽地没来由生出一种信任感。

在簌簌风声中，她轻轻开了口：“我妈不肯来给我开家长会，可是，她去给别人开了。”

然后她抬头，清冷的视线直直对上陆在野狭长的丹凤眼。

那双眼里没什么情绪，却也不会因她的话生出什么刺痛人的波澜。

“那你妈肯定得后悔，年级第一的家长会她都给错过了。”陆在野不去深究她眼神背后的黯然神伤，避重就轻地将话题扯开。

他拿过林枝春放在一旁的矿泉水，修长的手指轻松拧开瓶盖，动作毫不费力，又再轻轻地往回拧了一点，才递给了她。

“谢谢。”林枝春接过水，喝了口。她垂着眼，纤细浓密的睫毛在眼睑处盖出小片阴影。

但她不知道该怎么开口，和面前的人说，苏女士只是不喜欢她。

不喜欢她，自然不会在意她的成绩，想起来的时候问几句，想不起来的时候忘就忘了，并不会放在心上。

她只是个有血缘关系的女儿，熟悉而又疏远，仅此而已。

林枝春深呼一口气，素白的脸上勉强挤出一个笑容，道：“我妈她不会在意这个的……”

“她不在意又怎样？”

陆在野弯腰，随手捡起地上的一张废纸，几下就折成了纸飞机：“她不在意，你就不是第一了吗？”

话音一落，他就将手中的纸飞机掷了出去，薄薄的纸翼仿佛能承受住千万斤重量，嗖地顺着风就飞了出去。

林枝春蓦地转头看向他。

然后听见他接着说道：“你是你，她来不来是她的事。

“吃亏的总归也不会是你。”

爱有偏颇，但你不必为此苛求自己。

从天台下来后，陆在野说的那几句话仍然回荡在林枝春的脑海里。

她久久沉默，意识到其实他真正想说的是：林枝春，人不能一直活在“被抛弃”的阴影里。

家长会开了大概两个小时，作为一名语文老师，老余的专业素养在其中得到了极大的发挥——长篇大论的发言，全程不带停一下的。

差不多晚上七点，林枝春才在五班教室门口等到了开完会的王姐，她小心翼翼地问：“您感觉怎么样？”

“感觉特别好！”王姐激动地拍着林枝春的手，精神抖擞。

刚才的家长会上，她作为“林枝春妈妈”，被老余一顿猛夸，享受着全体家长艳羡的目光，这感觉简直是家长生涯的巅峰。

“要早知道小同学你学习成绩这么好，我才不会收这个钱。”

林枝春一脸迷茫，似是不解。

王姐继续眉飞色舞地说道：“你不是考了第一名，你们全年级的第一名嘛！

“你们班主任就叫我站起来发言，分享一下培养孩子的心得，这我哪会啊，可真要一星半点都说不出来，不就露馅了吗？”

林枝春：“所以呢……”

露馅了吗？

林枝春的心悬到了嗓子眼。

“我就起来了，说这成绩不是我的功劳，全凭你自己的努力，我们做家长的，主要是做好后勤保障，给孩子提供适当的关怀。”

林枝春松了口气："您说得挺好的。"

适时地表达感谢后，她又想起了付钱一事，于是尽可能礼貌地说道："我先把钱转给您吧，方便加个微信吗？"

"钱什么钱？"

提到这个，王姐突然从包里摸出一百五十块钱来："怎么能再收你们的钱，这是之前你那同学给我的，麻烦你帮我还回去。"

陆在野又把钱给付了。

明明不相干的，可她不由自主地想到小卖部里的那瓶冰可乐，他对人总是这么好吗？

王姐把钱以不容分说的气势塞进林枝春的手心里，边塞还边说："以后还有这种事，尽管联系阿姨，家长会阿姨来帮你开。"

林枝春争不过她，只能一路送着她出了校门。

站在校门口时，林枝春望着手里的一百五十块，叹了口气，转身往回走。

"枝春，枝春——"

回教学楼的路上却被人叫住，林枝春想了想，还是停下了脚步。

一回头果然看见苏女士拎着包站在学校喷泉处，妆容精致衣着得体，做足了来参加家长会的派头。

她停下，是想听听苏女士究竟还能说出些什么。

"有什么事吗？"林枝春连称呼都给省去了。

苏明惠却好像没能发觉似的，照旧询问道："怎么这个点还没回家？家长会的事和你们老师请好假了吗？

"这次是妈妈对不住你，要不周末出来和妈妈去逛街，有什么喜欢的东西吗？"

言语中隐约可见温柔笑意，苏女士就是有这样的本事，再如何不妥的话，也能笑着说出口。

再说伸手不打笑脸人，林枝春简直没道理生气，生气了就是不体贴不善解人意，更何况苏女士的甜枣已经抛了出来。

她愿意补偿，她愿意给林枝春花钱买东西。

"不用，家长会的事本来就和你没关系。"林枝春突然开口。

是我多此一举问了你而已。

"枝春你不要说气话，我是你的母亲。"

林枝春“嗯”了一声，肯定了苏女士的前半句：“当然不是气话。”然后她仰起头，话说得分外平静，脸上也寻不见一丝不豫，“我还有事，就先走了。”

不顾苏女士在背后的呼喊，林枝春转身往前边的教学楼走去。

不做母女，权当陌生人，反倒轻松。

天边夜幕沉沉，可星子在黑暗里闪烁微光，亮得让人只觉心口发烫。

林枝春往教学楼走去，她打算去找被老余叫去谈话的陆在野，把钱还给他。

等下该怎么说？

陆同学，这次家长会多谢你的帮助。

这样会不会显得有点不真诚？

陆同学，谢谢你，你有什么需要我帮忙的地方吗？

好像更奇怪了……

她边想着感谢的措辞，边往楼上走。

漫不经心地踏上四楼的台阶时，她恰好抬了下头，不经意间，少年校服外套随意地披在身上，下巴微扬走来的模样闯进了她的视野。

他是从办公室出来的，而老余的办公室正对着楼梯口。

也就是说，在某种意义上，在林枝春抬头的那一眼里，他正朝她走来。

因着楼梯的角度问题，她看见少年越来越完整的身形，从最开始冷淡的正脸到黑色校服裤下修长笔直的腿。

林枝春忽然想起李舟舟同她说过的一句戏言，关于陆在野的，在全校女生中流传着。

——陆大帅哥走起路来，简直每一步都是在人心上疯狂踩点。

林枝春用力晃了晃头，想将这句话从脑海中晃出去，眼见他就要拐个弯回教室，她开口叫住了他：“陆在野。”

前面的人闻声回头，却没说话，朝她投来视线，漆黑的眉骨微微上挑。

意思很明显，让她有话直说就是。

“给钱。”许是那视线太有存在感，林枝春突地紧张起来，她一时嘴瓢，话里漏了个“你”字。

应该是“给你钱”。

“不是，不是给钱。”她慌忙改口。

台阶上的陆在野看在眼里，惯常没什么情绪的眼里多出一点笑意：“什么钱？”

他低俯下身，尾音隐隐向上挑着：“我怎么不记得，我们之间还有需要给钱的地方。”

没敢同他过多对视，也没去细想他话里的调侃意味，林枝春赶忙掏出口袋里王姐留下的一百五十块来自证清白，解释道：“这是你给王姐的钱，还你。”

怕他不收，她又补了一句：“王姐没收我们钱。”

原来是这个。

这一百五十块于陆在野而言，确实是无足轻重，但不收，估计某人心里得胡思乱想上许久。

他站直身体“嗯”了声，没拒绝，懒懒扫了眼人民币后，就随手将其塞进了校服口袋。

“早点回去。”陆在野又瞥了她一眼，接着补充道，“注意安全。”

望着他转身的背影，林枝春几步爬上四楼，音量倏地拔高了一点点说道：“今天谢谢你。”

“不用。”他好像永远回的都是这两个字，从不计较，也从来不用别人记得。

家长会就这么过去了，周四又是满满一天的课，容不得林枝春分心。

好不容易熬到周五，却在楼梯间遇到了周圆，她一个人站在不起眼的角落，倒像是专门在那儿等林枝春。

狭路相逢，林枝春便是想视而不见也做不到，只好出声说道：“麻烦让让。”

见周圆半天没有要动的意思，她又耐着性子问了句：“有事吗？”

“当然，我今天是特意来和你说一声不好意思的。”

见她说话，周圆满意地勾起嘴角，若无其事地寒暄道：“昨天去你们班找你，结果你不在，你同桌在。”

“陆在野还挺凶的，可惜长这么帅了。”她兀自叹息了句。

昨天，五班教室，她带着两个小姐妹站在后门口，对着正趴课桌上睡觉的陆在野喊话：“同学，找下你们班林枝春。”

结果人直接回了两个字“不在”就又冷冷地趴了回去，眉眼间的不耐烦叫人连话都不敢再多说一句。

林枝春不想听她谈起陆在野，直接出言打断了她："那你说。"

周圆没反应过来："什么？"

"不是要来和我说声'不好意思'吗，那你说。"林枝春咬字清楚，且将这句话说得格外慢，力求每一个字都落在她的耳朵里。

"不是吧，你还真生气了？"周圆脸上神情满不在乎，"因为苏阿姨没去给你开家长会啊？这也是没办法的事，谁叫我爸走不开呢？"

她太知道林枝春的痛点，所以哪里痛，她就专戳哪里。

"不好意思，我忘了林叔叔好像去世了。"话落，她像是说错话一样，慌忙捂嘴，可眼里甚至还藏着笑意。

林枝春面上没什么表情，轻声回了她一句"没关系"，但随即空气里响起一道清脆的巴掌声，在空寂无人的走廊里，格外明显。

足足沉默了五秒，周圆才反应过来："你敢打我？"她拔高音调，一脸不可置信，漂亮的面容在一瞬间变得扭曲。

林枝春没说话，眼神冰冷地看着对面俨然失态的周圆。

她忽然想起第一次见到周圆，是在她妈妈的手机相册里，女孩儿戴着生日帽，旁边里里外外围满了贺生的人。

至于她妈妈，挤在女孩儿身边，端着铺满玫瑰的鲜奶蛋糕。

再之后就是突如其来的一通电话。

——"你们家是不是缺钱缺疯了呀？怎么你妈舰着脸想嫁进我们家？"

——"劝劝你妈有点自知之明，离我爸远点，你下学期的学费我帮你出了怎么样？"

自此，女孩儿嫌弃又不耐烦的声音就像一串诅咒，成了她许久的梦魇。

"会咬人的狗不叫，你跟你妈可还真是像。"

梦魇的声音再度响起，这次是在楼梯间，两人面对着面。

那熟悉的话音一落，林枝春纤浓的睫毛颤了颤，她镇定地抬眼，然后一把抓住了周圆要扇过来的巴掌。

林枝春使出前所未有的力气，周圆挣脱不开她的手，只能恼羞成怒地瞪着她："你，你……"

周圆挣扎几次仍然未果，只得愤愤地喊了句："你快把手给我放开！"

周圆没想到，面前看着这么安静内敛的一个人，自己从前一通电话打过去羞辱，都未曾发过一言的人，不仅扇了她一巴掌，还敢拦着她。

周圆："放开，我叫你松手你听见没有！"

"松手可以，但我希望你以后都不要再来找我。"林枝春甩开手中攥着的手腕，然后不躲不闪地与周圆对视。

“从前的事我没计较，不代表以后也不会计较。

“周圆。”

林枝春喊出这个明里暗里缠住她多时的名字，像是挣开一层绳索，淡声说道：“我没做错，问心无愧，希望你也是。”

说完，她脊背挺直回了教室。

午后的自然光并不热烈，堪堪照在教学楼的墙面上，映出女生薄削的身形，像校园里亭亭生长着的白玉兰。

徒留周圆一个人站在原地，望着她的背影，目光里隐隐透着不肯善罢甘休的狠光。

最后一节是班会课，老余一上课就拍了拍手，示意正写作业的同学看向他，继而宣布了一件事。

“同学们，我们班一直空缺的体育委员现在有了着落，经过老师与陆在野同学的友好沟通，陆同学自愿出任体育委员一职。”

陆在野？体育委员？

讲台下的同学们像是没反应过来，林枝春也放下笔，用余光瞥了眼她的同桌。

今天陆在野难得没有犯困，眼里情绪清明。

他听见老余的话，倒也没说什么。

值得注意的是，他今天把校服穿得规规矩矩，拉链一直拉到脖颈上方，将瘦削的锁骨遮了个严严实实。

林枝春不着痕迹地挪开视线，思绪又飘到别处。

说实话，重点文科班的体育委员，不是个美差，平时组织班上同学上体育课就算了，一到运动会，安排起来特别困难，吃力不讨好。

而淞城一中又是一个莫名重视“体”的学校，除了高三年级，高一高二一年要开两次运动会。

前面几个学期，因为没人自愿报名担任这一职位，体育委员一直是由班上几个男生轮流担任的，而到了这个学期，已经彻底没有同学想干了。

在无人担任的情况下，林枝春确实有想过，老余可能会采取“抓壮丁”的方式来决定人选，但她万万没想到，这个壮丁抓到了陆在野身上。

不等她多想，讲台上的老余大声催促道：“都愣着干什么，鼓掌啊同学们。”

许是因为盘桓在心头的“大患”终于解决，林枝春看见老余笑得很开怀。

而他一声令下，以王敢为首的男生顿时反应过来，猛地鼓起掌来，掌声响彻整个教室。

还有吹口哨的：“牛啊陆哥，都当上班干部了。”

声音不小，陆在野也不聋。

他闲闲地朝他们望去，那群起哄的男生瞬间没了声音。

“瞎闹。”

冷淡的少年音甫一响起，那边带头的王敢忙不迭收起笑容，做了个“缝嘴”的动作，表示不再多说。

林枝春将这个小插曲尽收眼底，想了想，小声问了句：“你怎么忽然想当体育委员？”

“没人当。”陆在野答得简洁，但好像是这么个理。

其实真正的原因是老余整日的念叨，“陆同学我看你非常有潜力，这体育委员非你莫属”“作为五班的一分子，当然要品学兼优全面发展”……

受不住老余的聒噪，他干脆就应了下来。

“那你知道运动会就要到了吗？”林枝春犹豫半晌，还是将话说了出来。

运动会的日期临近，估计才是老余急着找位新体育委员的主要原因。

陆在野薄唇微张，刚想说话，却忽然咳了两声，干净利落的喉结滑动了下。

林枝春的目光再次上移至他拉得严严实实的校服上，无暇顾及体育委员的任命，她语气怀疑地问道：“你冷吗？”

怎么突然咳了起来，不会是感冒了吧？

淞城的早春确实比一般地方要冷，湿寒的阴雨天会持续一整个月，丝丝凉意伴着风，像是能渗进人骨子里。

“还好。”陆在野顿了下，如实说道。他原先也怀疑是感冒，去了趟医务室后，发现是因他不太适应淞城阴雨连绵的气候，身体产生的应激反应。

那今天怎么将衣服穿得如此规整？

林枝春心头冒出点点疑窦，但碍于老余的自习安排，没有再问出口，安静地将目光收回，做起了练习册。

周末放了两天假，林枝春周一早上来上学的时候，带了杯蜂蜜冲泡开的温水，装在玻璃杯里，随着她的动作，一晃一晃的，漾出暖黄的弧度。

没想到才走上教学楼，就迎面撞上了拿着一沓作文纸的王永安，男生腼腆地摸了摸后脑勺，喊住了她。

“王永安，有事吗？”林枝春脸上闪过一丝意外，然后很快反应过来，“你这是刚从老余办公室出来吧？”

王永安是五班的语文课代表，他手中拿着的作文纸，估计是上次月考还没来得及分发的作文。

听到她的问话，王永安又腼腆地点了点头：“对。老余，老余叫你。”

林枝春“嗯”了声：“那我现在过去。”

正准备走的时候，她顿了下，又叫住了准备回教室的王永安，请求道：“你能帮我把这个放陆在野桌上吗？”

回想起上周身旁的那一声声咳嗽，她拿出玻璃杯，朝面前的人递过去。

听说蜂蜜水早上空腹喝，润喉的效果会更好一些，可老余叫她，那势必一时半会儿是回不去了。

“当然可以。”王永安赶忙接过林枝春手里的杯子，“秦昆找我麻烦的事还是你们帮我解决的，真是谢谢你们了。”

他说着，就要在人来人往的教学楼给林枝春鞠躬。

林枝春拦住他：“大家都是同学，不用这样。”

王永安摇了摇头，很认真地说：“这不一样，你们帮了我很多，我必须感谢你们。”

同学之间的帮扶原本就是情分，更何况陆在野所做的远超于此。

至少在陆在野来之前，淞城一中没有人愿意为了不想干的人，直接与秦昆那伙刺头硬碰硬。

“我不知道你们为什么帮我，但是真的谢谢你们。”王永安平日里话不太多，这会儿话到最后竟然带了点哽咽。

林枝春忽地想起那日，陆在野站在光下说出口的那句“看不过眼”。

少年神情冷淡，眉眼间的锋利让人难以直视，说出口的话却炙热，像是拥有能融化一切的温度。

王永安离开后，林枝春挎着包进了老余办公室，才进去就撞上老余的视线。

“老师好。”

“好什么好？”老余放下手中的保温杯，叹了声很长的气。

“枝春啊，我一直觉得你是我们班最令我省心的学生，不光成绩好，还听话懂事，从来不用老师多操心……”

老余这段时间特别喜欢夸人，大概是那几本《夸奖的艺术》等书籍着实起到了作用。

“要不您有话还是直说吧。”林枝春半低着头，没忍住说了句。

被强行阻断的老余放下手中的保温杯，重重地叹了口气：“那我就直说了。你这孩子怎么连家长会都雇人来参加？”

林枝春杏眼圆睁，脱口而出：“您知道了？”

听听！听听！

这叫什么话，什么叫“您知道了”？

“你这可不行。”老余心痛难忍，面容严肃起来，“家长会怎么能弄虚作假，你妈妈明明很关心你的学业。”

听到这里，林枝春不知该如何作答，有关苏女士的一切，她都不想再提及。

于是在老余接下来的问话中，她保持了沉默。

眼看着快上第一节课了，也没能问出什么来，老余只能放她走。

出办公室时，书包夹层里的手机振动了下，林枝春掏出来看了眼，才开机就看见李舟舟从学校校园墙上转发过来的说说。

标题内容取得劲爆而又吸人眼球。

——话说高二文科年级第一是不是家庭条件不太好，连家长会都只能随便雇个中年妇女来参加。

第六章 心跳声

王永安进教室的时候，离早读课还有五分钟。

他一进去就瞧见座位上的陆在野正在补觉，男生左面侧脸露在外边，微微内翘的丹凤眼合上，透出浓浓的困倦。

于是，他没敢出声打扰，犹豫半晌后，蹑手蹑脚地将触感温热的蜂蜜水放在了陆在野桌上，然后转身离去。

五分钟后，早读课的铃声响起，固执又顽强地响够了三十秒才停，成功地将趴在课桌上的人闹醒。

陆在野撑起身子，耳边是满教室的朗朗读书声，他充耳不闻，散漫睁开眼后，眼风一扫就瞧见自己桌上多了个玻璃杯。

他轻踢了下左前方王敢的椅子，懒洋洋地问道："这是谁放的？"

"刚刚好像就王永安来过。"

望着乍然冒出的蜂蜜水，王敢回过头来想了想，自顾自地得出一个结论："可能是他为了感谢陆哥特意送的吧。

"哎，陆哥你最近不是在咳嗽吗，喝这个润润嗓子最好了，没想到王永安还挺有心的。"

陆在野皱了皱眉，总觉得有哪里不对，但还是勉强点了个头说道："谢了，帮我跟他说一声，以后不用费心。"

他出手帮王永安，又不是要从王永安身上得到什么。

“陆哥你这衣服还穿这么严实啊？”

王敢点头答应后，觑了眼陆在野那拉链拉到顶的校服，感叹了句：“嗨，咱们学校女生是有点疯狂，都一窝蜂地逮着你拍。”

其实王敢这话说得还有些含蓄委婉了。

就上次陆在野难得跟五班男生一起去操场打球，穿得随意了点，黑色球衣外边套了件校服，能看见大片肩颈处冷白皮肤的那种。

淞城一中其他班的女生闻讯而来，挤满了整个看台，上一次这样的盛况还是陆在野转学来的时候。

她们拿着手机不拍进球，不拍操场上飞驰运球的其他男生，专拣着陆在野衣服被风撩得东倒西歪的时候拍。

少年球衣稍稍卷起，露出精瘦后腰，轻薄腹肌若隐若现

每当这种场面出现，看台上手机按快门的咔嚓声与女生的惊呼声就会交织在一起，热闹非凡。

教室里，陆在野闷哼了声：“少废话。”

他嗓子还是不大舒服，想了想，随手拧开玻璃杯，仰头喝了口，霎时温热的蜂蜜水淌过喉咙，微微带着点甜。

是挺好喝的，也有效地缓解了他的咳嗽。

缓了会儿，陆在野偏了偏头，看向旁边的空桌时，眼神一顿，淡淡问了句：“她人呢？”

印象中，他那脊背挺直、永远在认真听课的同桌，从来就没有迟到或者缺席过。

王敢神经迟钝，半天没搞明白他在问什么：“谁啊？”

待看到陆在野狭长的丹凤眼微微眯起，视线不偏不倚地落在林枝春课桌上时，他才反应过来。

“不知道啊，好像今天就没见过林妹妹人，不会是请假了吧？”

五班男生在对林枝春的称呼上达成了一个共识——“林妹妹”。

原因无他，林枝春肤色偏白、身形纤细，看着就透着股弱不禁风的味道。

外加她平日安静内敛，学习成绩又好，举止间还有别人没有的诗书气，久而久之，倒真成了名副其实的“林妹妹”。

“你叫她什么？”陆在野眉间冷淡，问出来的话同他这个人一样没有

丝毫温度可言。

王敢不明所以，不能叫林妹妹吗？

那——

“林……林姐？”

陆在野没再出声，但身上散发出的冰冷气场无形中消减了不少。

不过，一直到下课，他也没等到林枝春回来，旁边的座位始终空空荡荡，每每漫不经心地瞟过去，总觉得像是少了点什么。

天台上，林枝春孤零零地一个人坐着，在空旷空间里，身影显得格外单薄。

此刻，她正不发一言地拿着手机浏览那条被大肆转发的说说。

校园墙上的说说明显不满足于谈论她家长会雇人参加的事情，而是着重分析了下她的家庭情况，字里行间满是恶意。

下面的评论诸如“这个我好像知道一点，她爸妈从来就没来过学校，从初中开始就是”“说个瓜，不保真哈，她爸妈应该是离婚了，她妈给人当小三，攀上有钱人家后就把她给抛弃了”“听说她妈是怀着孕上位的，她其实也都知道，就她这个人怎么说呢，看着单纯，其实私下里根本就不是这样”……

后边冒出的评论越来越离谱，越来越多的“知情人”出现，像是要凭借网络上的口诛笔伐，将她和她妈钉在道德的耻辱柱上。

天台上的风还挺大，当早春的风再度裹着寒意席卷而来时，林枝春沉默地闭上了眼。

某个瞬间里，她忽然生出将手机从上面扔下去的想法，就当看不见，什么也看不见。

流言的传播总是迅速的，一节课过去后，学校大部分带了手机的同学都在空间里看到了这条说说，没看到的同学也从旁人嘴里听说了这件事。

人人都长着一张嘴，想说点什么，甚至于添油加醋，根本不是难事。

课间，有别班女生特意来五班串门，找到认识的同学，压低了声音说这件事：“肯定是真的呀，你看她妈妈这次连家长会都没来，这不明摆着的吗？”

一传十，十传百，话从他们嘴里说出，好像已经是板上钉钉的事实了。

陆在野难得醒着，坐在靠墙的最后一排，皱着眉听完后门口女生的八卦。

他面上没什么表情，低低嗤了一声，然后忽然拿起课桌上的作业纸，修长手指将其揉成一团，朝后门口的垃圾桶扔了过去。

精准发力，纸团没扔进垃圾桶里，而是偏了两寸，呈一个完美的抛物线落在女生脚边。

突如其来的轻微却又明显的声响打断了女生说话，她茫然地抬起头，往纸团飞来的方向看过去，一看，就冷不防地对上了一道冷淡的视线，在瞧清人脸后，女生的眼睛亮了亮。

陆在野的名字在淞城一中实在是太过响亮，他这人冷淡，气质又实在出众，一看就不好惹，且他单枪匹马和秦昆对峙还赢了的事，不知道怎么就传了出去。

在这之后，不光没人敢再惹陆在野，他的名字还莫名笼罩了层能闪瞎人眼的光环，滤镜极强。

“不好意思，丢到你了。”对女生专注的视线视而不见，陆在野随口道了个歉，再配上没什么表情的脸，是看得出的敷衍。

女生却是毫不介意，甚至为自己能和他搭上话面上露出笑意：“没，没关系的。”

然而还想说什么的时候，却被陆在野打断了，清越的少年嗓音莫明有点冷冰冰的意味。

“下次说人闲话的时候，尽量找个没人的地方。”他顿了顿，接着慢条斯理道，“大庭广众的，闪着舌头就不好了。”

听明白陆在野在说什么后，女生脸上一红，赶忙灰溜溜地跑了，看背影简直像是落荒而逃。

下节课是体育课，王敢走到他课桌前，颇为奇怪地看了眼脸色转瞬就冷了下来的陆在野，虽然他平时也是冷淡模样，但真正不大高兴的时候，周身气压要更低一些。

“陆哥这是怎么了，谁惹你不高兴了？”王敢大大咧咧的，估计是还没来得及听说现下全校都在传的八卦。

他还热情邀请道：“陆哥你现在可是体委，一起上体育课去。”

“不去了。”

陆在野一把合上政治课没来得及关上的课本，不咸不淡地吐出几个字：“体育课你帮我整队。”

怎么就不去了？

王敢摸不着头脑，但也不敢多问，眼睁睁地看着陆在野从座位上起身，长腿一迈往教室外走去。

陆在野单手抄着兜在一中校园里逛。

经过一番旁敲侧击，他已经从老余嘴里得知林枝春今天没有请假，且在早上就来了学校。

漫天流言之下，她现在会在哪里？

陆在野眼神一暗，似是想到了什么，抬腿就往天台走去。

果不其然，在推开那侧小门的时候，他望见了天台上那道熟悉的纤细背影。

林枝春站在天台的边缘，弱不禁风的身形在簌簌寒风里显得有些摇摇欲坠。

她正往下看去，瞥见高楼，瞥见蚂蚁般渺小的人，倒也没有轻生的念头，但就是从胸腔深处涌上股不明不白的疲倦。

“林枝春！”

背后却突然传来呼喊声，偏冷的声线辨识度极高。

她下意识回头，猛然望见少年凌厉的面容轮廓，然后紧接着听见一句：“从这儿跳下去可不会死，只能是半身不遂。”

陆在野：“你可别想不开。”

——“从这儿跳下去可不会死，只能是半身不遂。”

——“你可别想不开。”

有这么劝人的吗？

别说，还挺有效。

尽管林枝春本身并没有这个想法。

她别过脸去，清澈杏眼里有一丝丝难言的复杂：“我不会想不开的。”

“嗯。”陆在野半合着眼应声，“只是提醒一下，每年死于意外的人不在少数。”

从林枝春的角度望过去，少年脸上神情淡淡，惯常泛着无波也无澜的冷意，仿佛整个世界的热闹都同他无关。

可她知道他常常外冷心热，话少却并不意味着不会朝人伸出援手。

正如她所见过的，少年冷淡眉眼倏而上挑时，里头有藏不住的意气风发。

“你怎么上来了？”林枝春问出方才见到他第一眼时就想问的问题。

陆在野幅度不大地偏了偏头，语调没什么起伏地说道：“老余让我找一下你。”

十分钟前，高二语文年级组办公室，陆在野站在老余办公桌前，状似无意地提起：“我让林枝春转交给您的申请书，您收到了吗？”

老余一头雾水：“什么申请书，没有啊。”

当然没有，申请书是陆在野杜撰出来的。

他淡定地转移话题：“我叫她一来学校就帮我转交，看来她可能忘记了。”

将话套出来后，陆在野跟老余告别，转身就走，落拓的背影在教学楼的白墙上晃动了一路。

老余让他来的？

她缺了差不多一个上午的课，是挺明显的。

听他这么说，林枝春也没多想，小声地道了句谢：“不好意思，麻烦你了。”

她抿着唇，目光直直落在正前方，黑白的眼里有几分不知所措的茫然，却在恍惚间听见一句：“下去。”

林枝春沿着声源望过去，对上陆在野坦荡的视线，他毫不掩饰地看着她，却什么也没多说。

他不问她为什么突然出现在这儿，不问发生在她身上的诸多流言，只是下巴朝她扬了扬，重复道：“跟我下去。”

去哪儿？

林枝春并不是很想回教室，此刻人群于她而言，像极了不见天光的汪洋大海，轻易就能将她淹没。

没有澄清之前，那些议论声不可能散，而人言可畏。

两个小时前看见的文字，直至现在也能让她心头生出窒息感来。

林枝春声音含着一丝不易察觉的颤抖，低低说了句：“你先下去吧，我还想在上面再待一会儿。”

话语间满是苍白无力。

“你不可能在上面待一辈子。”陆在野皱了皱眉，意有所指，“你放心，没人敢多说。”

天台上猛然沉默下来，空气就像静止了一般。

约莫半分钟后，林枝春缓缓抬头，扯出个笑容，慢吞吞应了声：“好。”

像是想明白，她在哪儿根本就不重要，教室里抑或是天台上，爱嚼舌根的人照样会嚼。

如果不去解决，困扰就会一直停在那里，永没有平息的时候。

“我跟你下去。”

回到教室的时候，体育课还没有下课，五班暂且空无一人。

林枝春扫了眼空空荡荡的桌椅，情绪莫名放松了些，松了口气，坐回自己座位上。

陆在野则一直不紧不慢地跟在她身后，见她坐下，随口问了句：“要不要先去吃个饭？”

林枝春瞟了眼课表，倏然发现体育课已经是上午的第四节课，下完课正好是吃饭的时候。

她微微心动，但一想到食堂的人头攒动，又下意识地摇了摇头。

虽说不能逃避，该积极地去解决眼前的事，但她显然不认为，直接将自己送去人堆里接受近距离的议论是个正确决定。

“不去食堂。”

陆在野却像是看穿了她内心想法似的，淡淡扫了她一眼，低低开口道：“我们去外面吃。”

淞城一中在放假一事上，确实比其他重点高中要松上很多，但这并不意味着，它允许学生中午外出吃饭。

于是，林枝春狐疑地看向陆在野，目光里透出那么几分不信任：“要不还是算了。”

“说去外面吃就去外面。”陆在野抬手散漫地往她头上一扣，语气轻描淡写又不容辩驳。

林枝春最后还是小跑着跟在他后边出了教学楼。

快到校门口时，她才犹豫着问道：“待会儿保安拦着我们怎么办？”

“拦着就拦着。”

林枝春表示佩服……

淞城一中的校门分为机动车道和学生出入的人行道，放学时候，两道的闸门都会拉开。

但上课期间，为了防止学生私自出校门，只会打开人行道旁的侧门。

林枝春跟在陆在野身后，走到校门口时，看到的就是那只能供两人通行的小门。

这个时候，门卫室里保安正优哉游哉地吃着午饭，偶尔瞥一眼监视器看有无异常。

继家长会雇人后，林枝春人生的坏事薄上可能又要多一件私自出校门，她的心在顷刻间又紧张了起来。

她不自觉地就伸出食指戳了戳身前的人，低低问了句："怎么办？"

就在下个瞬间，林枝春完全没能反应过来的时候，她那伸出去戳人的右手猛地被人反手攥住，细白的手腕上多了只骨节分明的手。

陆在野稍稍使力，将林枝春整个人拉起就跑。

他们跑过那道小小的侧门，跑过淞城一中长长的下坡道，将保安叔叔反应过来后的呼喊远远扔在了身后。

"你们干什么的，不能出去——"

同时，少年喉间溢出一声低笑，肆意张扬。

自此，林枝春的耳里只能听见呼啸而过的风声。

约莫几十秒后，风停，她瞧见陆在野单手扶在路灯杆上，垂首望着她。

他突然间经历这么一番剧烈运动，却连口气也不用喘，径直问她："有什么想吃的没？"

林枝春却做不到他这么淡定，胸口起伏着，微微喘着气道："等、等下……"

"那成，你慢慢想。"

最后，两人坐在了一中附近的一家粤菜馆里。

林枝春上学的时候顿顿吃食堂，放了学就回家，于是乎在一中上了快两年学，竟然还没来过这家店。

恰恰相反的是，转学还不到一个月的陆在野熟稔地从服务员手里接过菜单，递到她眼前："想吃什么，这里的汤还不错。"

"都可以。"林枝春其实没什么太大的胃口，出来吃饭于她而言，更多的是种放松。

陆在野轻描淡写地"嗯"了声，在问过她有什么忌口的没有后，淡然地将菜给点好。

他垂眼在菜单上勾勾画画，身上的冷淡气质全然不受地方限制，点个菜也仍是眉眼出众的模样。

而等菜上来之后，林枝春瞟了眼，四菜一汤，菜色样式竟都出奇的不错。

她不声不响地夹着菜，经过方才那一跑，情绪早不似上午时低沉，脑子里开始慢慢理着这件事的前因后果。

空间里的说说为什么会爆出来，这件事爆出来对谁有好处，稍稍一想，其实就能得出一个大差不离的答案来。

除了周圆，再没别人。

现在要想的是，该如何解决这件事。

“好好吃饭。”

对面却忽然传来一道清冷嗓音：“想那么多干什么？”

强势，又不容置喙。

林枝春轻轻“哦”了声，倒是真的收了心思专心吃起饭来。

饭后，陆在野却又主动问起了她打算怎么办。

林枝春给出了一个中规中矩又透着必然的答案：“好好上课。”

他们说他们的，于她而言，饭该吃，课也还得继续上，没道理让藏在流言背后的人毁了她的生活。

闻言，陆在野低低笑了声，情绪寡淡的脸上显出一丝意外，干脆付完钱后，往一中校门口走去：“小看你了。”

望着他向前的背影，林枝春却忽地停下，警惕地问道：“我们、我们还跑着进去吗？”

就算保安不拦着，拦不住，这刚吃完饭，她也跑不动啊……

“不用跑。”陆在野瞟了她一眼。

他几步走到门卫室，递给保安叔叔一张请假条，淡声说道：“麻烦您看一下。”

“请假条倒是真的。”保安叔叔合上他的饭盒，认出他俩就是刚才冲出去的学生，冷哼一声道，“有请假条还跑个什么劲？”

“不好意思，急事。”陆在野脸上露着半真半假的歉意。

可他即便垂眉敛目，也仍遮不住骨子里的那抹张扬少年气。

好在保安叔叔也没和他多纠结，摆了摆手就让他们进去了：“快走，进去好好上课，下次不要这样了。”

“你有请假条？”林枝春眨着眼，轻声问道。

“嗯。”

“那为什么还……”

她话没说完，却尽在不言中。

陆在野清楚她问的是那为什么还拉着她跑，他漫不经心地回了句："大概，跑起来更刺激。"

——跑起来更刺激。

林枝春忽地就记起擦耳而过的风声，以及擂鼓般的心跳声。

恍若世界纯粹到只有这两种声音，她也很喜欢的声音。

林枝春和陆在野回到高二（5）班教室时，已经是下午一点。

正是午休期间，班上同学大部分都坐在教室里，只有两三个男生还站在走廊闲扯，比如王敢。

王敢一抬头就看见两人一前一后地爬上四楼，惊讶之余讪讪地打了个招呼，朝着陆在野喊了声："陆哥。"等目光转移到林枝春身上时，原准备脱口而出的"林妹妹"又咽了回去，脸上堆着笑容道，"林姐。"

林枝春有点蒙，比从前班上几个男生打趣喊她"林妹妹"时还要蒙，林妹妹可以说是从《红楼梦》里衍生出来的称呼，喊姐不至于吧……

她沉默半晌，纠正道："要不你还是喊我名字吧。"

陆在野就站在林枝春身后，但他个子很高，林枝春的脑袋不过堪堪到他胸口。

仗着这高了大半个头的优势，陆在野毫不费劲地觑了一眼斜前方的王敢，下巴扬了扬。

接收到信号，王敢半分没敢多留，扯着另两个男生就溜了。

走廊上顿时又只剩下他们两人。

林枝春回头瞧了一眼身后的人，顿感莫名其妙："他们怎么突然就跑了？"

"别管。"陆在野淡声说道。

其实林枝春觉着他这人真的很奇怪，不管说什么，都有一种令人信服的感觉在，两三个字从他嘴里吐出来，也远比别人长篇大论要见成效。

陆在野恢复了他一贯懒散的样子，用下巴点了点后门示意，又像是怕她不好意思，自己率先推开门走了进去。

轻微门响让小部分五班同学好奇地回头张望，看清陆在野的脸后，又不约而同地将脸给转了回去。

一来一回的两个动作像是在说"不好意思打扰了，您请继续"。

所以后脚进去的林枝春，一进去望见的就是五班同学齐刷刷趴在桌上或写作业或背书的背影。

真就神奇了，老余这个班主任来了都没这个效果。

林枝春不动声色地走回座位，拉开椅子就坐了下来。

因为已经想好这件事该如何面对，心上枷锁顿松，林枝春眼神里早寻不见之前的彷徨，取而代之的是湖水一样的宁静。

倒是前桌的李舟舟察觉到动静后猛然回头，见到是林枝春又一把将她抱住，压低着嗓子道："枝春，你吓死我了，给你发的消息你都没回我，我还以为你出什么事了呢。"

"我没事了。"林枝春轻轻拍了拍李舟舟的背。

林枝春不善言辞，突然间遇上这样直接而热烈的关心，心里除了感动，说不出其他。

"那些人，那些人简直太过分了，都是在胡说八道，枝春你不要听他们的！"

林枝春"嗯"了声，附和道："不听。"

"那枝春你打算怎么办？"李舟舟脸皱成一团，眼巴巴地看着她。

这个问题陆在野也想知道。

他原本懒懒地倚在墙上，长腿支着，在听到李舟舟问这个问题后，散漫地抬眼，准备听听林枝春会如何说，她又会如何做。

林枝春不闪不避地迎上身侧两道视线，轻轻开口："先去找最初发布说说的人，让她删帖道歉。"

实话说，林枝春的长相毫无攻击性，这是所有见过她的人都不会否认的一点。

正因为如此，很多人都会下意识地忽略一点——那就是她眼中存在的坚韧，如那春草般生生不息的坚韧。

"我不喜欢大事化小，小事化了。"

她头一次在旁人面前袒露心声："我总觉着，人做错了什么事，就该承担什么样的结果。"

话音刚落，教室里鸦雀无声。

左侧忽地响起鼓掌声，两三下，不大却清脆，让人无法忽视。

林枝春偏头朝陆在野望去，就听见他漫不经心地"嗯"了声，眼神里的冷意消减，嘴角上扬着肯定道："说得挺对。"

挺对。

她从他话里隐隐听出鼓励意味。

窗外难得放晴，碧空澄澈如洗，阵阵不知名的鸟儿叫声传来，预示着好天气的到来。

窗内林枝春猝不及防地抬起头，撞进少年黑曜石一样的眼里，然后清晰地看见自己的倒影。

她在他眼里看见自己。

林枝春忽然闻得自己心跳声漏了一拍。

下午，林枝春在义愤填膺的李舟舟同学的陪同下，去找了掌管淞城一中“表白墙”账号的那个同学。

见面后，林枝春发现对方是个男生，也是高二同年级的，长得还挺人高马大。

林枝春将人领到暂时没人的多媒体教室后，就简要说明了自己的来意，她冷静地提出要求：“请把今天上午发的说说删掉。”

“这个恐怕不行，说说内容我们也是接的匿名投稿，你叫我突然删掉不好吧。”

男生嬉皮笑脸，没当回事：“你就是那个林枝春吧，我也能理解你的这种心情，但也请你理解一下我们账号的运营呗。”

“你什么意思？”跟在身后的李舟舟听到这种无耻言论，愤然出声，“你那是谣言，谣言！”

男生无所谓地耸了耸肩。

林枝春拉住眼看就要暴走的李舟舟，不卑不亢地对上男生打量的双眼。

她面无表情地说道：“或许你该了解一下相关法律法规，网络造谣点击浏览转发过五百，是可以立案的。

“也就是说，只要我想告，你就必须删帖道歉，甚至接受法律的惩罚。”

“你吓唬谁呢？”男生略微慌了神，但还是嘴硬地说道，“什么造谣，跟我有什么关系？”

林枝春却不打算与他多纠缠，扔下一句“相关证据我已经保存好了，同学你看着办，我只等你到明天”，就拉着李舟舟离开。

“枝春，你刚刚好厉害！

“那个造谣真的可以告他吗，你居然连这个都知道。”

回教室的路上，李舟舟嘴就没停过，一边走一边不住地赞叹。

林枝春实在是听得不好意思起来，只能捂住了她的嘴，轻轻比了个“嘘”

的手势。

两人停在五班门口，正想要进去的时候，却忽然听见教室里传来的说话声。

准确来说，只有一个人的声音。

嗓音冷淡，不带一丝感情。

“家长会的那个家长是我雇的，临时反悔，让给她罢了。

“我不想再听见些有的没的。”

他话一出，无人敢反驳，几乎是一语定调的效果。

他说话声懒洋洋的，却又掷地有声：“都是同学，相处这么久了，你们难道不知道她是什么样的人，两只眼看到的不比在网上听人说的强？”

这个声音百分之两百是陆在野。

他在替她澄清。

林枝春去找那个男生时攥紧的拳一下就松了开来，一整天的提心吊胆彻底烟消云散。

像是闻到了尚未成熟的青橘，鼻间顿感酸涩。

也有人替她澄清。

第七章 检讨书

还是李舟舟同学的说话声，唤醒了正愣在原地的林枝春：“枝春，陆哥说话也好帅。”

她仓促抬眼，就看见身旁的李舟舟咽了咽口水，接着说道：“特别是他替你说话，这个行为真的很帅气。”

当着全班人的面，一字一句地替她剖析谣言的荒谬之处。

最后那句反问“作为朝夕相处的同学，难道你们不比别人了解她”就像一柄小槌，蓦地敲击在现场每一位同学的心上。

一下一下，敲得人心间似有电流穿过四肢百骸。

站在后门口的林枝春只觉自己，连指尖都是麻的。

“枝春，陆在野这么维护你，他是不是……”

李舟舟附在她耳边，最后几个字恍若呓语，小得几乎听不见，但林枝春还是从她直白到不加掩饰的眼神里读懂了那几个字。

都是十六七岁的女孩子，再如何懵懂单纯，也仍是处于这个看雨不是雨，看月不是月的年纪，春风一起，那些朦朦胧胧的心思就能在瞬间升腾而起，轻易就能激起千层浪花。

她对上李舟舟的视线，一时语噎，纯粹是因羞怯而生的热意蔓延至耳畔，烧红了往日里小巧白润的耳垂。

李舟舟倏地凑近，近观她脸上神色，小声嘀咕道：“枝春，他对你好像真的很好哎。”

反正，比一般人是要好的。

不怪李舟舟会有这种想法。

一进校就统一全年级审美的陆在野是公认的焦点，女生目光追逐的对象，偏偏脸常年冷着，不仅狭长的眼睛里极少露出笑意，浑身上下还散发着一股“生人勿近”的气息。

可就是这样一个人，会当着所有人的面，不咸不淡地给林枝春四散到全校的谣言作个澄清。

“舟舟，他出言相助，我确实得感谢他。”

敛了面上慌张，林枝春惯常安静淡然的脸上换上沉着神色，然后认真说道：“但他的善意不应该成为我们胡乱揣测的原因。

“下次不要再开这样的玩笑了。”

她牵着李舟舟的手，澄澈的杏眼直直望了过去。

那双眼里明明什么都没有，却又好似什么都有。

温柔得不像话。

也干净得不像话。

望着近在咫尺的教室门，林枝春却没有进去：“你先回去，我去找周圆。”

她准备一鼓作气地把事情解决完。

李舟舟听到她这么说，下意识说道：“我陪你去吧。”

“不用了，你回去学习吧。”

林枝春扯出一个浅笑，笑意融在弯弯的眉眼中：“舟舟，谢谢你，但我自己能解决的。”

这件事过后，由苏明惠女士引发的恩恩怨怨，从此都与她无关。

林枝春沿着走廊往对面走去。

周圆同她一样，在文理分科的时候选择了文科，不过她学的是艺术，而艺术生有专门的班级，位于四楼尽头的教室就是特长生十一班。

淞城一中每个年级都会有这样一个班，专为学习美术、播音、体育等特长的学生设立。

和别的班不一样的是，这个班的成绩悬殊会更大，高考后，有的人能上北体、央美或是中传这样的顶尖学府，也有人混不下去干脆连大学也上不了。

总而言之就是鱼龙混杂。

还没进去，林枝春就闻到一股刺鼻的味道，她下意识地屏住呼吸，耳边却忽地响起一句刺耳的“少装了”。

她扭头望去，循着声音来源，轻而易举地瞧见女生小团体中的周圆。

林枝春没多犹豫，直接出声喊道：“周圆，有空谈一下吗？”

周圆抬起头来，面上飞快露出讥讽：“你找我能谈什么，你们一个两个的就这么喜欢找我谈？”

一个两个？

林枝春敏锐地觉察到周圆话中的重点，除了她，还有谁来过了吗？

她不动声色地把周圆从人群中带走，引到一旁的空教室里。

周圆却不愿多说，承认道：“是，空间里的说说是我让人发的，可这不是你欠我的吗？

“现在是怎么回事，让你那好同桌来了一趟还嫌不够，还要亲自来跟我要这个道歉吗？

“我明明就没有错，凭什么道歉？”

女生漂亮的脸逐渐扭曲，音量也不受控地拔高。

为什么一个个的非说她做错了，被破坏家庭的明明是她。

现在她只不过是给那个小三的女儿一点教训罢了，为什么所有人都要来指责她？

眼看着周圆情绪逐渐失控，林枝春一言不发地合上空教室的门，免得让更多人看见她失态的样子。

“周圆。”

关上门，林枝春冷静地喊出她的名字，一字一句地纠正她：“如果你在网上随意公布他人隐私，造谣曲解事实，且引导舆论方向继而引发网暴，也不算做错的话，那什么又是错呢？”

犯错者从来不会主动发现错误。

他们大多一厢情愿地陷在自己的世界里，而不去管真相究竟如何。

“我没有对不起你，是你一直觉得我和我妈破坏了你的家庭。”

可凭什么你觉得的，就是对的呢？

林枝春清冷的视线恍若能穿过人的灵魂：“而且据我所知，结婚的事是周叔叔提的，同居也是周叔叔提的，就连婚宴策划也有周叔叔的参与。”

“是你妈给我爸下了降头，花言巧语蛊惑了他！”周圆大喊，“你妈当初接近我们家就是不怀好意的！”

“如果一个成年男人就这么轻易地被人给骗了，他是不是太没用了点。”林枝春摇了摇头，面上一点表情也没有，眼神里仅存的情绪不知是无奈还是怜悯。

“你少胡说八道了！”周圆接连退了好几步，眼底的“高墙”一点一点被击溃。

她猛然记起不久前来找她的陆在野，他俩说话时脸上的表情简直如出一辙。

陆在野也是这样，嘴角稍稍勾着，若有似无地叹着气：“照你这么说，林枝春她妈手里是拿着把刀，抵在你爸脖子上逼着你爸和她结婚？”

当然没有。

周圆被陆在野说得一怔，刚想反驳，就听见面前的冷淡少年继续说道：“你口口声声骂人小三，那你爸算什么，出轨男？”

他说这话时，脸上没个正形，偏偏言语锋利，字字句句剖开残酷真相来。

“我不觉得一个家庭的破碎，可以完完全全算在另一个女人的头上，再说，他们不是你父母离婚后才在一起的？”

陆在野几乎没有对女生说过什么重话，顿了好一会儿，才抿着唇扔下这么一句：“收收你的玻璃心。”

收收你的玻璃心，而不是以此为借口去伤害别人。

他从头到尾低合着眼，压根儿没看过她。

点到为止后，他就转身离去，徒留干净利落的背影在走廊的地面上一晃一晃，直至消失不见。

林枝春和陆在野的声音轮番在周圆脑海里响着，尽管她隐隐约约觉得他们说的是对的，却又不甘心轻易承认。

那种崩溃就像是一直支撑着自己的高楼，突然就塌了。

而她，站在废墟旁，不知所措。

“今天我会把空间里的说说删干净。”周圆脱力般靠在椅背上，最终还是妥协了。

林枝春轻颔首，将目光从她身上收回，最后淡淡说了句：“我不想再跟你有任何的牵扯，麻烦你也不要再来打扰我的生活。”

她没有多余的同情心，可以用来怜悯一个伤害过自己的人。

“还有，记得道歉。”

说完，林枝春往门口走去，当手扶在门把手上的时候，忽然听见背后传来的一声很小很小的“对不起”。

她没有再回头，而是利落地将门打开，然后走了出去。

从今往后，和周圆有关的一切都将被关在这扇门后，那些不再，也不该是她的困扰。

出了教室后，天边是湛蓝晴空，卧着形状不规则的云。

可是有一线金光从云层里直直冒出，不偏不倚地打在淞城一中的教学楼上，刹那间，玻璃也折射出五光十色的斑斓。

林枝春慢慢踱着步子往回走，恍惚间抬头，正好看见此情此景。

她无法形容眼前看到的震撼景象，于是从口袋里掏出手机准备将其拍下来。

“干什么？”

可手机还没完全拿出，头顶就响起一声戏虐。

陆在野不知道什么时候出现在了她的身后，修长手指毫不费力地将手机从她手中夺走：“同桌你不好好学习，在这儿玩手机？”

他声线疏冷，问话时尤为明显。林枝春被他问得轻易红了脸，下意识就要将手机抢过来。

可就在她踮脚时，陆在野轻轻松松地将右手抬起，将手机举到一个她踮脚也拿不到的高度。

几番争抢下来，林枝春果然没能把手机夺回来。

可兔子急了也是会咬人的啊。

林兔子果断跳起，想要凭借跳起来的高度，一举将手机夺回。

陆在野挑了挑眉，像是被她这突如其来的举动给惊讶到了，倒也没躲，整个人拿着手机没动。

但就在林枝春指尖要触碰到手机外壳时，稍远处传来一声暴喝：“你们干什么呢？”

这声音……

像极了王主任。

就是那个在学校里主管道德风化，每周一都要在升旗台上强调一番“学习为主，休息为辅，恋爱万万要不得”的教导主任。

被身后这一声吓得忘记了自己起跳的动作，林枝春右脚突地着地，跌了下来。

眼看她站不稳就要摔倒，陆在野皱了皱眉，眼疾手快地扶了她一把，低低说了句："站好。"

结果，暴喝声愈加大了。

"那个男同学，你赶紧把手给我松开！

"光天化日之下，你们这是在干什么，啊？"

教导主任王有光几乎是小跑着跑到了他们身边，不等喘匀气，就张口问道："哪个班的？"

他指着林枝春和陆在野，满脸的痛心疾首："你，还有你，都是哪个班的？"

王主任都这么问了，林枝春也不可能闭口不言，而陆在野在这种问题上压根儿不屑于撒谎。

于是，两人异口同声地回答了句："五班。"

还挺有默契。

"原来是一个班的。"

王有光扶了扶自个儿鼻梁上的金框眼镜，继而又问道："老实说吧，都谈了多久了。"

什么谈了多久了？

林枝春不可置信地抬起头来，突然明白过来王主任怀疑她和陆在野在谈恋爱……

"王老师，我们不是，不是那种关系。"她艰难着开口，可话说出口，她自己都觉得这解释苍白无力，像极了嫌疑人最后的挣扎。

王有光比林枝春更为不可置信，在看清她的脸后。

"枝春啊，老师一向是很看好你的，你怎么能够在高二这么重要的时间点自毁前程呢？

"现在这个时候可不能把心思放在其他地方，尤其是恋爱方面，老师每周一的宣讲一定要认真听，听到心里去，落实在行动上呀！"

"王老师，事情真的不是您想的那样……"林枝春觉得自己非常有必要解释清楚，不然真的跳进黄河也洗不清了，到时候，窦娥都没她冤。

"枝春你暂时先不要讲话。"

王有光出言打断了她，目光径直落在陆在野身上："这位同学你来说说到底是怎么回事。"

陆在野散漫地站在走廊里，身影高瘦修长，也没有因为王主任的到来就变得拘谨起来。

听见王主任问话，他才闲闲将眼抬起，嘴里玩味着王主任那句“怎么回事”。

“就是您看到的那回事。”他眉眼清隽，说起再不着调的话来也仍是那副疏冷模样。

“什么叫我看到的那回事，你你……你这个同学怎么说话的？”

林枝春特别害怕王有光这么吼着吼着，吼出心梗来。

果然，王有光一下子就勃然大怒，呵斥道：“学校是让你们谈恋爱的地方吗？卷子写完了吗？”

他看到陆在野没什么情绪的一张脸，换言之也就是“油盐不进”的一张脸，心下立刻就认定是这个男同学，哄骗走了淞城一中文科之光，学校重点培养对象林枝春同学。

为了防止误会越来越深，林枝春认为还是由自己来解释更为靠谱。

可这次，她连称呼都没来得及说出口，就被陆在野扯到了身后。

接着，她听见少年语调没什么起伏地开口。

“没谈恋爱，同学关系，真就是您看到的那样。”陆在野朝王有光扬了扬手中的手机，“她来抢这个，所以才跳了起来。”

“那你俩怎么抱到一起了，你手还放在人家身上！”王有光显然不肯善罢甘休，被轻易糊弄。

陆在野眉间略过一丝无奈：“她要摔了，我总不能看着她摔。

“学校不准谈恋爱，但不能连男女间的同学情谊也给禁了吧。”

林枝春赶忙点头肯定道：“对，就是这样。”

真的吗，真就这么简单？

王有光的目光在他二人身上来回地逡巡，最后落在林枝春身上，终于勉强点头道：“我姑且相信你们一次。枝春，可不要让老师失望。”

最后的处理结果是林枝春和陆在野两个人，一人三千字的检讨，周五放学的时候交上来，周一升旗的时候去升旗台上念。

折腾完后，已经是放学的时间点，两人一道回教室准备收拾收拾书包回家了。

路上，陆在野抄着兜状似无意地开口：“最后那老师絮絮叨叨跟你说什么了？”

“你真想知道？”林枝春正低着头盘算那三千字该如何写，蓦地听见他这么一问，没忍住轻笑出声。

有这么好笑？

陆在野斜瞥了她一眼，“嗯”了声。

“他说……”

林枝春尽量模仿着王有光的语气开口：“枝春啊，那个男同学长得确实还过得去，我也知道在你这个年纪，对脸啊长相啊这种东西看得还挺重。

“但是，枝春你可千万不能被他的脸给骗走了，到时候考上好大学，什么样的没有啊。”

林枝春憋着笑把话给说完，头还没抬起来，就被人往下轻摁了一下。

她能感觉到，少年骨节分明的手在她头上作乱，冷淡气息围绕在她身旁经久不散。

然后听见陆在野“嗯”了一声，继而特别有自知之明地说道：“我长得确实还过得去。

“但我这样的，你就是考上好大学，也不一定有。”

嗓音冷淡，语调欠打。

但，林枝春不得不承认他说得挺对。

照李舟舟同学的话说就是，“陆大帅哥这长相，整个淞城翻个遍也找不出第二个来，遇见了就是千载难逢，能多看一眼是一眼”。

话虽然夸张了点，可道理也确实是这么个道理。

下周还将举行淞城一中一年两度的校运会。

至于为什么是一年两次，这就是学校的老传统了，生怕学生过于沉浸在学习中，失去了体育精神，所以每年的春秋两季都要举办运动会。

第一任校长在位的时候，甚至说过“学习还在其次，但同学们得为我们国家成为体育强国贡献一份力量”。

林枝春挺忙的，学习之余还得抽空写那三千字检讨。

陆在野也挺忙的，虽然他似乎并没有动笔写检讨的打算，但作为高二（5）班的体育委员，他得负责筹备各种项目的报名人选。

男生那边好说，陆在野从老余办公室将报名表领回来的那个下午，王敢就带着几个男生在他课桌前排队，一人身兼几项地把项目给报完了。

女生那边则会麻烦一点。作为文科重点班，五班女生确实在体育方面要稍微逊色一点。

王敢帮忙着张罗了好几天，才逐渐确定下来各个项目的人选，就是800米始终没有人愿意报名。

“要不抽签决定一下？”眼看就要周五了，王敢想出这么个看似公平公正的主意来。

陆在野指间转着笔，边转边说，冷冷的嗓音像是浸染着月色：“抽签不行。

“除开报名参加的女生，能抽签的人数已经不多，很容易就抽到身体状况不合适，或是有什么特殊情况参加不了的人。”

正誊着检讨的林枝春听见他这么一说，蓦地就抬头望了过去。

没看出来，他虽惯常冷着一张脸，考虑起事情来却很周到。

“我参加吧。”林枝春开口道。

她确实也不太擅长跑步，但也不好看着他操心了这么久，结果人选还是没能完全定下来，更不希望五班到时候没人上场。

陆在野挑了挑眉：“不要勉强，跑不了这个项目就暂且空着。”

他知道她还有一个跳高的项目在。

“没事。”

林枝春摇了摇头：“就是跑得慢些，但重在参与不是。”

陆在野最终没能拗过她，在800米的个人项目上填了她的名字。

最后一节自习课的时候，林枝春合上历史练习册，余光瞥到正趴在桌上睡觉的陆在野，熟练地提醒了句：“老余快来了。”

陆在野满是倦意地“嗯”了一声，额前碎发散开，露出光洁额头及冷峻眉眼。

这人连犯个困，都像是在拍杂志大片，氛围感直接拉满。

“陆同学，你检讨还没写。”林枝春无奈地提醒道。

“不写了。”陆在野懒洋洋回了句，语气中满是生死随意的洒脱。

“要不你抄一下？”

听到这话，陆在野半睁着眼朝她看过来，语调散漫：“同桌你这是帮我也写了？”

“这么好啊。”他仰头，喉结顿显。

“我只是写多了。”

林枝春解释完这一句就不肯再多说，从抽屉里拿出两张作业纸，上边的字数明显是两个人的分量。

她最后嘱托了一句：“你抄完就一起去行政楼交给王老师。”

陆在野微微内翘的丹凤眼完全睁开了，一眨不眨地盯着她看，冷白的手闲闲地放在课桌上，却没多动，似是还在等她再说些什么。

没人说话。

还是林枝春受不住这寂静，叹气说道：“这检讨我帮你写了，作为交换，你跑个腿。”

“跑腿费？”

陆在野修长手指夹起单薄白纸，薄唇扯了扯，勾出一个笑容来：“同桌你也太大方了。”

最后一节课的下课铃声响起时，林枝春瞥见陆在野停笔，他难得乖顺地将检讨誊抄了遍。

写完，他散漫地起身，像是要去找王有光，可才刚站起来，身旁就响起一道惊呼。

收拾完书包准备走的王敢，对着他手上的白纸惊讶喊道：“我没看错吧，陆哥你还写作业的？”

看清纸张上大大的三个字“检讨书”后，他一下瞪圆了眼：“陆哥你这是——”

他话还没说完，陆在野就冷淡地朝他瞥了过去。

“陆哥你真是，早说的话，检讨我帮你写啊。”接收到视线，王敢谄媚地笑道。

陆在野扬了扬手中的纸，低头轻嗤了声：“谁要你写？”

白纸上边两道字迹，秀丽与遒劲相交，在光下莫名协调。

第八章 远动会

周一早上林枝春照常去上学，心里记挂着升旗仪式时要站在台上念检讨的事情。

她不是没上过升旗台，“三好学生”“作文竞赛”，以及“优秀学生代表”这些表彰早让她成为台上的熟面孔。

只是这是第一次，以检讨的名义登台。

上周李舟舟得知她要当众念检讨时，大惊失色：“枝春，你真的要上去做检讨吗？”

他们习惯了她优秀到无可挑剔的好学生的那一面，所以很难将“林枝春”同检讨挂钩。

但林枝春当时笑着“嗯”了声。

她看上去非但不伤心，且并不觉得有什么大不了的，随口答了句：“是要上去。”

她也不是不能接受犯错的人。

念检讨时当着一个人的面还是当着全世界的面，对她其实都没有太大的区别。

相比于可笑的自尊心，她更在意的是自己内心的审判。

路走到一半的时候，林枝春脸色忽然变了，她出门居然忘了换校服！

她懊恼地拍了拍自己的脑袋。

——你怎么没把自己给忘掉啊。

无奈之下，她给老余打了电话请假："余老师不好意思，今早的早课可能得晚点到。"

然后，林枝春急急忙忙回家拿校服。

但等她紧赶慢赶到学校的时候，升旗仪式还是已经开始了。

不过由于要开运动会，校长还在台上讲话，且看那架势，估计还得要讲上很久。

她松了口气，放下书包从操场侧门溜了进去，运气很好，一路上都没有碰见什么人。

可正当她想神不知鬼不觉地绕回到班级队伍时，蓦地在人群的最后方瞧见了王有光壮硕的身影。

他不是一个人，他的正前方还站着一个瘦瘦高高的少年。

因为是背对着又隔得远，林枝春只能瞧见少年宽阔的肩背，以及那双笼在校服裤下的长腿。

可这些就够了。

一个背影，也足够让她辨别出少年的身份。

明明淞城一中那么多学生穿的都是千篇一律的黑白配色校服，唯独他，丝毫没被那被很多人吐槽过的"死气沉沉丧服色"给遮盖住眉眼间的意气风发。

反而，气质愈显挺拔。

校服松松垮垮地穿在身上，却能让人觉得有张有弛。

林枝春摇了摇头，对这上帝明摆着的偏爱毫无办法，抬腿就往前走了几步。

恰在此时，听见了王有光饱含不解地发问道："怎么回事，我让你俩写检讨，你俩给我交两份一模一样的上来。

"要不是我今早上瞄了一眼，差点就被你俩混过去了。"

什么一模一样的，林枝春听见自己心里"咯噔"了一声。

原先毫无所谓、懒散低垂着头的陆在野听见这话，也将脸抬起，眼里飞快地闪过一抹讶异。

大概也觉得这事确实是有些过于离谱了，王有光接着低声质问道："你说说这到底是怎么回事，你俩写的时候难不成思想共通了，写出来一个字都不差？”

作弊都不敢这么个做法啊……

他又缓了口气，语重心长地道：“实话说，我对你们这个惩罚很重吗？你至于交两篇一模一样的上来吗？我也不是瞎子啊。”

说到最后，王有光给自己气乐了。

他对面站着的陆在野身形也跟着晃动了一下，也不知道是不是在忍笑。

而林枝春这个时候已经想明白了，事情究竟是如何发展成现在这个局面的。

她无奈地叹了口气。

肯定是上周最后一节课，她拿出检讨递给陆在野誊抄时，拿成了她抄过的那一份。

阴错阳差间，两个人就抄成了同一份。

“王老师。”

林枝春还没想好该怎么解释这件事情时，那边的陆在野已经开了口。

他将手从裤兜里拿出来，规矩站好，向来懒洋洋的嗓音难得多了分正经：“这检讨是我抄了林枝春同学的，她不知情，是我个人思想不够端正。”

他说话坦荡，一句话就把林枝春摘了出去。

四月的风吹过少年的后脑勺，冷冷掀起他额前细碎的发丝，让其在空中自由飘荡。

林枝春目不转睛地盯着他的后脑勺看，心里对他会说出这么一句话来毫不意外。

她这同桌就是这样，坦荡无畏，从来不屑于半点掩饰假装，心里像是有杆秤，好的坏的，泾渭分明。

“我也相信枝春不会干出这种事来。”

而王有光对她的滤镜似乎很重，陆在野这么说，王有光也就信了，只是追问道：“那这件事你打算怎么解决？”

“您说。”关于自己，陆在野反倒无所谓起来了。

王有光皱着眉问道：“今天你们是该上去念检讨的，让全校学生引以为戒，可你没写还怎么上去？”

“那就我上去念。”陆在野下巴点了点他手里拿着的三千字检讨，“她就别上去了吧。”

王有光没说话，眉毛紧锁，似是在衡量这个处理结果是否达到了教育的预期效果。

看他这不放心的样子，陆在野不咸不淡地又接了一句："下周一我再给您交三千字检讨。"

"好，那就这样。"王有光总算同意了。

他说完就往升旗台走去，校长的讲话即将结束。

下面轮到王主任每周的宣讲了："各位老师，各位同学，大家早上好！

"俗话说得好，一年之计在于春，一日之计在于晨，在这阳光明媚的早晨……"

在台上唾沫星子横飞的演讲时刻，林枝春步履悄悄地往前走去。

她走到陆在野身后，离方才这个她盯了许久的人影只有两三步的距离。

可还不等她出声，陆在野就回过了头来，他眼皮薄，朝人看的时候疏冷感很重，这会儿也一样。

"站我后边干什么？"

此时，他脸上照旧没什么情绪，说话却莫名带着打趣意味："这是迟到了？"

"没……"

林枝春无力地反驳道："我请假了的。"

陆在野漫不经心地"嗯"了一声，下巴朝五班位置扬了扬："别愣在这儿，回班里去。"

"那你呢？"林枝春下意识问道。

她看见他很快就转过了身，继而往与人群截然相反的方向走去。

他头也不回地说道："检讨。"

陆在野人高腿长，走起路来也快，还没走几步就又只剩下一个冷淡背影。

林枝春这才反应过来，他要去的地方是升旗台，他要一个人上去做检讨。

"好了同学们，我本周的演讲就到这里，希望同学们有空的时候，多多思考一下我讲的内容……"

升旗台上，王有光的致辞刚好讲到了尾声。

但他没急着下台，站在上面接着说道："下面我要请高二（5）班的陆在野同学上来做个检讨。

"陆在野同学上来吧，同学们不要鼓掌！"

这可是检讨，没什么好鼓掌的！

这大概才是王主任内心最真实的想法。

可他话说晚了，当“陆在野”的名字刚从他嘴里冒出来的那个刹那，台下就噼里啪啦地响起了一片掌声。

男生女生都有，鼓掌声比所有上台演讲过的老师同学都要大，一扫每周一死气沉沉的安静场面。

仿佛一个人掀起了一整个学校的热烈。

听见耳边超乎寻常的掌声，林枝春微微震惊了下，她知道像他这样人群中一眼就能望到的人，不管在哪儿都会受欢迎。

但她没想到的是，他这才刚进学校一个月，在同学中的人缘就已经好到了这个地步。

他比她想象的，更受欢迎。

台上，陆在野只是掀了掀眼皮，似乎对这些毫无感觉。

面对这经久不息的热烈掌声，他淡淡地说了声“谢谢”，然后打了个手势让下边的人停下来。

升旗台上现在只站着他一个人，而台下数千个人的目光都落在他身上。

林枝春的心里忽然不合时宜地想起了一句话——“有些人，生来就该万众瞩目”。

不过她的想法没能持续太久，因为台上的人很快开了口，冷淡的嗓音从麦克风里传出，带着微微电流，传到操场的每一个角落。

“各位上午好，我是高二（5）班陆在野。”

他说话一贯简洁，半个字也不肯多说，听起来比那群绕来绕去的领导要省力很多。

“我检讨，没能遵守校纪校规，以后绝不再犯。”

语调还是那么懒洋洋的，写过也记得检讨书全文的林枝春可以肯定，他删减了一大段。

特别是，他说的每一个字里都没有提到过她的名字。

将她从这件事里摘了个干净。

检讨是他一个人的，与林枝春无关。

…………

最后几句，陆在野干脆连稿子都懒得看，随便说了点后，就装模作样地扫了眼下方的同学："谢谢大家，检讨完毕。"

又是一阵掌声，久久不散。

他这短到只有两三分钟的检讨，时长竟然还不及下面同学给他的掌声时间。

林枝春隐在人群里，和周围所有人一样鼓着掌，视线不自觉地落在那道高瘦人影身上。

看他怎样将麦克风收了回去，看他怎样两三步跳下台来，看他淡然抬眼……

突然，他俩的视线在空中相触，隔着重重人海。

林枝春慌忙错开眼，可脑海里忽地不受控制地响起他冷淡嗓音叫着"同桌"的声音。

同桌，同桌。

林枝春悄然垂下眼。

是了，她只是比旁人多上一层同桌身份。

也仅此而已。

她微微呼了口气，借此平定因这场检讨而起的波澜心绪。

淞城一中的运动会分两天举行，时间定在了本周四周五。

周三的时候，陆在野带着王敢那几个男生，组织了一下班上参加项目的同学加练一下，试试最后的水准。

林枝春和参加了跳远的李舟舟按照黑板上写的"下午体育课报名运动会的同学在田径场集合"，准时到达了操场。

一去，她就看见陆在野半蹲在沙坑旁，两手扶着膝盖，眉眼冷淡却也专注地看着班上同学的跳远姿势动作。

四月的天压根儿谈不上热，可陆在野额头上、脖颈处都流淌着汗珠，像是刚刚才运动完。

他也没擦，任由那汗四处横流，冷白的皮肤在光下愈加耀眼。

林枝春等在一旁，犹豫了很久，往兜里摸去，果不其然地摸到了一包干净的纸巾。

但她没直接递过去，找到一旁站着闲看的王敢，状似无意地问了句："你们是才跑完步吗，脸上好像有汗，要擦擦吗？"边说，边把纸巾递了过去。

"谢谢林姐，林姐你也太够意思了，待会儿我请你喝水怎么样？"王敢受宠若惊，立马接过那包纸，抽出一张就往脸上擦去。

而剩下的纸，他自然不可能一个人收着。

王敢一路发过去，走到陆在野身旁时，抽出两张来："陆哥，你看你这么辛苦，要不先休息一下擦擦汗。"

"谢了。"陆在野没和他客气，伸手接过纸巾。

可他往脸上擦去的时候，冷淡视线不着痕迹地望向了稍远处正和李舟舟说着话的林枝春。

又测了五班两个同学的跳远成绩后，陆在野在报名表上写了几笔，面无表情地喊道："下一位，林枝春。"

听见自己的名字，林枝春赶忙走了过去，站在垫子前，对着横杆跃跃欲试。

除开 800 米，她还报了跳高项目。

800 米是不可能今天测的，今天测的是跳高，她现在的首要目标就是越过这根杆子。

她试着调整呼吸，做好心理建设后，一鼓作气地冲了出去。

却没想到，还是有些紧张，跳过去的时候，一个不小心，侧身时将杆子打了下来。

林枝春倒也不是特别气馁。

一次不行，就来第二次。

面对着比她高了足有十厘米的横杆，她平复好心情后，又冲了出去。

这次完美落地，稳稳跳出一米七五的高度。

林枝春露出个轻松的笑容来。

而后，她还没来得及从垫子上起身，就听见背后传来的熟悉嗓音："第一次侧身的时候稍稍右转，就可以避免杆子掉落。"

是陆在野在给她建议。

林枝春起身的身体一顿，但很快就含糊着道谢，然后麻利地站了起来，给下面一位选手腾位置。

于是，她自然也就没能听见，陆在野在她起身后叫了她的名字。她扯过测完的李舟舟，两人一道回了教室。

蹲在原地的陆在野面无表情地站了起来，随手拍了拍身上并不存在的灰，狭长的丹凤眼不经意地朝操场出入口望去。

那里，女生纤细的背影缩成一个小点，渐行渐远，直至不见。

很好。

陆在野淡淡地收回目光。

她今天给王敢递纸巾，和李舟舟一道来一道走。

却连一句话都没听他说完。

林枝春这几天若有似无的冷淡与不明不白的闪躲，陆在野不是没感觉，就是没搞清楚缘由。

像六七月里下了场快雨，让人捉摸不透。

不过，不管人心有多起起伏伏，周四运动会像个没有感情的机器照常运行。

班上同学大多呈欢呼雀跃的态度，毕竟又能从学海里得到短暂解放，正当地放松两天。

运动会第一天的天气相当不错，天朗气清，惠风和畅，高二年级的跳高就是在这一天举行的。

有了上两次的经验，也记着了陆在野最后的提点，林枝春顺利地完成了比赛。

且成绩还挺好，仅次于十一班一个学体育的女生，位列第二。

而跳高比完，周四就再没有她的项目了，林枝春索性坐回看台，和李舟舟同学一道当观众去了。

才坐上一会儿，就听见广播里传出下一个比赛项目的通报："请高二年级组参加男子 4×100 米项目的同学到主席台进行检录。"

由于五班一共就六个男生，4×100 的接力赛可以说是动用了绝大部分的人力。

林枝春仰头喝了口水，就听见一旁的李舟舟同学不抱希望地叹气道："这个项目真的只能是重在参与了。"

她拧瓶盖的手一顿，扭过头望着李舟舟说了句："这不是还没比吗？"

五班派出的四个男生分别是陆在野、王敢、王永安、余弦。

据林枝春所知，五班去年的阵容确实不是很强，但还是进入了决赛的，更何况……

更何况今年有了陆在野的加入。

他在体育方面貌似很擅长的样子，或者说，他这个人光是站在跑道上，就给人一种他很强的感觉。

"是没比。"

李舟舟哭丧着脸："其实我也不想这么说，好歹咱们班今年还有陆哥呢，可我们和十一班还有七班分到了一组。"

十一班是拥有体育特长生的班级。

七班则是理科班，男生众多，而同一组只有两个班能够出线。

看这阵容，也难怪李舟舟完全丧失了希望。

林枝春朝检录处望去，那里围绕着众多穿上号码马甲的男生，她也不知道自己是怎样凭一眼，就看见的陆在野。

少年漫不经心地松着护腕，站在一旁，不骄也不躁，特别像是单纯来跑个步。

直到身侧的王敢拍了拍他，陆在野才悄然抬眼，向裁判报出自己的名字。

他这个人，还真是特别冷，又特别劲。

五分钟后，4×100米比赛正式开始，红白相间的跑道上，各班参赛选手各就各位。

林枝春清楚地看见，陆在野跑的是最后一棒，他背后衣服上印着一个特别大的数字"9"。

风一吹，衣服就鼓了起来，将他高瘦的身形遮了个干净。

两秒后，她将眼错开。

恰在此时，耳边响起裁判的哨声："预备，开始——"

一声枪响后，各班跑第一棒的选手争相起跑，反应极快地冲了出去。

"开始了开始了！"

身旁坐着的李舟舟一扫之前的颓丧，开始振奋大喊："王敢加油！五班加油！"

不止李舟舟，整个看台上此起彼伏地响起加油声，喊话内容大同小异，反正都是在为本班加油就对了。

集体荣誉感这种东西往往在运动会的时候展现得淋漓尽致。

经年之后，化作大人模样的同学们不一定能记起那天老师都说了些什么，谁谁谁参加了某某某比赛项目。

但一定能想起的是那天无与伦比的热烈氛围。

可比较不幸的是，林枝春和李舟舟正好坐在了七班观赛区，四周绝大部分都是七班的同学。

于是，她俩耳边尽是别班同学为本班荣誉感喊出的呐喊声。

嗯，连热烈也是别班的。

“七班，七班！”

“啊啊啊啊啊七班加油！”

“铁血七班，舍我其谁——”

声音还挺大。

李舟舟不肯轻易服输，较起劲来继续卖力地喊着加油，像是在和人做着对抗一样。

“五班加油加油加油加油——”

但她一个人的声音肯定不敌旁边一群人声嘶力竭的呐喊声，五班的名字逐渐被铺天盖地的“七班加油”给盖了过去。

是可忍，孰不可忍？

林枝春想了想，决定跟着一起喊起来。

就这样，惯来面容安静、平日里连大声说话都很少有过的林同学，开始扯着嗓子加入混战。

李舟舟：“五班五班！”

林枝春：“非同一般！”

李舟舟：“五班五班！”

林枝春：“不畏困难！”

…………

就这样，她俩在七班的人海里，喊得像两簇微小却又不肯轻易熄灭的火花，任人潮如何汹涌，只固执地在燃烧着自己的光。

精神可嘉，勇气可嘉。

接力赛赛场上，五班赛道上第一个站着的是王敢。

王敢个子虽然不太高，但胜在敏捷迅速，跑起步来同跑道上的另外四位选手不分伯仲，并没有被拉开太大差距。

之后五班在第二棒与第三棒的交接上也进行得很流畅，且始终紧跟在七班与十一班同学的后边，隐隐有超越的可能。

总归，是能看见一点希望在的！

比赛看着看着莫名紧张了起来，林枝春同李舟舟一起攥紧手指，整颗心都在微微发颤。

林枝春紧盯着赛道，然后看见他们班跑第三棒的余弦不断蓄力，在最后几秒的时间里，一个侧身抢先跑过弯道，将七班的那个男同学甩在了身后。

超过了！

她惊呼出声，被身旁反应过来的李舟舟激动得一把抱进了怀里。

“枝春，我们班男生也太厉害了吧，最后一棒还是陆在野跑，说不定我们能进决赛呀。”

林枝春扯了扯唇，难掩的笑意跃上眉眼。

目光就没从操场上离开过片刻。

眼看余弦就要和陆在野进行交接，完成他最后的使命时，后方突然追上来一个偏离自己跑道、直直窜过来的人影。

那个人看架势是想将余弦撞开。

这不是赤裸裸的犯规吗？

林枝春眉心微皱，可还没等她细想，跑道上就传来“哐当”一声闷响。

原先的冲刺蓦地被打断，有人摔倒在了地上！

林枝春顷刻间皱眉起身，往台下看去，想看得更清楚一点，可还没站稳，就瞧见少年如那脱弓之箭一般，噌地冲了出去。

他背影轮廓凌厉，跑起步来动作干脆利落，像一阵疾风刮过，令人猝不及防。

“枝春，快看！”

李舟舟疯狂拽着她的衣袖，振振有词道：“七班那个男生太过分了，跑不赢居然玩阴的，还好陆在野没被他影响到。”

李舟舟又叹了口气：“就是不知道余弦有没有事。”

林枝春顺着她手指的方向望去，看见余弦手撑着地蹲在红白色跑道上，而余弦旁边，是那个七班的男生，此刻正屁股着地，一脸无辜地和裁判说着话。

“不是，我没有想撞别人，你看这个同学不是没什么事吗，我自己还在地上呢。”男生嬉皮笑脸地狡辩道。

余弦脸上微怒：“什么叫没事，你刚刚明明就想把我撞倒在地，要不是陆哥拉我一把……”

余弦愤愤指着他，见他一脸无所谓，也不想再和他多说，转而望向裁判求个公道：“他抢道撞人，如果我不是被我们班跑最后一棒的同学拉了一把，就要被他撞上了。

“而且，我们班那个同学也被他撞到了手！”

在余弦和裁判理论期间，陆在野的接力赛还得继续。

余弦说得没错，七班那个丝毫没有体育精神的男生，撞到了陆在野接棒的右手，在他将余弦拉开，防止掉棒的时候。

因陆在野那一拉，余弦没掉棒也没摔地上。

只是陆在野自己，伸出的右手被撞得微微凸起，原先冷白的手背皮肤现出淡淡的青紫色来。

400 米接力赛的名次输赢本就是以毫秒来计，陆在野没有多余的注意力去顾及手。

他飞快地将接力棒扔到右手后，面无表情地朝终点飞奔而去。

方才发生的小插曲，让十一班的同学遥遥领先，另外落后的两个班也追了上来。

林枝春瞧着这渐成劣势的局面，不自觉地为陆在野担心起来。

想要赢，几乎没有可能，想进决赛，也不是件简单的事。

这换在任何一个人身上，压力都会很大。

林枝春拾起座位上用来加油的小旗子，正抬头的时候，忽然听见李舟舟的惊呼："陆在野跑得好快啊啊啊，枝春你快看！"

她不知所措地拿着旗子，视线落回跑道。

少年步履未曾停，越跑越快，越跑越快，活脱脱像是一道光。

"陆在野——"

"陆哥加油啊！"

"这个兄弟是要飞起来了吧。"

全场惊呼，目光齐齐往操场望过去，不约而同地被场上那个高瘦挺拔的身影吸引住。

在他跑过终点的那一刻，林枝春手中的小旗子摇得猎猎作响。

连她自己也没能意识到，心头沉寂许久的热血，就在这么一个刹那活了过来。

约莫十分钟后，4×100 米的初赛成绩正式出来了，十一班以微弱优势占据第一。

而五班超过七班，以摧枯拉朽之势夺走了第二。

陆在野理所当然地成为全场焦点，少年从不退让、永不言败的风度实在太耀眼。

比如王敢正被一圈别班女生围着，仅仅因为她们觉得他和陆在野走得近，想不着痕迹地来套个近乎。

王敢也乐得吹嘘，跟吹自己似的不遗余力："跑步什么的，还得是你陆哥出手。"

大部分的女生则围在跑道终点，没敢离得太近，但也不远，反正是能足够看清陆大帅哥脸的那种距离。

大胆一些的拿着矿泉水就走上前去，面上飞着薄红问道：“陆同学，你喝水吗？”

球衣脱到一半的陆在野顿住，没反应过来似的，慢慢扫了一眼面前的女生，冷淡的丹凤眼还是没什么情绪。

那种漠然目光，林枝春无论看了多少次都直发怵。

可耐不住许许多多对陆大帅哥有着“帅哥滤镜”的女生，寻着个由头就敢往前凑。

站在稍远处的林枝春，不动声色地望着陆在野面前被投喂的十几瓶矿泉水，杏眼里雾起雾又散。

算了，他那儿矿泉水多得都能拉出去卖了。

难道还会缺水喝。

林枝春抿了抿唇，抬腿就想离开。

那边余弦还在换衣服，看样子，应该没来得及去买水，都是自家同学，也没必要厚此薄彼，想了想，她将手中的水朝余弦送去。

可她还没走两步，就被人给拽住。

是陆在野，他修长有力的手此刻正拽着林枝春宽大的校服衣摆。

林枝春疑惑回头，还没说话，就听见少年冷淡的嗓音不疾不徐地响在耳边：“没看见我同桌来给我送水了？”

他漫不经心地抬眼，轻描淡写地瞥过方才给他送水的女生，以及还打算给她送水的女生。

陆在野接着说道：“拿回去吧，我一个人喝不了那么多。”他下巴随意地朝地上点了点，强调道，“还有，以后也不用给我送水。”

女生们拿着水讪讪离去，方才还热热闹闹的跑道只剩下零星几个人。

林枝春也想走，她还要把水送给余弦呢。

“你干什么？”陆在野眉骨微挑，右手仍然抓着她衣摆。

林枝春没回答他的问题，反而说道：“你把手松开。”

不然，让人看了又得误会。

陆在野要是束手就擒就不是陆在野了。

他没动。

林枝春看着他那微微泛着青色的手背，没忍心直接甩开他的手。

当然，也可能甩了也不一定能甩开。

她只好放弃挣扎，垂着眼说了句：“你先让我把水给余弦。”

“你给他？”

陆在野不知为何哂笑了句：“那我怎么办啊同桌。”

“你不是有水喝。”林枝春皱着眉补了句，“好多人都给你送了，是你自己不要的。”

“没有。”陆在野不咸不淡地接话。

“一瓶都没有，如果连你也不给我送的话。”

这话怎么听着这么可怜……

第九章 800米

水最后还是到了陆在野手里。

他趁林枝春愣神间，轻松将她手中的玻璃瓶夺过，右手转左手，冷白的手指紧按在瓶身，莫名透出种势在必得的意味。

“你还我。”

察觉到手上猛然间变得空落落的，林枝春杏眼蓦地瞪圆，模样像极了奓毛的猫猫，可可爱爱却没有杀伤力。

“还你？”陆在野若有似无地瞥了她一眼，目光又倏地收回，望向余弦所站的地方。

他斟酌着开口，冷淡嗓音里难得打着商量：“要不，我送他瓶水。”

“你送他水干什么？”林枝春不能理解似的，轻声问出口。

陆在野极浅极淡地扯了下嘴角，也不回答她的问题，只是重复强调道：“林同学，我现在可没有水喝。”徐徐笑意散开在嘴角，“都是同学，不表示一下？

“不对，我还是你同桌。”

林枝春一时语噎，连个推托的借口也寻不出。

沉默即同意，她眼睁睁地看着陆在野拧开玻璃瓶盖，仰头将水喝了下去。

“蜂蜜水？”陆在野稍稍擦了擦额头上的汗，对着方才喝进嘴里的水提出疑问。

舌尖上熟悉的微甜似乎在提醒着他某个小乌龙后的事实真相，陆在野皱了皱眉：“你是不是——”

是不是给我送过？

林枝春懵懵然抬起头，对上他的视线，看到他这副欲言又止的样子，有些奇怪地问道：“你不喜欢喝蜂蜜水吗？”

“不是。”陆在野仰头，单手扶额，“你给我送过是不是？”

对，她给他送过蜂蜜水缓解咳嗽。

只不过是借的王永安的手，而且那天太忙，事后也没放在心上。

林枝春点头“嗯”了声，转瞬又别过脸去，脸上现出几分不好意思的神情。

陆在野狭长的丹凤眼忽地上挑，薄薄的眼皮掀起，露出眼底浅淡笑意。

这事是他做得不太对，喝了人家送的水，却连个信都不知道。

他伸出手摁了摁林枝春的脑袋，修长手指将她不知什么时候沾上的树叶拂开：“走，请你吃饭去。”

林枝春慌乱地躲开，瓷白的脸飞上一点薄红：“你、你不要总是摸我的头。也不用请我吃饭的。”

“怎么不用，我这喝了你的水，总得有来有往。”陆在野懒洋洋说道。

好一个“有来有往”，教林枝春竟张不开嘴拒绝。

陆在野散漫地站在操场上，眉眼中没有半分不耐烦，像是一点都不急。

可他不急，林枝春急啊。

他只站在这红白跑道上，就有散在四周的女生有意无意地朝这边投来打量的目光。

而她，就站在他旁边，顺带被打量了。

受不住这漫长的目光洗礼，林枝春飞快地开口：“要不就明天吧，我、我明天下午比完赛再去吃饭。”

“今天不比赛，所以你就不用吃饭？”陆在野听后，低低笑出声。

夕阳正挂在天边，他额上碎发及冷淡眉眼都染着一层浅薄金光，没来由地闪耀，仿佛已近黄昏的霞光同意气风发的少年气原就不冲突。

比不比赛跟吃不吃饭当然没有关系，林枝春只是随口推托。

没想到他会抓着这句话较真，她讷讷开口：“吃。”

陆在野又笑了一下。

相比平常，他今天的笑容实在是有些多。

林枝春特别怕他问出一句：“既然吃怎么不和我一起去？”

那她就真的不知道要如何拒绝了。

但陆在野没有。

他没勉强，只是顺着她方才说过的话，跟她约定道：“那就说好了，明天比完赛去。”

林枝春应声答了个“好”，等她再抬头时，天际铺满了粉紫色的晚霞，恍若有人在天上种了一大片的花海，壮观，漂亮又浪漫。

她望着陆在野走远，望着王敢跑到他身边，笑着叫了声“陆哥”，还望着他散漫接过别人手中的篮球，漫不经心地立在原地投了个三分球。

“陆哥厉害！”

“不愧是陆哥。”

实在是特别装相的一个球，由他做出来却又显得一点都不奇怪，好像所有人都已经习惯了他从长相到运动上的实力碾压。

第二天运动会继续进行。

林枝春的女子 800 米定在了下午三点，这个项目一结束，基本上运动会就快要结束了。

她倒也不觉得焦虑，吃过午饭后就安安静静地坐在看台上等。

李舟舟抱着水、功能饮料及毛巾落座在她身边，边坐下还边说道：“枝春，你不要太有压力，老余也说了，你能上场，就已经是很棒的事了，要不要喝点东西？”

林枝春转脸望向她，觉得李舟舟同学只差把“重在参与”写在脸上了。

于是，她好笑地摇了摇头：“对我有点信心好不好？”

800 米她跑得确实不算太快，但胜在后期发力也足，坚持到最后肯定是没问题的。大概是她身形纤瘦，又肤色偏白，给了班上同学包括老余一种不能胜任的错觉。

但她真的不是不行啊……

两点半的时候，林枝春去主席台检录，碰巧遇见了参加男子跳高的陆在野。

她抿着唇打了个招呼，目光悄然落在他身上打量着。

他今天换了件球衣，虽然还是那数字“9”的号码牌，但是红黑相间的衣服莫名就让他穿出一种气势来，势如破竹的气场同他本就锋利的眉眼很是相衬。

“跑 800 米？”他边扣着护膝，边瞥了她一眼。

林枝春轻轻“嗯”了声。

听见这意料之内的回答，陆在野顿了下，开口道：“好好跑，期待你的表现。”

同老余他们“勉强式”的鼓励不一样，他好像真的很相信她能跑出个成绩来。

林枝春没忍住问出了口：“你觉得我可以？”

“你为什么不可以？”陆在野好笑似的反问回来。

清越的少年嗓音响在主席台上，盖过周身一切嘈杂，直逼林枝春耳边。

“说了，期待你的表现。”

他歪了下头，动作随意散漫，却又透着某种肯定。

说完，陆在野就走了，高二年级组男子跳高比赛即将开始。

林枝春因为要在这儿检录，所以无缘观看比赛，但不看也知道，他是以怎样轻松坦荡的姿态起跳的。

这个人，好像就没有做不到的事情。

下午三点，女子 800 米比赛正式开始。

林枝春深呼吸了一口气，就跑了出去。她心态挺稳，没有随大流跟人争内侧，而是按照自己的步伐走，不紧不慢地跑在后头。

天色没有上午时候那么好，隐隐约约蒙上了层灰纱似的，看着像是要下雨。

她听见操场中间有人在议论：“这天，我怎么感觉是要下雨，待会儿跑步的时候下起了雨怎么办啊。”

“这确实挺惨的，可是已经开跑了能怎么办？”

“还能怎么办，继续跑呗。”

在他们说话时，林枝春跑完了第一圈，她始终保持着匀速，而原先跑在前头的人渐渐慢了下来，所以她反而超过了几个人。

跑第二圈的时候，天色已经暗得不像样子，真就应了方才那些人说的话，开始下起了小雨。

林枝春今天只在短袖外边套了件薄薄的运动衫，纵然在跑步，凉凉的雨丝打落在身上时，也仍是有些冷的。

身边有选手在抱怨天气，抱怨不叫停的裁判。

“这么跑下去，不得感冒？”

“运动会淋着雨跑步，这也太离谱了一点吧。”

林枝春什么也没多说，仍然咬着牙往前跑。

裁判没喊停，比赛自然就没结束。

与此同时，五班看台上。

帮她守着个人物品的李舟舟噌地站起身，对着旁边的老余喊道：“余老师，这比赛怎么还不停，枝春待会儿要是感冒了可怎么办？”

老余一筹莫展：“学校说雨势不大，还只是毛毛雨，想比完再说。”

800米项目比完，淞城一中本届运动会就算结束，现在忽然停下来，缺了比赛成绩，确实是件麻烦事。

刚换好衣服的陆在野从操场上走了过来，恰巧听见他们的讨论声。

他抬眼往红白跑道上望去，一眼就于奔跑的人影里找寻到林枝春的背影。

春雨打在她身上，她却跟没感受到似的，仍在固执向前。

他看着她，憋着股劲超过一个又一个的别班选手，离终点不过一步之遥，冷淡眉眼里有意外一闪而过。

陆在野倏地笑出声。

怎么大家都在想着怎么让她停下来，她却一个人跑去了最前面。

他同桌还真是出乎意料的厉害。

由于非参赛选手不得随意进入操场，照顾接应林枝春的事，老余就交给了才从操场回来的陆在野。

于是，李舟舟手里的毛巾、水全转交给了他。

他也没多说，轻松跳下看台，就往跑道终点走了过去，个高腿长的身影在运动场上分外惹眼。

惹眼到，林枝春一抬头就能看见。

她微微喘着气，正在平复跑完800米后的脱力感，余光里就忽地瞥见身旁多了个人影。

她还没说话，就被按住。

白色毛巾递了过来，陆在野随手指了下头，示意道：“擦擦。”

刚跑完还不觉得，当下站了好一会儿，跑步带来的热意渐渐冷却，风一吹，林枝春不受控地颤了下。

“冷吗？”陆在野问道。

林枝春下意识地回了句：“有点。”

旋即，是拉链摩擦布料的声音，陆在野当着她的面将校服外套脱了下来：“你穿我的。”

林枝春睁着圆溜溜的杏眼，不解地看向陆在野。

“你的湿了。”

他将外套拿在手上，侯着她，又问了句：“不是冷？”

林枝春慢吞吞地脱着最外层的运动衫，面上有些犹豫。

“快点，颁奖典礼要开始了。”

林枝春接过外套，抿着唇朝四周张望了下。

视野的最前方是人来人往的运动场，是迎着细细雨丝在风里招摇的彩旗。

再近一点，则是少年宽阔的肩背，夏季校服套在身上的单薄背影。

好在陆在野隔着两三步的距离，以背对的姿势挡在了她前边，像是在无声地说着非礼勿视。

也因此，林枝春看不见近处的学生以及裁判，那些人的目光也漏不进这一方狭窄的角落。

她放心地松了口气，加快动作把衣服换了下来。

换好衣服后，林枝春走到陆在野身边，目光落在他裸露在外的手臂上时，小声问了句：“你把衣服给我了，你不冷吗？”

“冷什么，又不是冬天。”

陆在野单手抄进兜里，像是毫不在意，冷淡的眉眼里罕见地闪过一丝揶揄：“穿上了，那就走。”

林枝春轻轻“哦”了声，正想跟在他身后时，却忽然抬头瞥见空中未曾停歇的小雨。

运动场离风雨棚还有一段距离，若是这么走过去，免不了是要淋雨的。

“等下。”她及时出声叫住了抬腿就往雨里走去的陆在野。

“怎么？”陆在野回头望她，惯来没什么情绪的眼里，掀起了小小一丝涟漪，轮廓干净利落的侧脸在模糊的雨幕下愈显清晰。

“你回来，我们打把伞再走。”

林枝春飞快拾起角落里的旧伞，对着他解释道：“这是李老师刚才留在这儿的伞。”

“你穿得少，再淋雨，可能会感冒的。”林枝春将伞撑开，踮着脚撑在他头顶。

黑色格子伞遮住漫天的雨丝，与雨相接后，发出清脆的啪嗒声，挡出一小片无风也无雨的宁静空间来。

不再有雨落在头顶，陆在野的发丝上只有方才沾上的细小雨珠。

雨伞外是一个世界，除了雨声、体育器械的挪动声，裁判用力吹出的哨声，还有许多人讲着话的交谈声……

“运动员颁奖典礼即将开始，各班请注意，各班请注意。”

伞内则像是与世隔绝般，将一切消了音。

两人靠得近，彼此间呼吸可闻。

陆在野低头，甚至能瞧见女生眼睑下方淡色的小痣。

他被林枝春突如其来的动作搞得一怔，面上神色也短暂一凝，但很快就反应了过来，出声道：“不用，你自己打。”

格子伞并不大，仅仅能容纳一个人，两个人都挤在伞里，只会两个人都被雨淋到。

话落，陆在野就握住伞柄将伞从他头顶移了过去，让伞面重新将林枝春纤细的身体给严实盖住。

“没关系——”

林枝春赶忙摇头，想要阻止他的动作，可一句“多少能遮一点，能遮一点是一点”还没说出口，就被人给打断了。

陆在野低垂着眼，不由分说地拒绝，然后转身进了雨幕：“风雨棚见。”

学校让学生全部进风雨棚躲雨，然后经风雨走廊进学生多媒体中心，开本次运动会的运动员表彰大会。

林枝春赶到风雨棚的时候，里头的学生并不是很多，大多往多媒体教室赶去了。

她扫了一眼四周，在零散分布的几个学生里寻觅陆在野的背影。

正聚精会神地找着人时，身后响起道熟悉的嗓音：“找什么？”

他拍了拍她的右肩。

因此，林枝春下意识地往右回头。

却没想落了个空，耳边又听得混着浅淡笑意的一句：“在左边。”

林枝春侧了侧身，听话地朝左转了过去，这次，果然在身边瞧见了陆在野。

“怎么这也能骗到你，同桌？”陆在野轻扯嘴角，挑了下眉，露出个浑不懔的笑容来。

他在和她开玩笑。

林枝春后知后觉地意识到这一点，听了陆在野的话后，热意攀上耳垂，就连脸也红了起来。

看起来像是在着恼，像是在生气。

看得陆在野赶忙开口解释了句：“下次不这样了行不行？”

“不哪样？”

林枝春直直望着他，眼神里的干净纯澈简直与生俱来，叫人一点办法也没有，生不出一点不好的念头来。

“不开玩笑。”为了让自己显得更诚挚，陆在野俯下身来，尽量和她处在同一水平线上。

他低着声音继续说道：“也不骗你。”

林枝春抿着唇，脸上有一点意外和茫然。

她不明白陆在野怎么突然说这些，连平日里散漫惯了的表情，此时此刻都多了分正经。

她稍稍不知所措道：“可以开玩笑，只要不骗我就行。”

陆在野“嗯”了声，言语间满是肯定地重复道：“不骗你。”

不会有人愿意在你面前说谎的。

反正，他肯定不愿意。

运动员表彰大会四点半正式开始。

没再多耽搁，两人一道往多媒体教室走去。

林枝春余光瞥了眼陆在野被雨打了个半湿的夏季校服，犹豫着开口道：“要不我还是把外套还给你吧。”

现在还是四月份，温度委实不是太高，他这样也太容易感冒了。

“说了不用。”

陆在野假模假样地叹了口气：“怎么就不信呢？”

一句“还是真就这么关心我”，话到嘴边又咽了回去。

他这同桌太容易害羞，也太容易脸红，不宜逗得太狠了。

他拿着毛巾随意地往自己头发上擦去，见林枝春的目光还是不依不饶地落在自己身上，他只得又补了句：“我让王敢给我带了件衣服。”

“哦。”林枝春放下心来，也松了口气。

毕竟，他是把校服借给了自己穿，要是害得人感冒了，她可真就过意不去了。

但走着走着，她突然又瞥了眼陆在野手上拿着的那条白色毛巾。

她怎么觉得，那毛巾看着分外眼熟呢……

仔细瞧了会儿后，林枝春在毛巾最下方瞥见一模一样的小花图案，像极了李舟舟从家里带过来的新毛巾。

自然，也像极了她方才擦过雨的那条毛巾。

他们这是用了同一条毛巾？

林枝春悄然将目光移了回来，心跳蓦地加速，但她没好意思问出心中疑问，只是一遍又一遍地告诉自己，这不过是个巧合。

下雨天，淋了雨，当然需要用毛巾擦擦头发。

运动场上哪里有那么多多余的毛巾备着，又不是一次性用品，用过一次再用一次，不也是很正常的吗？

事急从权，事急从权。

林枝春压下心底那些隐秘心思，亦步亦趋地跟在陆在野后边，进了多媒体教室。

找到五班的位置后，陆在野领着她坐了过去。

经过第三排的时候，座位上的李舟舟朝她招了招手：“枝春，快过来坐呀。”

李舟舟：“你有没有事，淋了雨冷不冷呀？”

“不冷的。”林枝春冲她淡淡笑了笑，然后被她拉到身旁坐下。

与此同时，过道上的陆在野也自然而然地往这边走了过来。

特别巧的是，李舟舟右手边现在坐了林枝春，林枝春右手边坐了王敢，至于王敢右手边，则是一个空位置。

陆在野一来，王敢就惊喜地抬起了头：“陆哥你来了，坐吗，这儿正好还有位置。”

陆在野漫不经心地“嗯”了一声，算是同意，但他站着没动，冲王敢扬了扬下巴：“能往旁边坐一个位置吗？”

“当然可以。”王敢飞快地往旁边挪了一个位置，对他来说，坐哪儿都一样，让个位置就让个位置呗。

陆在野坐了下来，说了声“谢谢”。

王敢向来性子直，也可以说是虎，反正就是想到什么就问什么，比如此刻："为什么有空位置你不坐，陆哥你一定要坐我坐过的位置呀？"

为什么？

陆在野不动声色地觑他一眼，冷淡的眉眼没多少波澜，只是沉着声音说了句："教室座位坐习惯了。"

猛地看到一旁的林枝春，王敢明白了："原来是这样啊，那陆哥你放心坐。"

王敢的目光又落在了林枝春身上，看着林枝春就快要盖到小腿处的校服，疑惑地问了句："林姐你这校服是不是买大了？"

还不止买大了一点点的样子。

可是平时看的时候，没感觉她校服这么不合身啊。

王敢摸不着头脑，反应迟钝到甚至没能往林枝春是借了别人的校服穿这一方面想。

林枝春蓦地听到他这话，心不禁悬了起来，生怕他看出点什么。

虽然陆在野是因为她淋了雨才借校服给她穿，但女生穿男生的衣服，说出去总归有点暧昧。

她不想他明明做了好事，却还被牵扯进流言蜚语中来。

正想开口打个岔将话题带过去，倏而看见陆在野往王敢嘴里塞了块糖，堵上了他的嘴："吃糖，少说话。

"把衣服给我。"

他声线低冷，特别是话少的时候，让人没来由地就不敢接话。

王敢也就一脸蒙地坐在位置上，不发一言地吃着陆在野塞过来的糖，然后老老实实地把衣服递了过去。

"谢了。"

从王敢那儿拿了件崭新校服后，陆在野就去外边找地方换衣服去了，一去就是半个多小时，表彰大会都快结束得差不多才回来。

"本次运动会可以算是圆满成功，这成功离不开各位老师的无私奉献，各位同学的积极参与，且充分体现了我们一中人的体育精神……"

台上，主管体育运动方面的副校长正在长篇大论地做着最后的总结。

台下，林枝春瞥了眼才从外头回来的陆在野。

他校服倒是干净规整了起来，没了先前的水渍，还一丝不苟地将拉链拉到了最上头，直抵着他凸起的喉结。

为了显得自己没那么明显及刻意，林枝春将目光移开，又恢复了刚才正视前方的坐姿，只是不免好奇地问了句：“你怎么换了这么久的衣服？”

“路上遇到点事。”陆在野语焉不详地回道，修长手指间夹着张学生卡，也不知道是谁的。

见他不太愿意说，林枝春也就没再接着问下去，转而继续去听那冗长的讲话。

只是听着听着，脑袋忽然有些昏沉起来。

她没太在意，以为是讲话太无聊产生的困意，外加多媒体教室的空调又开得格外足，才造成的打不起精神。

强撑着听完讲话，运动员表彰大会也终于结束，林枝春被李舟舟拖着回了五班教室。

呼吸到室外的新鲜空气，方才那股昏昏沉沉的感觉稍稍减轻了一点，但当室外的冷风吹到身上来时，她又觉得冷。

林枝春只好拖着沉重的身体快步往教室走去，以期教室里恒温的环境能让她得到少许缓解。

在她后头不远处站着的陆在野，望见她这步伐都有些不稳的模样，微微皱了皱眉。

他顿了下，将方才一直拿在手里的学生卡揣回口袋，跟着林枝春就往教室的方向走去。

虽然今天是星期五，但调休的缘故，淞城一中将这个周六定为了正当补课，也就是说今天下午学生并不能像往日一样五点放学，而是得上了晚自习再走。

高二（5）班教室，等班上大半同学都回来了后，老余端着他的保温杯走上了讲台，先是扫了一圈同学们的脸，然后才慢悠悠地说道：“运动会都感觉怎么样啊？”

“特别好。”

“再开几天就更好了。”

…………

班上几个男生率先出声附和老余，听到答案后，老余无奈地觑了他们一眼：“不用学习你们当然觉得好。”

五班教室顿时响起一片笑声。

“我也是从学生过来的，你们的心思我也知道。”

瞧着他们这股热闹欢快的劲，老余叹了口气继续说道：“刚开完运动会就上晚自习，你们能学习得进去就有鬼了。

“这样吧，休息一天，晚自习你们挑部电影看放松一下，但记住了，小点声，别给我把校长给招来了。”

老余后半句淹没在五班同学的欢呼声里。

“耶，老余万岁！”

“老余我们爱你！”

林枝春迷迷糊糊地抬起头，然后在周遭同学热烈的叫喊声中看见老余摇了摇头，转身走了出去。

“你们这群小王八蛋要是真爱我就给我多考几分回来。”

等老余走后，教室里立刻放起了电影，是一部很经典的英文爱情影片——《怦然心动》。

播过广告后，影片的前奏舒缓地响起，在缱绻的英文原声里，林枝春耳畔忽地响起一句：“你脸怎么突然这么红。”

冷淡低沉的男声响起，紧接着林枝春额头上一凉。

有只骨节分明的手落在她额头上。

林枝春茫然地转过脸去，一眼就瞧见陆在野眉心微皱的模样。

与他掌心相触的地方渐渐感受到凉意，被热得不行的她觉着这冰凉触感很舒服，甚至贪婪地想汲取更多。

可陆在野很快就把手拿开了，眉头皱得更紧，薄唇抿成一条直线：“你感冒了？”

感冒了？

“啊？”林枝春嗓子里冒出个单音节来，似是不敢置信。

“头晕不晕？”陆在野没给她太多纠结的时间，直截了当地问道。

“晕……”

“身体感觉怎么样？”

“有点冷，又有点热……”

话说出来，林枝春竟莫名觉着有些心虚。

她这说的每一点几乎都是感冒发烧的症状，自己竟然还半点没有察觉。

陆在野眉间闪过抹无奈，但也没持续太久，他很快说道：“别愣着了。”他拿上她的学生卡，语气不容反驳道，“去医务室。”

林枝春就这样被陆在野半拉半拽到了医务室。

当然，考虑到她现在这么个极有可能感冒发烧了的情况，陆在野压根儿不敢使太大的力。

好不容易让值班医生给她量了体温，终于在体温计上得出一个确切的结果来。

——38.7℃。

她发烧了。

陆在野站在边上看着医生给她量体温开药，一声不吭的样子倒是让人生出股可靠感来。

值班医生扫了面前这高瘦挺拔的少年一眼，随口问了林枝春一句：“那是你们班班长吧，这么负责又关心同学。”

正乖乖受着医生做皮试的林枝春，竟还有余闲回答医生的问题。

她慢吞吞地说：“他是体育委员。”

“难怪了，长这么高。”值班医生是个五六十岁快要退休的老太太，听了她的回答，夸赞了句。

为了缓解小姑娘打针的紧张情绪，老太太又开了句玩笑道：“这学校得有不少同学喜欢你们班这位体育委员吧。”

说完，医生一针扎进了林枝春右手淡青色的血管里。

这医生技术到位，林枝春倒也没感觉到太大的疼痛，只是一时不知该说什么。

正语塞的时候，一旁的陆在野出声缓解了林枝春的尴尬：“没什么同学。”

林枝春偷偷看了他一眼，少年侧脸正在灯光下熠熠生辉。

她觉得他这人实在谦虚，学校里喜欢他的女生组十支校啦啦队都绰绰有余。

陆在野却镇定得很，像是睁眼说瞎话的本事是天生的，眼也不眨地对着医生说道：“她还需要吊水吗？”

值班医生肯定地点头：“对。这个男生你帮我把她扶到病床上去。”

林枝春听见这话，忽地瞪大了眼，昏沉的大脑闪过一丝清明，怎么还要去床上吊水？

像是看穿了她心中所想，医生解释道：“同学，你现在这个情况，坐着吊水，头只会更晕。”

好吧……

林枝春挣扎着小声说了句：“那我自己去吧。”

声音太小，几乎没人能听见。

于是，见她仍然愣在原地，陆在野微微挑眉问了句：“不走，是要我抱你去？”

第十章 医务室

林枝春最后还是躺在了校医务室的病床上。

她望着被粉刷得干净雪白的天花板，目光里是死灰般的寂静，抿成一条直线的嘴角无形中透出种无话可说的沉默来。

生来第一次深刻体会到逞强是何等的愚蠢。

就在刚刚，值班医生让陆在野将她扶到病床上吊水。

可她脸皮薄，向来不好意思麻烦别人，更不好意思在有肢体接触的情况下麻烦别人。

于是，在听见那句冷淡声线里罕见混着打趣意味的“不走，是要我抱着你去”时，林枝春心下一紧，身体先于意识地迈出了左腿往前走去。

“啊——”

顿时，安静无声的医务室里传出声女生的惊呼。

因着没踩稳，她脚下蓦地一滑，整个人顺理成章地东倒西歪重心不稳起来。

而问题就出在了她那凌空一迈上。

眼看林枝春就要往陈列在一旁的药品柜上摔去，好在半路伸出一只手。

那手有力地将她拦腰扶住，让她不至于就这么摔下去，伤上加伤。

“我扶你，行不行？”

手的主人惯常没什么情绪的脸愣是生出几分无奈，低眉垂眼的样子给人一种纵容的错觉。

行不行……

平地走路都能摔，林枝春还敢说不行？

她此时此刻的处境像极了还不会走路的孩子，妄图给人表演一个百米冲刺，结果兴高采烈地冲出去，又狼狈地摔了个四脚朝天。

林枝春有苦不能言，尴尬地躺在床上。

她除了盯着天花板看，还是盯着天花板看，半点开口说话的欲望也没有。

陆在野拿着新的吊瓶走进来时，看见的就是这么个场景。

女生纤浓的睫毛盖下，在眼睑下方盖出一小片阴影来，低垂着头，连马尾都显得有些无精打采。

“林枝春。”他依着医生嘱咐，一步一步换着吊瓶时，冷不防地喊了她的名字。

病床上的人却毫无动静，像是与世隔绝了般，连外界声音也给屏蔽掉了。

陆在野半眯着眼，重新打量了下她这副恹恹的模样。

虽然平日里他这同桌话也不多，常是安安静静地认真听课，但怎么也不至于像现在这样不言不语。

略微回想了下她这变化发生的节点，陆在野斟酌着开口道：“是我不该扶你，还是摔——”

一个“摔”字猛地将人唤醒。

林枝春勉强地转了个头，反复强调道：“我没事，真的没事，只是想好好休息睡上一觉而已。”

她扯出个笑容来，假笑意味明显。

在对上陆在野探究的视线时，她心虚地躲开，且不免想起他将自己扶到病床上来时的画面——

像是一眼看破她的羞怯，少年隔着衣服扣住她的手腕，采取了一个少有的别扭姿势将她扶了过去。

期间，他没碰到她分毫。

装鹌鹑装不下去了，林枝春咽了咽口水，小心地开口问了句：“你不走吗？”

一路送她来医务室，又是扶又是给她换吊瓶的，作为同学，实在是仁至义尽，远超出同班同学之间的友好情谊了。

走？

陆在野懒懒掀了掀眼皮，不答反问地说了句："你希望我走，现在就走？"

"不是，就是、就是耽误你学习就不好了。"脑子一片空白，林枝春话赶话地说了一句蠢话，说完，她自己也意识到不对劲来。

果不其然，头顶传来很轻很轻的一声低笑。

不知是不是因为距离近，她甚至觉着这笑声就响在她耳畔。

与此同时，感受到的还有热热的呼吸，林枝春的耳朵一下就红了起来。

"同桌是不是忘了，今晚全部都不上课。"

大家都在教室里聚众看电影。

陆在野好笑地望着她，又颇有自知之明地说了句："我这学习也用不着耽误。"

是了，连正经上课，他都在睡觉。

林枝春躲回被子里，只稍稍露出半张脸，一双杏眼睁得浑圆，一眨不眨地望着他。

她原本想就这么跟着"哦"一声，但觉得这样不对，他这种思想就不对。

怎么能说自己用不着耽误呢？

于是，林枝春清了清嗓子正经说道："陆同学，你这种想法还是不太行的，好好学习才能天天向上。"

陆在野瞥见她脸上认真的神情，倒也没说什么来反驳她，漫不经心地"嗯"了一声。

态度说不上多认真，但最起码基本的面子还是给了她。

"那你不能光说不做，不对，你不能光答应了不做，学习的态度要落实在行动上。"

化身为"小林老师"的林枝春同学见他并不是"油盐不进"，便又多说了两句。

女生轻软的嗓音响在空荡寂静的病房，分外明显。

陆在野勾了勾嘴角，冷淡眉眼像是蕴着光，无端闪耀起来："在劝我学习？"

林枝春不太懂他这话是赞同还是反对，便由着自己心里最真实的想法点了点头。

“行。”

陆在野手中把玩旋转的棉签忽地停下：“等你好起来再说。”

他话音刚落，外边整理着病案本的值班医生探了个头，朝里面望了眼：“那个同学，麻烦你再出来一下。”

林枝春躺在病床上，没来得及再开口，就见着陆在野利落起身，往外走去。

病房里霎时又只剩下她一个人。

哦，还有陆在野留在病房内的校服外套。

外套上边还放着张学生卡。

林枝春目光不可自抑地移了过去，脑海里忽然想起下午在多媒体教室时，陆在野拿在手里把玩的那张卡。

不管是下午还是现在，林枝春一眼就瞧出这卡非陆在野所有。

除开必要的检查，陆在野从来不用学生卡，他的卡崭新且没有一丝痕迹，上头只有个他上课无聊时刻上去的大写字母“L”。

她记得当初看见他这么做的时候，曾因为好奇，多问了句：“你刻这个干什么，学生卡上面不是都有名字。”

所以不可能存在弄混，或是弄丢不知道失主的情况。

“留个印记而已。”

陆在野说着话时，字母“L”已经刻好，他随手一抛，就将学生卡扔进了课桌的某个角落里。

模样浑不在意，神情远没有方才刻字时专注，像是真的纯粹地给自己的物品做个印记。

刻完了，也就完了。

可林枝春当时看着陆在野仿佛永远也不会有波澜出现的眉眼，没来由地就从他的动作里觉出种占有欲来。

对属于自己的东西的那种，势在必得的占有欲。

至于病房里的这张学生卡，明显要花里胡哨得多，上面甚至还有可爱的小点缀，充分暴露出它的主人应该是个女孩子。

女孩子。

林枝春移开视线，没再看下去，又开始了盯天花板的单一行为。

脑子里很乱，一些有的没的偏偏理不清楚，她费力想去理清楚，却又徒劳而返。

且想着想着，药效上来，她渐渐犯起了困，索性不再去想，沉沉地在病床上睡了过去。

病房外，值班医生桌上都收拾得差不多了，又从药品柜里拿出了个新的吊瓶，开门见山道："你是送里面那位病人过来的同学吧，你看看要不要通知她的家人朋友过来照料什么的。"

"她怎么了？"少年蓦然抬头，镇定冷静的脸上罕见地显露出担心的情绪。

见状，值班医生安抚性地笑了笑："没什么大事，只是她还有一瓶水没有吊完，需要人在旁边看着。"

陆在野好似松了口气，面上又恢复了原来那副没什么表情的模样，淡声道："我来看着吧。"

"那行，等她水吊完你就可以走了。"

陆在野面上没什么表情地"嗯"了声，转身回了病房。

不过，推门进去时，确实没能想到，他这才出去一会儿，病床上的人就已经睡着了，看样子，还睡得很安稳。

湖水般澄澈的杏眼被薄薄一层眼皮给合上，素白的面容静得叫人不忍打扰。

陆在野低垂着眼，放慢了动作将门掩上。

病房里暖气开得足，他和白天一样身上只套了件夏季校服，裸露在外的皮肤在白炽灯的照耀下愈加显白。

偏他五官凌厉，白得半分没有病弱之感，任何人对他的第一眼印象甚至不会是他的肤色，而是整个人冷淡气质下藏着的锋利感。

像是把上好的剑，还未出鞘，就已露锋芒。

不过此刻，好剑也用不着出鞘。

他得坐下来看吊瓶里的水是否快要滴完了，然后赶在滴完之前，换上一瓶新的上去。

等了足足五分钟，最后一滴水才从吊瓶里顺着针管流出去，陆在野眼疾手快地戳开了新的吊瓶放上去。

换好，他才松了口气，肩背闲散地靠着病房简陋的椅子坐了下来。

他的视线又落回床上那安安静静躺着的人身上。

她倒是很舒服，两眼一闭，躺在床上什么也不用管，医生走了换他来伺候。

陆在野突地嗤了一声："小祖宗。"

他还真的从来没有这样照顾过人，搭把手的事可能干过不少，但要像现在亲力亲为，想破头也想不出。

还记得没转学来淞城一中之前，他在北城的发小有一天不知道抽了什么风，一颗少男心忽然就敏感了起来，对着他问了一句："要是有一天我摔倒在地，你愿意扶我一把吗？要是我受伤住院了，你愿意照顾我吗？"

当时的陆在野十成十的酷哥范儿，冷冷觑了一眼他这拎不清的兄弟，答了句："要不下辈子吧。"

"你能这么狠心？

"我不信！"

有什么好不信的。

陆在野凉飕飕地说了句："你再说我能现在就把你照顾到住院。"

百无聊赖地坐在病房里，陆在野无聊地望了眼手机，现在正好是晚上八点整。

按照吊瓶滴水的一贯速度，大概还要半个多小时才能滴完。

陆在野掏出手机玩起了单机小游戏，想了想还是给自己定了个闹钟，免得照顾不周，吊瓶里的水都滴完了，他都还没能发现。

病房里顿时什么声音也不剩，他玩单机游戏一来不爱开音效，二来怕吵着床上这位。

只有月光不着痕迹地透过大玻璃窗潜了进来。

柔和的光晕映在林枝春脸上，给她平添上一层朦胧的美感，老实说，她五官长得很耐看，中国人的古典主义审美都可以在她这张鹅蛋脸上瞥见。

然而不知是梦到了些什么，林枝春眉心忽地就蹙了起来，口中溢出些梦呓。

不大清楚，断断续续的。

陆在野打游戏的手一下就停了下来，将手机摁灭，半抬着头朝床上望去。

一眼就扫到林枝春不太安分的手，紧紧攥着被子。

他皱了皱眉，身体朝前倾去。

病床上的林枝春眉心微皱，眼角处隐隐有泪意。

她在连声喊着“爸爸”，面上显出少见的脆弱，小声地哽咽着：“我听话，你不要走……”

陆在野并不太了解他这个同桌的家庭情况，上次从周圆嘴里冒出来的难听话，他也权当耳旁风，跟没听过似的。

他只知道她父母离异，母亲似乎不太管她。

“别哭了。”陆在野不可能无动于衷地看着她哭下去，生硬且艰涩地从嘴里冒出几个字。

狭长的丹凤眼里头次生出些不知所措来。

见林枝春仍在哽咽，细小微弱的哭声在夜里有一搭没一搭地响着。

他顿了下，最终还是伸出手去，安慰般拍了拍她的手背。

没承想，林枝春倏而抓住了他的手，像是溺水之人抓住稻草，紧紧不放。

她颤着声音说了句：“别走——”

陆在野无法形容出她话中的意味，像是担惊受怕，又像是忐忑不安，最后那些不能宣之于口的情绪全部归结成了一句“别走”。

她握着他的手，脸上犹挂着泪痕，但哽咽声已经止住。

很少，很少在她脸上见到这样可怜的神情。

她看着文静瘦弱，但只要稍稍接近过她，就会明白她身上的气质并不是这样的，而是——脊背永远挺直，透出如春草新芽般生生不息的韧劲与凛然。

“不走。”

陆在野正想把右手从她手心里抽出来，可一动作就发现小姑娘手劲儿还挺大，意识也够灵敏。

他的手在刹那间，就被她抓得更紧了。

最后，他只好别扭地用左手从旁边纸巾盒里抽出两三张纸来，然后，单手往人脸上擦去。

反正都照顾这么多了，也不差这么一点。

没起身，陆在野将擦完的纸精准地往垃圾桶里一掷，三分球投篮的气势在这个时刻也能凸显出来。

等彻底安静，病房内只有床上睡着的人平稳的呼吸声时，陆在野扫了眼房间里的挂钟。

九点整。

睡又睡不着，走又不能走。

他冷淡地撇了下嘴角，准备认命地打上一整晚的游戏时，手机忽地响了一声。

王敢：陆哥你去哪儿了？

王敢：我林姐好像也不见了，你看到她了吗？

怎么还是这么迟钝。

陆在野面无表情地看着王敢发过来的消息。

估摸着是电影刚放完，教室灯亮起，他俩的空位就显露了出来。

他垂着眼随手打了几个字回过去，在确定好没有老师巡查后，便把手机扔在了一旁，靠在椅背上闭目养神。

第二天早上，林枝春迷迷糊糊地醒来。

一看钟表，早上七点，不愧是高二一整年养出来的生物钟，即使前一天生着病，第二天也不可能会醒得太晚。

睡了一觉后，她精神好了很多。

她半睁着眼往旁边一扫，猛地察觉自己是在学校医务室里。

再一看，病床边有张空空荡荡的椅子，像是没人来过的模样。

可她恍惚中记得，在她吊水时，有人一直在照顾着她。

是值班室的医生吗？

她掀开被子下床去，却发现医生办公室的门还是锁着的。

没人吗？

她不敢贸然离开，在医务室里坐了大约有半个多小时，才等来上班的值班医生。

“小姑娘发烧好点了没？”

“好多了，谢谢医生。”

医生一见林枝春，就伸手探了探她的额头，确定没有太大异常后，才继续说道：“昨天多亏你那个同学，帮我看着你吊完了最后两瓶水。

“不用谢我，谢谢你那个同学。”

照顾自己的是，陆在野？

那他现在人呢？

林枝春出了医务室，慢慢往楼下走去，猝不及防地在消防通道看见了陆在野的身影。

他像是刚洗漱完，满头黑发沾着水珠，看上去湿漉漉的，利落的侧脸在晨光中显得格外干净，毛巾散漫地搭在肩上，那种混不在意却又浑身藏着小钩子的调调把握得特别足。

林枝春正想走过去，视线往旁边挪的同时，却忽然看见他身旁还有个女生在。

女生声音娇软，笑着开口道：“陆同学，早上好呀。”

陆在野貌似没搭腔，只是冲女生点了个头。他好像对谁都是这么个敷衍劲儿。

但他这个冷漠态度却并不影响女生发挥，女生挽起一个更加漂亮的笑容，徐徐说道：“陆同学，我们昨天才见过，你不会忘了吧。

“昨天的事真是谢谢你了。”

陆在野只当她是在单纯为昨天他将书柜扶起一事道谢，面上没什么情绪，依旧是点了个头。

说起来，他同她还真就是点头之交。

昨天下午，他从多媒体教室出来，找了个地方换好衣服后，正想沿着原路走回去，却忽地看见有人站在教室门口一直盯着他。

目光特别有存在感，但这样的目光，陆在野也不是第一次见了。

他视若无睹地往前走去，可才走两步就被叫住。

“同学，教室里的书柜突然倒了，你能帮忙扶一下吗？”

换作是任何一个人对他说这话，陆在野都会选择搭个手，没什么不一样。

但万万没想到的是，女生落了张校园卡在他手里。

“陆同学，我叫钱艺雅。”

医务室少有人来，特别是早上，静得连地上掉根针都能听见。

所以女生的这番自我介绍，一门之隔的林枝春自然也能听到。

透过门缝，她能清楚地看见女生自信张扬的脸。

女生也确实有这个资本。

钱艺雅，淞城一中估计无人不知她的大名，自打她进校，就一直被冠以校花的名号，学校大型活动的主持人永远是她。

林枝春忽然很好奇陆在野的反应。

学校那么多女生明里暗里地关注他，他从来都是无动于衷，那么今天也是一样吗？

那边，单手揣进校服裤口袋的陆在野散漫地抬起眼，只说了句：“知道。”

钱艺雅面上露出喜色，笑容越发灿烂，看样子是想再说点什么：“你知道我的名字？”

陆在野低低“嗯”了声，极轻极淡地扯了下嘴角：“你连校园卡都落我这儿了，我能不知道？”

“陆同学……”

钱艺雅脸上一僵，但她很快反应过来，收拾好脸上的尴尬情绪，强打着精神解释道：“我没有别的意思，我只是想和你认识一下而已。”

她坦荡地把话说开：“陆同学，从你进校的第一天起，我就觉得我们是一类人。”

一样的优秀耀眼，一样的出类拔萃。

钱艺雅边说，边掏出个天蓝色的信封来。信封上面有女生细腻的笔触，门后的林枝春后知后觉地明白过来那是什么。

林枝春怔住，站在原地没能离开。

毫无察觉的瞬间里，细小又不知名的情绪在心中翻涌。

很快，她听见少年清越的嗓音响起：“不必。”

陆在野将学生卡递了过去，动作谈不上温柔，但足够冷静克制。

却又听见钱艺雅问了句：“你是不待见我这种的，还是你对林枝春那种类型的更投缘？”

消防通道里安安静静，每说一句话都会有回声出现，她这简单一句话像是一石激起千层浪。

被突然点名的林枝春猛地呛了下，胸腔处被震得密密麻麻。

清晨的风徐徐吹过，凉意扑人满脸，她站着没动，只是伸出手颤抖着将门缝又开大了一点点。

大到清清楚楚地看见少年脸庞淡漠，看见他整个人的身形散漫地往后靠，双手倚在横栏上，漫不经心地抬着眼。

一旁，钱艺雅仍然站在那儿，等一个从他口中说出的答案。

望着陆在野这副云淡风轻的模样，钱艺雅目光有些急切，直白地追问道：“给个答案对你来说，应该不难吧。”

是不难。

但取决于该如何说。

这人总冷着一张脸，叫人猜不透心思，可钱艺雅偏偏对他这种冷冷的劲儿很感兴趣。

不似同龄男生没什么见识，言行举止中有意无意冒出来的幼稚，陆在野惯常没什么情绪的眼，给她一种窥不破的可靠感。

陆在野随口“嗯”了声，眼神看向别处。

他嗓音散漫，低低沉沉，却不似作假：“都不喜欢。”

从钱艺雅提起林枝春的名字起，陆在野脑海里就不由自主地浮现出，女生抿着唇，澄澈杏眼一眨不眨地朝他望的画面。

画面虽转瞬即逝，但到底还是留下了痕迹。

陆在野垂着眼，修长手指有一搭没一搭地敲着不锈钢材质的横栏，莫名有些心烦意乱。

听着这碰撞之下发出的闷响，他冷不防地开了口：“要是没别的问题，钱同学你或许可以回去了。”

钱艺雅走了。

不管是不是心甘情愿，反正是被陆在野一句话给赶跑了的。

空旷的消防通道里霎时只留陆在野一个人站在原地。

他稍稍烦躁地垂下手，蓦然摸到了个微微凸起的小物件，他随手摸出来，才发现是颗薄荷味的硬糖。

他皱着眉，两三秒后才恍然间想起，这是昨天傍晚时林枝春递给他的。

昨晚，她见他交叠着腿闲闲地坐在病床边，忍不住开口问了句：“你会不会无聊啊？”

陆在野记得自己当时也没多在意，只随口顺着她的话，回了句：“无聊，能怎么办？”

而他那同桌还真认真想了想，好半天才说了句：“那你要不要吃糖？”说完，细白手指从兜里给他摸了块淡蓝色包装纸裹着的水果糖出来。

见他愣着没接，她径直往他口袋里塞去。

陆在野撕开包装纸，将糖扔进口里。

就在这一刹那，凉凉的薄荷味就传遍他唇齿间的每一寸角落，连突如其来的烦躁感也得到了消减。

他眉心舒展，将包装纸随手扔进垃圾桶后，就想回医务室找人。

大步往回走，经过消防通道的大门时，陆在野随意地瞥了眼，总觉得门的位置比之方才稍有改变。

但那里空空荡荡，并无异样。

林枝春没有再回医务室，她直接去找了老余，跟他请了一整天的假，然后回五班教室收拾了些教辅资料准备回家。

她收拾东西的时候，五班正好下了早读课，教室里人来人往，正在吃早餐的李舟舟见了她稍显苍白的脸色，关切地小声问了句："枝春，你脸色怎么不太好啊？"

"没事，只是感冒。"林枝春扯了扯嘴角，勉强笑道，"已经请过假了。"

"那你回家好好休息，有事可以给我打电话呀。"

林枝春点了点头："好。"

等回到家，喝了碗林奶奶煮的姜汤后，她便回屋关上了门。

除了偶尔有些犯晕无力，她这发烧也没有什么其他症状，且比起昨天，好上太多。

林枝春躺在床上，原想再好好地睡上一觉。

可头脑却不听使唤地保持着清醒，放电影似的，一遍遍回放着昨晚的镜头。

她忽然就记起昨晚照顾自己的人，一直是陆在野。

他给她换药端水，忙前忙后。

做得不算熟练，但足够耐心，和他那透着十足冷淡的眉眼一点也不相符的耐心。

这种耐心是给病人的，还是给她的？

青春期的隐秘心思谁也逃不过，林枝春也不例外，她没来由地计较起这根本就没有任何实际意义的问题。

或许又不该计较。

她明明已经切实听到了答案，却不敢再往前多走一步。

林枝春收了心思，手背摸去眼角不知何时出现的水痕，侧了个身强迫自己睡觉。

期间，放在书包里的手机顽强而又固执地响过两三遍，她睡得昏昏沉沉，也没去管。

星期天是正常休息，林枝春清心寡欲地在家里刷完了三套文综试卷，此外还听了篇英语听力练手，做了张数学小题。

全神贯注到林奶奶端着杯蜂蜜水进来，她都没能察觉。

“七七，写这么久作业，也该休息了吧。”

林枝春赶忙接过奶奶手中的玻璃杯，抿了一口：“奶奶您放心，我等下就休息，再收个尾就陪您出去看电视。”

“不急不急。”

林奶奶慈祥地笑道：“刚刚舟舟来电话了，问你感冒好点了没，明天要不要出去玩。”

“舟舟？”

林枝春忽地想起自昨晚起，她就没碰过手机，而手机原本的电就不多，估计已经自动关机了。

“舟舟什么时候打来的？”她追问道。

“就在刚才，问你有没有空，有空就给她回个电话。”

林枝春想着是有必要同李舟舟说一声，她的感冒已经好多了，不用记挂。

于是，她放下笔往客厅走去：“那我现在去回个电话。”

在座机上按下李舟舟的手机号，听着拨号声“嘟”了大约两秒后，就被迅速接起。

林枝春试探性地喊了声：“舟舟。”

对面很快应了声。

是李舟舟的声音不错，可传来的又不只是李舟舟的声音。

“林枝春。”

猝不及防传出的冷淡嗓音，让林枝春拿话筒的手都微微颤了下。

林枝春下意识地屏住了呼吸，动了动唇却没说出话来，不知道在害怕些什么。

见她一直未出声，电话那头的人不疾不徐地又问了一句：“林枝春，你好点了没？”

好半天，林枝春才听见自己的声音，轻得不能再轻地“嗯”了声。

然后，她将话筒拿远了些，清了清嗓子才道：“那天、那天谢谢你了。”

“谢什么？”

清越的少年嗓音染上些电流滋滋的声音，可半点不改其音，反倒平添磁性。

“那天谢谢我，哪天啊林枝春？”陆在野低低嗤了声，“这才两天不见，生疏成这个样子了？”

林枝春握着话筒的手紧了紧。

她无力地合上眼，甚至能想象得出少年此刻说话时飞扬肆意的眉眼。

你就这么没用？

林枝春无端地在心底叹息。

她忽然有些不明白自己，怎么总会被他三言两语扰了心绪。

深呼吸了一口气后，林枝春逼迫着自己静下心来："要是没什么事的话，先挂了吧，我要休息了。

"谢谢你在我发烧的时候照顾我。"

电话那边的人似是一怔，林枝春则趁着这个间隙，说了再见后，赶忙将电话挂断。

"嘟"的一声后，客厅里再没有别的声音，林枝春慢吞吞地滑坐到沙发上，半天提不起精神来，连根手指头都不想动。

她环抱着膝盖，半晌后又将头给埋了进去。

也不是很明白，陆在野那么一个任何事都不放在心上的人，今天怎么就这么闲，特意借李舟舟之手打了电话过来。

说到底，他们只是同桌。

晚上的时候，林枝春还是给手机充上了电。

一开机，消息就如纸片般纷至沓来。

她点开消息框处小红点最多的那栏，是李舟舟同学的消息框。

李舟舟：枝春枝春，刚刚是个美丽的误会。

李舟舟：你给我打电话的时候，他正好在我旁边，正好而已！

这么巧吗？

林枝春没说话，动了动手指继续往下翻去。

李舟舟：枝春，身体好点了没，明天出来玩吗？

李舟舟：就当是放松一下，全班同学都在。

李舟舟：[小美女快来玩啊 .jpg]

全班同学一起出去玩？

在林枝春的印象中，除了秋游，五班同学似乎没有这么齐地出去玩过。一想到，应下的话，或许不可避免地就要同人见面，林枝春犹豫了下，还是决定拒绝。

懦弱也好，胆怯也罢。

她暂时还不太想见到陆在野。

发了条"不了，你们去吧"的消息后，林枝春便再度将手机锁上了屏，留在房间里。

至于她自己，则陪林奶奶看《隋唐英雄传》去了。

老人多喜欢这样热热闹闹的武打戏，胜即是胜，败即是败，成王败寇的道理讲得很明白。

而少女的敏感心事在这样锣鼓喧天的热闹面前，转瞬间荡然无存。

不再去想那些有的没的，林枝春安安静静地一起看了起来。

第二天是星期一，往常这个时候林枝春该起来去上学了，但这是清明小长假，所以她仍然可以在家休息。

不准备出去玩，林枝春决定在院子里捣鼓捣鼓林建国同志留下来的花花草草，然后明天带上开得最好的一朵月季花去看他。

她拿了把修剪专用的剪子，蹲在花坛旁，细致地给每一株花减掉多余的叶子。

“咚咚！”

开了一半的院门口却忽地传来两声叩门声。

林枝春顺着声音抬头望去，一眼就看见了门边站着的熟悉人影。

陆在野仍旧是那一身黑，像极了她第一次见到他时穿的那样，上半身松垮穿着件黑色帽衫，下边是条同色的工装裤，只不过颜色稍稍深了点。

整个人干脆又利落，全身上下只眉眼最散漫，那股懒洋洋的劲儿仿佛永远也抹不掉。

他怎么来了？

林枝春没作声，澄澈如洗的杏眼望过去后，便再没有别的动作，甚至连手中的剪子也忘了放下。

她不知道该说什么。

于是，连最基本的寒暄也没能说出口。

见她不说话，陆在野径直开口问寻道：“能进来吗？”

熟悉的冷淡嗓音在四四方方的院子里响了起来。

林枝春这才如梦初醒。

出于最基本的礼貌，她不可能拒绝这个要求，于是点了点头。

得她应允后，陆在野朝她走了过来，停在花前，问的仍然是她的身体状况。

和昨天他在电话里头问的一模一样：“林枝春，你好点了没？”

林枝春稍一抬头，就对上他那双狭长的丹凤眼，里头不像往常什么情绪也没有，黑曜石般的眼在今日像一汪深潭。

她不敢看，慌乱错开眼："好很多了。"佯装镇定道，"你来是有什么事吗？"

"没事就不能来看你？"

陆在野倏而反问，嘴角衔着抹淡笑，语气却加重了些："林枝春，你在躲我。"

他甚至没用疑问语气，直接用了肯定的说法。

你在躲我。

这是事实。

林枝春不善撒谎，所以连句"你想多了，不是这样"都说不出口，特别是她那双黑白分明的眼里显露出的情绪，足够叫人明白她心中所想。

陆在野叹了口气："为什么躲我？"

"你可不可以不要问？"林枝春微微蹙着眉，轻轻说道。

毫无缘由地，心里像一团乱麻，就连她自己都不清楚答案。

她不想说，陆在野能拿她有什么办法。

陆在野随手拂去她身上沾染上的小块泥土，缓声问起其他："那班级的集体活动你为什么不参加？"

林枝春坚定地摇了摇头："我和舟舟说了不去。"

"那我也不去。"陆在野干脆在台阶上坐了下来，姿势冷淡又随性。

"你为什么也不去？"林枝春瞪圆了眼，怎么也没想到他会说出这么一句话。

"不去就是不去。"陆在野低头整理着衣袖，懒懒掀起眼皮望她一眼，"哪那么多废话可讲。"

难得天晴。

太阳从重重云层里爬了出来，将金光洒给世间万物。

又像是格外偏爱少年眉眼一样，淡淡一层金光给他全身都镀上了层光晕。

陆在野整个人，在光下，耀眼得不能再耀眼。

很久以后，林枝春才知道五班这次去淞城展览馆中心的费用，是陆在野一个人出的。

在全班乘坐大巴启程前往展览馆的时候，他拿了两张连在一起的票来找她。

去与不去，对他而言，本来就没有多大意义。

以至于后来他嗤笑着对她说：“要不是为了找你出来，淞城那小破展览馆有什么可看的？”

要不是为了找你出来。

第十一章 换座位

有风吹过树梢，院子里的桂树哗哗作响。

陆在野就坐在那儿，独成一道风景线，偶尔瞥一眼过来，见她不说话，也并不急着催。

林枝春也确实不大想说话，她埋头蹲在墙角，单方面地和玫红的月季大眼瞪小眼，纤细的身形缩成小小一团。

恰在此时，屋内却突然传来一道声音：“你是七七的同学吧？”

林奶奶走了出来，老人家一看院子里多了个不认识的清俊少年，忙笑着欢迎了句。

又看向还愣愣蹲在原地的林枝春，她打趣道：“怎么来了同学也不招呼一下，快让人进去坐啊。”

“奶奶，他……”

林枝春放下剪子抬起头，刚想说陆在野只是碰巧经过，很快就会走时，熟悉的清越嗓音打断了她的话。

“奶奶好。”身上向来散发着一股“生人勿近”冷淡气息的陆在野，破天荒地主动开了口，连眉眼也不似往日那样覆着层薄冰。

林枝春惊奇地看见，他嘴角勾了勾，然后对上林奶奶的视线，做足了问好的姿态。

“我是林枝春的同学。”

陆在野耐心地回答林奶奶最开始问出的问题，又扫了眼背对着他的林枝春，不疾不徐地添补了句：“也是她同桌。”

林奶奶脸上满是笑容，看样子对陆在野印象很好：“那你叫什么名字啊？”

“陆在野。”

“小陆，来，我们进屋里坐。”

林奶奶亲热地招呼着陆在野往里屋走去，进门时还特意递了个眼神给她那还没站起身的孙女：“七七，给小陆倒杯茶来。”

林枝春抿着唇站了起来，认命地去厨房给人泡茶，可还没走两步，就听见一句“不用麻烦了奶奶，我坐坐估计就得走了”。

身形清瘦挺拔的少年，稍稍垂下头，说起话来温和有礼。

林枝春还是第一次见他这副模样。

“那怎么行？”

陆在野话音才刚落下，林奶奶就拍着他的手背说道：“你可是七七同学，好不容易来一趟，怎么能就这么走了呢？”

“她貌似不是很想同我说话。”

陆在野敛了浑身的冷淡气场，低垂着眉眼示弱，向林奶奶透露着一种“不被林枝春待见”的气息，又兀自扯唇笑了句：“可能我们关系还没那么好。”

“什么关系好不好的？”

林奶奶这下更是抓着陆在野的手不放了，一个劲地解释道：“七七这孩子，平日里确实是话少了点，也没什么朋友。

“但这不代表你们关系不好呀，你们可还是同桌，那肯定和一般同学还要不一样些。

“你这孩子千万不要乱想，今天中午，必须得在我们家吃饭。”

林奶奶一锤定音，没给任何人插话的余地。

林枝春一脸茫然地看着陆在野点头应声。

又一脸茫然地看着自家奶奶将人安置在她平日里最爱的那张藤椅上，然后言语温柔地对人嘘寒问暖。

中午，林奶奶果然做了一大桌子的菜，林枝春拿了只碗默默吃饭，继续看着陆在野被热情关怀。

不过饭桌上，陆在野话很少，像是受过专门的餐桌礼仪训练那样，除了必要的动作，基本不会发出多余的声音。

只有林奶奶问他菜色如何时，他唇边才会扯出个浅笑来，低声说句“味道都很好”。

总之，慢条斯理而又赏心悦目。

林枝春收回视线，却没承想在偷瞄的最后一刻和陆在野的目光对上了。

有种考试作弊被人现场抓包的感觉……

他已经吃完，正放下筷子好整以暇地望着她。

林枝春无法，只得装模作样地问了句：“吃完了吗，吃完了的话，碗放在桌上我来收拾就行。”

而她的言下之意其实是“吃完了，你是不是得走了”。

可还不等陆在野说话，餐桌上的林奶奶就抢先说了句：“不用你收拾，我来。小陆好不容易来一趟，你不陪人家聊聊天什么的？”

她聊什么啊……

林枝春瓷白的脸上爬过一丝无奈，可碍于林奶奶那固执的视线，她只有服软的份。

半个小时后，林家院子里的长廊下，林枝春百无聊赖地坐在台阶上，单手撑着下巴，一眨不眨地望着墙角新开的月季花。

在她身后，陆在野恢复了平时的散漫姿态，眼角眉梢都透着股懒洋洋的意味，可问话时，带着几分不经意的试探：“听奶奶说，你明天要出去一趟。”

听了这话，林枝春拽面前狗尾巴草的手一顿，蓦地停了下来，好半天才“嗯”了声。

明天是清明小长假的最后一天，也就是清明节，每年的这一天，她都会独自前往墓园看望林建国同志。

“明天天气不太好。”陆在野提醒道。

淞城这个小地方很奇怪，气候千变万化，今天或许艳阳高照，明天却也能是雷雨交加。

“我知道。”但不管天气如何，她都会去。

林枝春还是使力把那株狗尾巴草给拽了下来，纤白手指把玩着那刺刺的草，眉间换出淡然情绪。

陆在野稍瞥她一眼。

他心下明白她决定好了的事就不会改变，于是也不勉强，只是说道：“我跟你一起去。”

淞城的墓园位于城市的西南角，地势险峻，荒无人烟，想要进园，不说别的，门口看不到尽头的长阶就得爬个十几分钟。

也只有清明节的时候才会稍稍有些人去。

他希望在不改变她想法的前提下，尽量让计划更周全。

顿了一下，陆在野又搬出了林奶奶，说道：“奶奶也同意我和你一起。”

“你跟我去干什么？”林枝春眉间闪过不解意味，今天第一次不躲不避，直直地望向他。

她一脸的不可置信，像是在得不到一个合理的解释之前，绝不会轻易松口。

陆在野的薄唇抿成一条直线，语气又冷又淡地道：“墓园的路不太安全。”

天气预报显示淞城明天的天气是大雨，不排除有雷电的可能。

而墓园数以千计的长阶都是青石铺成，上边因为常年没什么人去，也没怎么打理，覆着厚厚一层苔藓。

她一个人，实在太容易出事。

“我不需要你陪我一起去。”林枝春却不为所动。

她盯着少年淡漠的侧脸，忽然就不明白他真正的意图到底是什么。

他对她太好了。

林枝春深吸口气，重复道：“我真的不需要。”

从前的每一次，她都是自己走过来的，这一次，也不会例外。

他们本来就没有太多相处的理由。

最普通平淡的同学关系，或许才最长久。

第二天一早，林枝春就起了床。

她特意没吵醒林奶奶，轻手轻脚地提上昨晚就准备好的东西，又摘了朵犹带着朝露的月季，才掩上院子的门，往外走去。

墓园路远，她乘了一个小时的车才抵达门口。天空中果然下起了暴雨，她才下车，裤脚就湿了一截。

来不及去管脚上的泥泞，林枝春赶忙撑开伞，护住袋子里的吃食与月季花。

然后，她在简陋的保安亭处登记了姓名时间，一步一步地沿着台阶往山上爬去。

纤瘦的背影像是随时会被风吹走一样，在雨里摇摇欲坠。

陆在野在台阶的最下面，望见的就是她这么一副弱不禁风的模样。

明明感冒还没好全，却沾染着风雨，固执地向上爬去。

他皱着眉，递给方才给他提供了一个短暂容身之所的杂货店老板两张钞票后，就快步跟在了林枝春后头。

“轰隆隆——”

“轰隆隆——”

天色果然不好，暗沉得不像话的云层里刹那间劈出两道闪电来，就连风也刮得越发大了。

林枝春手上透明的雨伞被风吹得掀了边，但她理都没理，径直往前走去。

约莫二十分钟后，她蹲在墓园最里侧的一块墓碑前，轻轻拂了拂石像照片上的水珠，低声说了句：“林建国同志，我又来看你了，你有想我没？”

她勉强勾出个笑容，挑出篮子里那朵嫣红的月季，放在了石碑前：“天上可没有月季，你为什么非得要离开？

“我明明那么想你，怎么一次都不回来看我，不问问我考试考得好不好？”

林枝春断断续续地说着话，没说几句就语带哽咽。

稍远处站着的陆在野蓦地想起那天在医务室，女生躺在病床上，面上流露出显而易见的脆弱，抓着他的手，让他不要走。

他目光忽然复杂起来，落在林枝春身上的视线深深沉沉。

其实也没说太久，林枝春多数时间在望着石碑出神。

最后要走的时候，她才又轻轻说了句：“向伟大的缉毒战士林建国同志敬礼。

“等我明年再来看你，一定要等我啊。”

稍稍收拾了下心中情绪，林枝春理着篮子往山下走去。

雨势比来时小了很多，只剩微乎其微的毛毛雨，她干脆就连伞也不打了，孤身走进薄薄一层雨幕里。

但许是蹲久了，精神有些恍惚，没太反应过来，在下台阶时，林枝春忽然脚下一滑。

她突然间惊醒，以为自己要从这千层石阶上摔下去之际——有只手拉住了她的帽子，连带着将她整个人稳稳拉住。

该怎么去形容那一刻呢？

短短一瞬间从轻则摔伤骨折、重则落个残疾的危险边缘被拉回来，林枝春紧张得心跳都漏了一拍。

半分钟后，她才记得往后看。

顺着那只骨节分明的手，林枝春看见了一张再熟悉不过的脸。

她失神地叫出他的名字，似乎想不明白他为何突然出现在这里。

身后的人淡淡“嗯”了声，空闲的左手撑起黑色的大伞，慢慢移至她的头顶：“别淋雨。”

对于林枝春而言，陆在野的突然出现是个意外，但这个意外救了她。

理所当然地，她得跟人道谢。

然而林枝春话还没来得及说出口，就在措不及防间对上陆在野的视线，那狭长的丹凤眼里头深深沉沉，一丝光亮也无，像是在生气。

偏偏隐忍又克制，他眉心微皱，嗓音却仍然平缓着。

林枝春耳边倏然就听到一句“上来，背你下去”。

然后，陆在野不由分说地将黑色伞柄递进她手里，再面无表情地转过身，朝她坦露出宽阔的肩背。

原先高瘦挺拔的背影，多多少少染上了些雨中寒气。

四月的春雨将头发丝打得湿乱，也就是他非但不显狼狈，反而轮廓愈加凌厉，更添少年人的张狂肆意。

“谢谢你拉住我，但刚刚只是一个意外，我自己能走下去。”林枝春轻声摇头拒绝。

答应他，意味着继续接受这不明不白的好，意味着这两天心头盘桓不散的挣扎尽数作废。

她不能也不会答应。

林枝春从医务室醒来那天起就开始有些躲着他。

这点陆在野知道，却不明白她的冷淡甚至疏远到底是为了什么。

他掀了掀眼皮，朝下望去。

下山的台阶长而陡，外加才下过大雨，所以格外不好走。

“我背你。”陆在野又说了一遍。

他不觉得有必要在这件事上发生争执。

“没有任性，接下来下山要走的每一步，我都会认认真真地走好，不会再出半点差错。”

林枝春抿着唇，摇了摇头。

“你救了我，我很感激，但不可能每一次我遇到危险或困难的时候，你都会在的。”

她仰起脸，鼻尖被夹杂着雨水的风吹得通红，一字一句，说得清清楚楚。

你不会一直都在，那有些路就得我自己一个人走。

这话不论是放在以后，还是放在当下，都对。

从墓园回来后，林枝春就再也没有单独和陆在野见过面。

尽管他们是同桌，却因为林枝春有意无意的避开，连说句话的时间也没有。

好在很快就要迎来淞城一中的第二次大型考试，班上绝大部分同学都开始了临时抱佛脚，也没有闲心关注他俩之间的“冷战”。

连陆在野本人，也并无什么异样。

林枝春余光一瞥，就会发现他懒洋洋地趴在课桌上小憩，像是永远也睡不够似的。

考试一共两天，形式同上次并无差别。

只是老余有在这次考试后调动一下班级座位的想法。

这点风吹草动自然瞒不过五班这群消息灵通的学生，他才端着保温杯在办公室里浅谈了一下这件事，“考试后老余要给咱班换位置”的消息就传了回来。

连陆在野都知道。

因为王敢一下课就跑到他课桌旁，一口一个“陆哥”，尽职尽责地传达道：“陆哥，听说了吗，老余打算给咱们班来个‘乾坤大挪移’。”

“说人话。”陆在野头都没抬，脸埋在臂弯里，浑身上下散发着散漫气质。

“就是给咱班同学换个位置什么的呀，陆哥你有没有什么想法，比如和我坐。”

陆在野这下抬起了头，他半睁着眼确认了下，王敢是否处于清醒状态，然后凉凉地觑了他一眼，冷声说了一个字“滚”。

“陆哥你就这么绝情，还是舍不得咱林姐？”

王敢毫不在意陆在野的冷淡，继续在他耳边不知死活地说道：“听说咱们班不少同学都想和林姐坐，毕竟年级第一性格又好。

“哎，陆哥，你问过林姐意见没有？”

陆在野再次抬眼，一脸“你这张嘴不会说话，我可以帮你缝起来”的表情。

还问林枝春意见。

他那同桌，怕是一个多星期没跟他说过话了。

陆在野眉眼间掠过抹轻嘲，没承想转瞬就在后门处瞥见从老余办公室里回来的林枝春。

鲜活的、脸上还挂着浅淡笑意的林枝春。

正想着大丈夫能屈能伸，要不就给他同桌个面子，勉为其难地开个口，递个台阶过去时，倏地听见她身旁的李舟舟说了句——

“枝春，这次换座位我们一起坐是吗，我可太高兴了！”

她这是已经跟别人商量好了？

陆在野不言不语，薄唇抿成一条直线。他眉眼冷淡，周身温度直降，视线一眨不眨地盯在林枝春身上。

连王敢那个反应迟钝的二愣子都察觉到了氛围不对，赶忙脚下生风，从他身旁悄然离开。

哦，他离开时，还顺带扯上了愣在一旁的李舟舟同学。

林枝春稍稍奇怪地朝那二人看了一眼，然后不动声色地坐回了自己座位上，像是压根儿不害怕自己周身那散发着冷淡气场的同桌似的。

最终还是陆在野耐不住性子，低沉着嗓音开了口：“不解释一下？”

短短几个字，像是硬生生从嘴里挤出来似的。

林枝春转过头去，这些天里第一次同陆在野对上视线，她慢吞吞开口道：“解释什么？”

在望见那张熟悉的侧脸时，她不由得一怔，总觉得那张脸上多了些什么，却又摸不透到底是什么。

“是座位的事情吗？”她小声问询了句。

猜不透陆在野的心思，林枝春只能大胆揣测了一下，然后自行加工缓声说道：“你如果不满意现在的座位安排，其实也可以直接去找余老师说的。

“如果你有了满意的同桌人选，可以不用担心我的想法。”

不满意现在的座位安排？

到底是谁不满意？

陆在野低低笑出声，可脸上并没有什么笑意在：“满意的同桌人选？”他重复了遍，字字句句咬得很清楚，“你不想和我坐了？”

明明脑海里千言万语想要质问，最后说出的却只有这么一句。

陆在野冷着脸，说道：“林枝春，你就这么迫不及待地想要跟我撇清关系？”

林枝春翻开习题册，开始写上堂课结束时老师布置的作业，可没两分钟，她就转着笔把书给合上了。

一向清静的大脑来来回回地充斥着，陆在野最后说出的那句话——“你就这么想跟我撇清关系？”

她甚至记得少年解下校服外套，蓦地往身上一甩的凛然，不等她回答，冷淡瞥了她一眼后，就径自离开了教室。

林枝春低垂着眼，悄然叹了口气。

比起之前两日的“冷战”状态，现下的情况貌似更复杂了……

别的不敢说，但她能肯定就今天“换座位”这件事，陆在野肯定是误会了什么。

而且，这个误会似乎是有她的一部分原因在的。

主要是陆在野一开始问话时，他俩似乎就隔着一层信息差。

于是，林枝春蒙蒙地回答给他的几句话，无形之中点燃了沉寂多日的导火索。

和墓园那日不同，和那句同样没有回音的“不如我问你，为什么要躲我”也不同。

这次，陆在野似乎毫不避讳地将心中情绪显露了出来。

林枝春抿着唇，想了想，觉得自己的确有必要同陆在野好好解释一句。

跟他说李舟舟那句要和她做同桌的戏言，来源于她在办公室见到的，老余随手涂鸦过的一张座位表。

但是那张座位表十有八九是不作数的。

毕竟，老余一向崇尚自由发展。

老余思来想去后，还是觉得座位这种人人关心的“民生大事”，应该由学生们自己来决定。

那排好的座位表，他自己都没当成一回事，甚至还优哉游哉地在上面吐着瓜子壳玩。

只有李舟舟同学看到，那张可怜到垫在瓜子壳下边的白纸时，对上面的名单提起了兴趣……

总之，林枝春确实还没生出直接换同桌的想法。

可惜，她的解释还没来得及开口，考试就先来了。

下午最后一节课的时候，老余进班通知所有同学把桌椅按考试标准摆放。

林枝春扫了一眼旁边的空桌，陆在野还没回来。

她低下头，先将自己的桌椅移到后方，然后朝陆在野那张课桌走了过去，指尖才刚落在冰凉的桌面上，耳边就响起一句："我来搬吧。"

林枝春闻声抬头，看见的却不是陆在野的脸。

也是，声音响起的第一刻就不太对，没他那种散漫张扬，又冷又酷的劲，他说话的调调，旁人学不来。

"林姐，林姐，我来搬吧。"声音再度响起，是王敢，"这课桌还挺重的，怎么能让你一个女生动手呢？"

"还好，我搬得起。"

林枝春没让他插手，提起课桌沿着墙角往外挪动，纤白的脖颈露在校服外头，像初春开出的第一枝嫩芽。

可她虽愿意搬，王敢哪敢真让她代劳啊。

别说陆哥的桌椅了，连林枝春的，他都想直接上手帮她搬了。

"您就坐一边等行吗？五分钟，不，两分钟，我肯定帮您搬完。"

林枝春一脸奇怪，干净澄澈的杏眼里满是不解："你帮我搬桌椅干什么？"

王敢一时语噎："我、我……""我"了好半天，也没"我"出个什么因为所以然来。

还好林枝春也没过多纠结于这个问题，轻描淡写地瞥了他一眼后，转而问道："你知道陆在野去哪儿了吗？"

又像是怕这句话引起什么误会似的，她忙添补了句："快放学了，明天又有考试，所以我才问你的。"

"这，我还真不知道。"王敢摸着自己的头脑，模样显得有些无助。

陆在野这个人向来不爱同人凑热闹，尤其是心情不佳的时候，通常是一个人翘了课出去，或是在操场打篮球，或是去天台望风。

总之，行踪不定，谁也摸不准。

末了，王敢建议道："要不，我帮你问问陆哥？"

林枝春摇了摇头，没再说话。

她决定等考试完亲自找陆在野说清楚。

第十二章 音乐厅

考试定在周二周三。对大部分同学而言，这是套熟悉的流程，包括但不限于熟悉的监考老师，熟悉的语数英，熟悉的做不出来的题目……

“枝春，借我摸下手。”

离开考还有十分钟，李舟舟同学已经对“一早上掌握语文书的精华”这件事不再抱有希望，试图从邪门歪道中杀出一条血路。

她紧紧握着林枝春的手，虔诚得像寺院里跪拜诸天神佛的僧者，嘴里不住念念有词：“多的我不要，给个平均分就行，平均分，平均分！”

林枝春好心提醒了句：“舟舟，老余就站在门口。”

——站在门口看着你。

李舟舟同学缓慢且艰难地转过头去，果不其然地瞧见老余朝她走来。

老余恨铁不成钢地骂道：“李舟舟啊李舟舟，多背几分默写有那么难吗，你看看你这是在干什么？

“给我回座位去，不要封建迷信，不要打扰林枝春同学复习！”

林枝春翻页的手忽地顿住，倒不是为老余口中五班同学早听过八百遍了的车轱辘话所停，而是她忽地瞥见前门处多了个高瘦人影。

昨天下午，陆在野没有回教室，课桌上只一个孤零零的黑色挎包。

她那时望着那个挎包犹豫了好久，但最终还是什么都没说，只默不作声地给他收进了课桌。

眼下倏地见到挎包的主人，她倒是有些恍若隔世的心绪难平。

“丁零，丁零——”

就在这时，考试开始前的预备铃响了起来。

林枝春合上书，一抬头就瞧见陆在野踩着铃声进了教室。

步履不疾不徐，下巴微微扬着，昨日的失态仿佛已全然敛起，眉眼清隽如初，冷淡如初。

老余正在讲台处对照考试安排表，没有闲心留意门口处的动静，陆在野就这么大大方方地从他身边经过。

转瞬间，他人就已经走到了林枝春面前。

准确来说，是因为他的考试位置就在她的后面。

“你等一下。”在陆在野即将与她擦肩而过时，林枝春忽然轻轻开了口。

陆在野脚步顿了下，最后还是停在了她的桌前：“有事？”

话里倒听不出什么别的情绪来。

林枝春从课桌里掏出他的准考证，另外附带水性笔及 2B 铅笔，一起朝他递过去。

见他愣在原地，没反应，她又轻声说了句：“给你。”

“给我？”陆在野倏地低声笑了句。

他这同桌，人是真好，都即将要分道扬镳了，还不忘给他准备一份考试工具。

陆在野散漫地道了声谢，也没再说别的，接过笔和准考证，就径直回到自己座位坐好。

考试很快开始，林枝春也没有精力再去细想陆在野今早上的话到底是怎么回事。

只是直觉告诉她，陆在野似乎仍旧不太高兴。

林枝春握着笔，认认真真地分析着语文的阅读题，工整的字迹一行行写在试卷的空白处。

等作文也写完，她脑子里关于和陆在野解释清楚的念头越发强烈了起来。她叹了口气又将试卷翻过去，进行着第二次检查。

老实说，语文考试于陆在野而言就四个字：冗长，无趣。

而他恰好不喜欢在无聊的事情上浪费时间。

可今天，陆在野破天荒地没有趴在桌上睡觉。

他手随意地搁在窗台上，眼一眨不眨地朝前方瞥去。

前方是他再熟悉不过的纤细身形，女生脊背挺直，薄若刀削，黑白校服套在身上，硬是让她穿出种“春风吹又生”的倔意。

倔一点没什么。

不和他同桌，他想别的办法就是了。

陆在野懒洋洋地转着笔，不自觉地又想到这个问题。

像是想明白了，心境豁然开朗。

漆黑的眉骨微微上挑着，他心头一遍又一遍地重复着答案——他不准，他偏要勉强。

恰在此时，有风刮过。

教室里的窗户为了通风都是开着的，绿色的厚窗帘搭在两旁的窗户上。

原本相安无事，偏这个时候风刮得比较强劲。

林枝春头顶的搭得好好的绿窗帘眼看就要掉下来，砸在她身上。

陆在野眼疾手快地将窗帘扯住，动作完成在分秒之间而又静然无声。

长而厚实的窗帘竟然连林枝春身都不曾挨过。

而他干完这一切后，才意识到自己方才到底做了些什么，心底兀自暗嘲了句，怎么回事啊，连给人挡窗帘都成了条件反射。

他散漫地靠回椅背，狭长的丹凤眼里头情绪深深浅浅，叫人瞧不出在想些什么。

倒是手上拿着的小物件，没了白炽灯的过度曝光，显出它真正的形状来——一个精巧无比的数字“7”，耀眼而夺目。

淞城一中的考试一向来得快结束得也快，两天跟火箭似的嗖一下就没了。

而一般而言，考试成绩也会在第二天下午出来，淞城一中老师的改卷出分速度显然是比火箭更快的存在。

往常出成绩的下午，五班教室早就阴云密布，一片惨淡之象。

今天却很反常，包括李舟舟同学在内的一众同学嘴角的笑容掩都掩不住。

“枝春，快别写作业了，咱们班有个好消息！”

林枝春茫然地抬头，轻声问：“什么好消息？”

李舟舟兴高采烈得手舞足蹈，语速飞快地说道：“就是我们和十一班到底哪个班去市里参加合唱比赛的事情定下来了，是我们班！”

说到这个，李舟舟脸上的集体荣誉感简直满得要溢出来了。

林枝春也跟着笑道："真的吗，那太好了。"

不怪五班如此激动，合唱班级的事情学校早一个月前就让专管这方面的廖老师筹备。

廖老师精挑细选后，决定从五班和十一班中选出一个班级代表学校去市里比赛。

十一班有不少学艺术的同学，知道是和五班竞争后，普遍态度是嗤之以鼻，诸如"五班，那个光会念书，全是书呆子的班级，也配和我们班比"这样的言论更是比比皆是。

这一下就激起了五班同学的胜负欲。

人不争馒头还争口气呢，你们瞧不起谁呀？

自此，五班同学在十一班同学不屑的目光下勤学苦练。

现在结果出来了，是他们代表学校出战，这逆袭改命的热血动漫番剧本，谁看了不激动？

班长罗慧慧扬眉吐气地站在讲台上宣布："大家晚上一起去音乐厅训练，廖老师给咱们班准备了新的演出服！"

台下同学纷纷与有荣焉地鼓起掌来。

李舟舟更是不知道哪里来的那么大的力气，居然抱着林枝春转了个圈圈。

旁边附和着鼓起掌来的陆在野，见此情此景，冷淡视线稍稍往李舟舟身上一瞥。

他那目光恍若有实质性般，竟真叫背对着他的李舟舟背上一凉，转圈的手慢慢停了下来，若有所思地问了句："枝春，我怎么感觉有人在看着我？"

林枝春不懂她为什么这么问，不确定地接了句："没吧。"

"那我心慌什么，好奇怪。"

喧闹的五班教室里，陆在野望着正和李舟舟交谈的林枝春，忽而在嘈杂的背景音下，漠然出声："林枝春。"

声音不大，但胜在嗓音辨识度极高。

反正，林枝春是转瞬就听到了的。

她蓦然回头，对上陆在野低低沉沉，像藏着些许话的目光。

她正欲说话，却忽然被什么动静也没听见的李舟舟同学拽走："枝春，我们先去音乐厅，现在可以挑选演出服，还可以试！"

这突如其来的变故让林枝春只来得及匆忙和陆在野说一句“等我一下，很快就回来”。

很快就回来？

在林枝春走后，陆在野散漫地将斜挡在身前的椅子踢开，收回搭在课桌上的手，随意地站了起来。

他理袖口的时候，双眼微合，也没别的动作。

明明只是站着不说话，冷淡又强势的气势就那么凸显了出来。

“王敢。”

陆在野很少主动喊王敢的名字，所以王敢甫一听到自己的全名从他嘴里冒出来，慌得跟个什么似的，赶忙跑了过来。

“你慌个什么劲？”陆在野觑他一眼，冷淡的眉眼稍稍缓和了些，“去音乐厅。”

去音乐厅干什么，本次合唱比赛是全女生阵容，五班男生不用参与的，所以王敢一头雾水：“去那儿干什么陆哥，待教室里玩游戏不好吗？”

陆在野懒懒掀了掀眼皮，不发一言地往前走去。

音乐厅里，李舟舟从圆桌上摸了条裙子过来，拆开包装赞叹道：“枝春，这纱裙好好看，廖老师眼光真好。”

那缀着流苏的白纱裙肉眼可见的质感很好，经她手这么一提，自然地往下垂，飘逸的仙气感挡都挡不住。

都是十六七岁的年纪，整日穿着单调重复的校服难免觉得无趣，所以五班大部分女生和李舟舟一个感觉，眼下正爱不释手地将手里的裙子翻来覆去地看。

除了林枝春，她有些兴致缺缺。

在李舟舟仰着脸求肯定的时候，她也只是勉强回了句：“是挺好看的。”

不过，好看归好看，裙子薄也是真的薄。

淞城的春季多是阴雨连绵的天，气温低不说，偏还风大，这也就导致林枝春在运动会时染上的感冒断断续续的，到现在都一直没好全。

虽然没有严重到需要请假休息，但她现在比常人要更为畏冷些。

刹那间见到这薄如蝉翼的白纱裙，林枝春第一感觉还真不是漂亮，而是“这么穿真的不冷吗”。

没给她时间细想这个问题，负责本次合唱比赛的廖老师已经走了进来。

廖老师年轻漂亮，一身打扮看着就赏心悦目。她柔声说了句："各位同学都到齐了吗？到齐了的话，可以对照一下自己的尺码，然后来领衣服去旁边的小房间换。

"我们这次比赛的时间比较紧，希望各位同学能多多配合。"

估计是今晚得看下穿上演出服，外加灯光打光后排练的效果，有不合适的再另加调整。

于是，大家纷纷拿起裙子整整齐齐地往小房间赶去。

林枝春抿了抿唇，沉默了两秒后，纤白的手指还是抚上了纱裙的后摆，然后，认命般地跟在了她们后边。

毕竟，没道理因为她一个人拖累全班的进度。

小房间里满是窸窸窣窣的衣料摩擦声，五班大部分女生都换得差不多了，正在对照着大面的镜子墙调整自己的绸带什么的。

林枝春瞥了一眼四周，见没人往她这边瞥来，才小心地将脱好的校服外套交给李舟舟，然后自己拎着裙子躲在了长沙发后边。

她边换边听见李舟舟小声调侃："枝春你害羞什么啊，这不都是自己班的同学嘛，还都是女生。"

李舟舟同学振振有词道："大家都能看，谁也不占谁便宜！"

林枝春正脱着身上的一件白色底衫，纤瘦的双臂举过头顶，瓷白的脊背处，微微凸出的蝴蝶骨呼之欲出。

"枝春，枝春，你听到我说的了吗？"

李舟舟正想往后看，林枝春像是有感应似的，急急说了句："你不准回头。"声音带了一点点恼意，罕见地让人听出羞怯感。

被制止住回头举动的李舟舟同学，嘴上却没闲着，打趣道："枝春你害羞什么呀？

"以后要是有男朋友了也不让看吗？"

这话听着怎么不大对劲。

林枝春飞快地将裙子往自己身上套好，将腰间的抽带系上拉紧。

林枝春没回答李舟舟的调侃，反趁着她没来得及回头的时候，不轻不重地拍打了她一下："一天到晚想什么呢李舟舟？

"上次罚抄的一百遍中学生守则这么快就忘光了？"

李舟舟："这哪能忘，一百遍呢。"

手都快抄断了。

李舟舟嬉皮笑脸地回头，手不安分地往林枝春身上摸去，挠她的痒，边挠边重复道：“第十四条，不准早恋，男女同学之间保持适当距离，牵手等以上亲密动作一律不准。”

“记得你还胡说八道。”林枝春最怕痒，面对李舟舟这强烈的攻势只能一个劲地躲。

纯白的裙裾因她动作在空中肆意飘扬了起来，灵动美好，像装裱在墙上的油画少女。

李舟舟辩驳道：“这怎么能叫胡说八道，现在没有，以后总会有啊。”

十八岁这个年龄是条堪比楚河汉界的分界线，一旦迈了过去，谁还受什么校纪校规的制约？

“我们学校帅哥也不少啊，你就一个都没看上？

“不对，最帅的那个好像是你同桌哎。”

李舟舟越说越不着边际起来：“虽然脾气是冷了点，但脸可没得说，天天对着那么帅的一张脸，你就一点都没想法？”

眼看她说着说着连陆在野的名姓都搬了出来，林枝春实在没有办法置之不理。

林枝春一个侧身躲过，然后反手捂住了李舟舟那张极善八卦的嘴，无奈恳求道：“不说了成吗？”

再说下去，她都不知道这话题该如何收场。

且因李舟舟同学有意无意地提起，陆在野那张眉眼冷淡，轮廓相当凌厉的侧颜一下就滚入她的脑海，甚至比方才那些絮叨还要醒目，简直让人拒绝不得。

好在廖老师在外头敲了敲门，问她们衣服都换好了没有。

一行人顺势穿着裙子从房间出去，前往前厅排练。

至于随身物品以及换下来的校服外套，廖老师表示会将小房间的门锁好，等排练完全结束，她们可以来自行取回。

林枝春依着上次定好的排练位置站在了倒数第二排的最右边。

那地方有个通风口，时不时地就吹点风出来。

所以尽管前厅开了暖空调，但由于地方过于宽敞，空调效果并不是特别好。

更别说还会吹到冷风的林枝春了。

白纱裙在这个时候压根儿就不具备作为一件衣服而言，最基本的保暖效果，一整首《东方之珠》唱下来，她整个人冷得直哆嗦。

偏偏廖老师并没有停下来的念头，唱完一遍后发现了几个小问题，精益求精地要求她们再唱几遍找找感觉。

瞥了眼正专心致志投入演唱的同学们，林枝春叹了口气，继续坚持。

让海潮伴我来保佑你
请别忘记我永远不变黄色的脸
让海风吹拂了五千年
每一滴泪珠仿佛都说出你的尊严

女声婉转深情，再次响遍整个音乐大厅。

除了音乐厅里面，外面的走廊上也能听见。

王敢透过遮光玻璃往里头瞄了眼，试图看清些什么："陆哥，没想到咱班唱得还挺好听的。"

陆在野漫不经心地"嗯"了声，对合唱不作评价。

他似乎一直都是这么个对什么都提不起兴趣的漠然模样。

王敢也都习惯了，只是瞄着瞄着，忽然就多了句嘴，出于男生的天性评价道："咱班女生演出还穿裙子，别说还挺漂亮的。"

冷天穿什么裙子？

陆在野微不可察地皱了下眉，抬眼往里瞥去，果然看见重重叠叠的白纱在厅里浮动。

还有那个站在边上的纤瘦身影。

他视力很好，不用特意去看，也能清清楚楚地瞧清人脸。

只这么一瞥，林枝春穿着掐腰白裙，流苏缠过纤白脚踝的模样就晃入了他眼中。

没来得及欣赏太多，陆在野直接错开眼，像是随口一问似的对着王敢说道："你觉得今天天气怎么样？"

他很少有闲情逸致说闲话的时候。

这种突然的反常让王敢一愣，结结巴巴地答道："还、还行。"

"不穿外套也还行吗？"陆在野稍稍颔首，追问了句。

那恐怕是不太行。

现在的气温还远没到只能穿一件的地步。

"当然不行。"

说完，王敢后知后觉地抬头："陆哥你怎么忽然问这个？"

陆在野不答，他利落脱下自己的校服外套，露出清瘦的肌理皮肤，旋即下巴朝音乐厅里头扬了扬：“帮我把外套给林枝春。”

就在刚刚，除了看见她身穿纱裙的轻盈，陆在野还瞧见了整个音乐厅内，就她一个人身子在微微颤抖着。

恰在此时，前厅的排练正好暂停了下来，廖老师让大家先休息一下，女生们因此四散着找座位坐一坐。

王敢犹豫地拿着陆在野的外套，饶是再迟钝，也多少明白了些他的心思，只是不明白他为什么不自己去送。

他这么想，也就这么问了出来。

陆在野目光落在远处，不急不缓地说了句：“我真要送，怕她不收。”

他俩目前这关系，他怎么想怎么觉得，他那同桌会在跟他礼貌地说声“谢谢”后，摇头拒绝。

那就换个人送，反正目的达到就行。

两分钟后，校服外套被送到了林枝春手里。

她望着面前站着的王敢，杏眼澄澈：“这是你的？”

王敢打着哈哈不愿多说，只说道：“这不手里正好有件多余的衣服，就给你拿了过来嘛。

“快穿上啊，我看着你们都冷。”

“这么巧吗？”

小房间里头的衣服现下确实不方便拿出来，拿着钥匙的廖老师给楼上的学生上课去了，眼下这件衣服好像确实是林枝春目前所能汲取到的唯一温暖。

林枝春垂着眼，稍稍一闻，就闻到了衣服领口处清冽的雪松味。

味道再熟悉不过了。

她怔了下，然后瞬间明白过来，哪有那么多凑巧，不过是有人有意为之。

可她没收回手，而是动作迅疾地将衣服给穿上，又道了句谢。

“不用谢，客气什么呀。”

王敢见她穿上，放下心来，还以为自己事情做得天衣无缝，林枝春一点也没能察觉到不对呢。

王敢正转身想走的时候，却听见她抿唇说了一句：“王敢，能帮我说一声吗？

“让他等我一下，我有事和他说。”

那个“他”，指的是谁不言而喻。

音乐厅的歌声再度响起。

小河弯弯向南流
流到香江去看一看
东方之珠我的爱人
你的风采是否浪漫依然

陆在野就这么孤身站在外边，耳边听着清亮低婉的女声诉说着上世纪末国人的爱港情怀。

准确来说，自王敢出来将林枝春的话转达给他后，他就一直站在这里，再没有动过。

他单手扶在走廊的横栏上，眼中情绪未明，隐有沉沉晦色。

约莫半个小时前，王敢送完衣服从音乐厅里头出来，特别自觉地将林枝春托他带的话传到陆在野耳边。

到这里为止，王敢同学的任务可以说是圆满完成，应该功成身退了。

但他愣在原地没走，硬是后知后觉地多问了句：“陆哥，我怎么感觉你对人家特别好呀？”

陆在野觑他一眼，没说话。

高瘦挺拔的身影倒没有同夜色融为一体，利落的轮廓在暗光下愈显凌厉。

若是搁在平日，王敢或许早就止住话头，不敢刺探陆在野隐私分毫，可今天，作为事件的参与者，王敢的好奇心实在是忍不了了。

他是真的属于憋不住话的那种人，问话直白且一步到位：“陆哥，你是不是——”

王敢话音未落，就被陆在野生生阻断，四两拨千斤似的将问题又给抛了回去：“你觉得呢？”

除了音乐厅里悠扬的歌声，校园里此时还响着不知名的鸟叫声。

在这寂静又不太寂静的夜晚，远处亮着的昏黄路灯隔着长长一段距离，固执地给这边也送来了一点微光。

昏黄光影镀在陆在野凌厉轮廓上，柔和了他的棱角，平添上一层若有似无的暧昧。

像极了胶片电影里的男主角。

“陆哥你可千万别这样看我啊！”

王敢不由自主地骂了句脏话，反应过来后又颤着声音解释道：“陆哥你这眼神谁受得住啊？”

低暗的角落完全将陆在野平日里的漠然气场给掩住，此时此刻，一双狭长的丹凤眼，在暖黄光晕下，被蓦地染上柔软。

竟然叫王敢瞧出了含情脉脉的味道！

谁来告诉他，平常眼神冷得都能结出冰来的人，为什么也会有这么“深情”的时候？

陆在野低哂：“看你干什么？”然后，不理会王敢突如其来的震撼，自顾自撇过头，往上看去。

天空一轮残月，点点星子绕在左右，像幅将将赶制完成的画作。

他其实没有太大兴趣，只是忽然想起有人曾说过很喜欢月亮。

“王敢，你可以走了。”

陆在野稍稍侧过头来，诚恳地说道：“不是还要打游戏吗，再不去可就晚了。”

“不是，陆哥你不能每次都这样……”

每次都一问点什么就避而不谈，广大人民群众的好奇心也是需要满足的呀。

可王敢话还没说完，就见陆在野挥了挥手。

他不想说，就没人能从他口中套出话来。王敢一步三回头，再不甘心也只得走了。

陆在野侧过脸，视线漫不经心地转了个方向。

合唱结束，音乐厅的大门正敞开，五班女生陆陆续续地往外走，好多人没换衣服，只在白纱裙外头套了件校服。

“终于结束了，我不行了我得回家了。”

“这才八点半你就回家，不一起去吃个夜宵？”

林枝春慢吞吞地走在同学后面，帮李舟舟理着后头的裙子，然后听见李舟舟说：“枝春，我就不和你一起走啦，我爸要来接我去舅舅家，我得快点。”

林枝春应了声“好”，手上动作加快，系上最后一个结的时候，拍了拍李舟舟的肩膀：“可以了。”

“那枝春明天见！”李舟舟朝她飞吻后，飞快地拿起书包往外跑。

林枝春不疾不徐地将音乐厅里的灯一一关好后，才朝外走去，她其实心中多少有些忐忑，并不确定陆在野会不会在外头等她。

毕竟，等待这个词貌似和散漫到极致的陆同学是很难扯上联系的。

所以当她关上门，瞥见走廊最左侧那道模糊身形时，心跳忽地就开始加速。

林枝春不受控地往前走去，想看得再清楚些。

头顶的声控灯随着她的动作忽然亮了起来，发出微弱但也足以照亮前方的光。

她也因此看见，少年偏头转过来，薄薄的眼皮掀起，见是她后，懒洋洋地伸出右手朝她招了招：“过来。”

清越的声线甫一响起，在这空荡走廊甚至隐有回音。

因为林枝春是最后一个走出音乐厅的人，五班女生早她几分钟就走得差不多了，所以现在这附近连个人影都见不着。

除了他们俩。

像是见她半天没动静，怔在了原地似的，阴影处的陆在野微不可察地叹了口气。

叹完，他便从走廊最左侧走了过来，整个人站在了光下，颇有种“山不就我，我来就山”的气势。

陆在野轻轻弹了下她额头，无奈地说了句：“发什么呆呢，嗯？”

林枝春轻轻摇了摇头，总不能说她看得太专心致志了，一时没反应过来吧。

“不是有话和我说？”

林枝春重重“嗯”了声，正犹豫着如何开口，怎样措辞会比较合适时，陆在野又说了句“不急，慢慢说”。

他像是一眼就看穿了她的犹豫不决。

陆在野单手抄在兜里，状似随意地问了句：“去吃夜宵吗？”

林枝春不解。

见她面露疑惑，陆在野又添补了句：“时间还早，你可以慢慢说，边吃边说。”

林枝春“噢”了声，顺从地点了点头。

主要是她现在满脑子都是该如何开口，整个人就陷入一种“别人问什么都会不自觉地答应”的状态。

两人一路往校外走去，途经一家拉面馆的时候，浓厚的牛肉香气四溢，林枝春的目光不自觉地瞥了过去。

陆在野随之偏头，骨节分明的手指朝店招牌一指："就这家，成吗？"

林枝春杏眼微微睁大了些，点头答应了。

她现在确实还挺想吃牛肉面的。

点好单后，两人分坐在桌子两侧等候。

林枝春倏地正襟危坐，出声喊他名字："陆在野。"

对面的人抬头看她，惯常泛着的冷意与不耐烦尽数敛去，低低"嗯"了声。

黑曜石般的眼直勾勾地朝她看来。

林枝春咽了咽口水，稳着声音开口："我能先问下你这段时间为什么生气吗？"

想知道他接连几日的一反常态，都意味着什么。

是也不想再理她了吗？

"没生气。"陆在野不着痕迹地皱起眉，不明白她为什么这么问但还是认真答道。

然后，他拆开一次性筷子的塑封袋递给她，漆黑的眼像看穿她所有胆怯："你紧张什么，我又不吃人。"

林枝春莫名从他温和下来的眼神中得到宽慰，松了口气解释道："换座位的事你可能误会了，那天舟舟只是开玩笑，我没有……"

陆在野挑了挑眉，饶有兴趣地问："你没有什么？"

"暂时还没有不跟你坐同桌的念头。"林枝春瓷白的脸被热气熏红，一字一句地严谨说道。

陆在野低声反问了句，嘴角处藏着不知名笑意："是吗？"然后后背靠回椅背，长腿支在一旁的过道上，声音散漫地说，"那我能问问林同学前段时间是怎么回事吗？

"怎么一见到我就跑？"

他极少用这种戏谑的语气说话，林枝春登时红了脸，望着桌上刚端上来的牛肉面，轻轻说了句："要不先吃面，边吃边说。"

"我不急。"

陆在野随意歪了歪头："你饿了就先吃。"

林枝春咬了口面后，就放下了筷子，鼓起勇气慢慢说道："那天从医务室醒来后，我有去找你。"

空荡的消防通道，陆在野和钱艺雅两个人的背影，还有他们谈论的关于“喜欢类型”的话题突地又在她脑海中闪过。

她才发现，刻意遗忘的东西还是会历历在目，比如那句没什么温度的“不喜欢”。

林枝春深呼吸了下，想一鼓作气地将事情尽可能以轻松的语气说完。

她用力扯出个笑容来：“可能是我多想了，就钱艺雅问你喜不喜欢，你说不喜欢的时候，觉得有些难过……”

好像被讨厌了一样。

她没了声音，到底还是说不下去了，期间连个“我”字都刻意省略。

林枝春抿了抿唇，正欲再开口解释下时，眼睛忽地被一双稍稍有些凉的手给捂住，接着耳畔传来熟悉的嗓音：“不是你多想，是我说错话了。”

第十三章 背《离骚》

没有觉得不喜欢。

恰相反，在第一眼见到这女生的时候，他就觉得挺特别。

陆在野难得话多，惯常冷淡的眉眼稍稍放松下来，从尘封记忆里挑拣着词描述道：“开学那天，大家都抬头看热闹，偏就你一个人低头写作业，安静得不像话。”

可她也不是两耳不闻窗外事，她内心积蓄着的正直总会在人意想不到的时候冒出来。

“你还挺矛盾的。”陆在野腔调散漫地说了句。

坐正对面的林枝春仰起脸，澄澈如洗的杏眼里散发出的专注，估计连她自己都没发现。

被这么看着，陆在野哪还有闲情一心二用，他啪的一声放下筷子，十指交叉地往后仰去，漆黑眉骨微微挑了挑。

林枝春没来由地红了脸，在他说起开学时发生在西门的事情时，小声解释了句：“那是碰巧。”

陆在野随口就“嗯”了声，甚至还附和着她点了点头，才饶有兴味地说了句：“体育馆那次也是碰巧对吧。”

眼看林枝春的脸都要埋进碗里去了，陆在野适时地止住话头，转而说起了其他。

“你听说过斯南格的吸引效应吗，他否定怀有相反特质的人相互吸引这一现象，而是认为经过磨合且最终合拍的人，表面再怎么不一样，内里始终是特质相同的。”

林枝春骤然抬起头来，弧度好看的眼睛稍稍睁大，很认真地在听他说话。

陆在野甚至能从她干净得好似通透琉璃的眼里，清晰望见自己的倒影。

他轻咳了声，接着说道：“生活中很多人提倡互补理论，觉得温柔和暴躁的搭，性子急的配个性子慢的合适，但——”

“聪明的和不那么聪明的也是吗？”

林枝春忽然插了句，黑白分明的眼底浮现出浅浅笑意。

陆在野用“小林老师可以啊，还举一反三起来了”的眼神朝她瞥过去，然后似笑非笑地接着说：“你这么说也对，反正大家普遍认为互补更易促进生活融洽度，特别是情侣之间。”

林枝春若有所思地点了个头，追问道：“然后呢？”

“但其实不是啊。”少年散漫的声音再度响起，林枝春不自觉地就被他吸引，一眨不眨地望着他。

陆在野喝了口水，徐徐说道：“人社会学家研究出来的理论肯定还是有一定道理和依据在的。

“抛开表象来看，那些真正合拍的人，就大家可能觉得一方脾气好，一方脾气差的夫妻，其实极有可能两个人的内心都或多或少地缺乏着安全感。”

他顿了下，继而补充道：“脾气的好坏只是他们向外表达的方式不同而已。”

林枝春由衷地夸道：“陆同学你好厉害。”

说这些的时候，厉害得像是会发光一样。

她赞美知识，也赞美拥有知识的少年。

就像她从来不觉得分数意味着一切，不觉得上课睡觉真就意味着一无所知。

陆在野低低“嗯”了声，没有故作谦虚，恰相反，扬着下巴坦然地接受了赞美。

这是他一贯的风格，坦荡而不胆怯。

只是，他没能在对面那不加掩饰的目光里撑太久，匆忙错开眼，才掩着唇又说了句："还有什么想问的吗？"

"有。"

陆在野的视线扫过去，示意她问。

"那，我们是特质相同的人吗？"林枝春隔着牛肉面馆里常年升腾的热气，眼睛一眨不眨地望着对面的模糊面容。

许是今晚聊得太多，心里那扇门倏而被打开，她忽然就想知道更多。

像是行走在沙漠里的旅人，贪婪得想喝尽最后一口水，哪怕前方滚滚沙尘，混天蔽日，也都没有关系。

只要，只要先给她个答案。

陆在野毫不否认："是。"

他脑海里闪过一帧又一帧两人同框的画面，唇边散开些许笑意道："不然怎么做同桌？"

这年头合拍同桌不好找。

从牛肉面馆出来的时候，陆在野顺手就拿过林枝春搭在椅背上的校服外套，下巴朝门口扬了扬："送你回家。"

一整套流程下来，熟练度让林枝春都微微惊了下。

可陆在野一脸坦然，脸上半点犹豫神色也没有，倒像是她想多了，像是送她回家是一件再自然不过的事情。

林枝春慢吞吞地走过去，望见少年还露在外头的臂膀，肤色冷白，清瘦有力。

可出了面馆，外头的凉意已伴着晚风袭来。

"你不冷吗？"她轻轻问道，可话一说出口，就猛然记起他的校服外套仍然在自己身上。

林枝春脑子一白，作势要将自己身上的外套脱下，但才扯了个袖子，就被面前的人给制止住了："不必。"

"现在是晚上，你会冷的。"林枝春似是不解陆在野为什么要阻止自己换下衣服，眉心微皱地瞧着他。

陆在野随意地往她身上那件白纱裙上一扫，语气淡淡却不容辩驳："你突然脱下，才真的会冷。"

"那你就不冷吗？"

可最终还是敌不过他不为所动的眼神，她只好瞟了眼他手上的校服外套，小声说了句："要不你先穿我的……"

“真不冷。”

林枝春听见陆在野似乎很轻很轻地笑了下：“我没那么拎不清，强撑着装酷。”

路上，两人依旧是一前一后地走着。

林枝春在前，陆在野抄着兜跟在她后边。

“今天月亮真的很好看。”

“嗯。”

“虽然只有一点点，但就是很好看。”

“嗯。”

“你能多说两个字吗？”林枝春下意识说道。

以为他不会回答，却还是听见身后传来熟悉的冷淡嗓音，浸染了夜色温柔般，认真说了句：“今晚的月亮真的很好看。”

后来的日子里，在那些他不再跟在她身后的日子里，林枝春后知后觉地从重重回忆里揪出这么一天。

恍然间就想起他这句“今晚的月亮真的很好看”。

倏而就同作家夏目漱石翻译时提到的“今夜月色真美”给联系了起来。

夏目漱石的“今夜月色真美”是朦胧婉转的“我爱你”，或许他当时并无此意，可林枝春这个想起的人，心脏却在时光隧道里“怦怦”直跳。

回到四月的夜晚，他们正从面馆出来。

道路两旁的路灯孜孜不倦地发光发热，高亮度的光线投掷在地面，照出两道相交错的影子来。

转角路口，林枝春固执地把校服外套脱下，一定要让陆在野拿着回去，不，是穿着回去才肯放心进家门。

陆在野这个时候拿她一点办法也没有，只能在她脱下外套后，迅疾地将自己手中那件给她披上，不疾不徐地催促道：“快回家。”

明明已经进去，林枝春还是特意转身回头道：“你也是。”

也因此得以瞧见，昏黄路灯将少年的影子倏而拉长，他冷然眉眼间带着笑意。

第二天上学，淞城一中已经将成绩单全部打印后，张贴在了各班教室的后面。

林枝春一大早去上学，就瞧见教室后方围满了人，都是被成绩勾得暂时无心学习的同学。

这本是常态，直到她在里头瞥见了一个高瘦挺拔的身影。

她那同桌怎么会混迹在查看成绩的人群之中？

林枝春望了眼空座位，确认陆在野是真的没在座位上睡觉后，才又把视线移向了教室后方。

不过，不用她再确认，陆在野已经拨开人群从中走了出来，清俊脸上还是那任何事都提不起兴趣的模样。

一点也看不出是热衷于成绩的人！

林枝春总觉得自己可能误会了什么，于是还是决定出口问询一下："同桌你这是——"

可话还没说完，陆在野冷淡的声音就已经响起，再自然不过地接话道："查个成绩。"

林枝春小小地震惊了下，脸上表情不外乎是"原来你也会在意这种俗世功名"。

相比之下，陆在野就十分淡定了，边从抽屉里抽出《古文欣赏》，边补充了句："查语文成绩。"

林枝春惯性般地点头，"哦"了声。

可点完头后，她就觉得更不对了。

怎么就忽然关心起了语文成绩？

不等林枝春再问，陆在野已经读了起来，少年的声音四平八稳，不急不缓，很是中听。

说起来，这还是她第一次见陆在野正儿八经地念书。

紧接着，教室里响起了一道比林枝春刚才显得更不可思议的说话声："陆哥，你这是在干什么？"

王敢离他俩座位近，属于一有什么风吹草动就能发现的位置。

此时，他不可置信地指着陆在野手中的书，咬着手指道："这还没开始早读，我陆哥就开始以身作则地读起了书！"

陆在野冷冷瞥他一眼，大有一种"你再多说一句，就把书丢你脸上"的架势。

王敢赶忙做了个"缝嘴"的手势。

一直到早读课结束后，他们才撬到这突如其来的反常背后真正的原因。

因着林枝春和王敢两人好奇的目光，陆在野稍显不耐烦地往后一靠，抹了把脸说道：“老余说不换座位有两个条件。

“一，语文九十分以上；二，把《离骚》给背了。”

要求背的还是完整版《离骚》，从“帝高阳之苗裔兮”开始的那种。

林枝春尚未反应过来，王敢的不敢置信却渐渐变成后知后觉地明白了些什么。

这，算不算为了伟大的“同桌情谊”勇于献身？

可歌可泣，可歌可泣！

五班第一节课照常是老余的语文。

上完课，老余还特意绕到教室后方来，笑容关切：“小陆，背得怎么样了？”

陆在野还没来得及说话，林枝春就听见旁边的王敢同学急急忙忙地开口，邀功似的道：“余老师，我做证，陆哥他背了整整一个早自习！”

老余赞叹了声，目光落在林枝春的脸上：“看来一个好榜样的力量果然是巨大的呀。

“不错，同学之间，尤其是同桌之间，就是应该保持这种相互促进，相互提携，共同进步的友好关系！”

林枝春一脸茫然，像是不明白这突如其来的背书怎么就上升到如此地步。

她启了启唇，干脆又闭上了。

见她这副模样，陆在野淡淡“嗯”了声，及时地收住老余的话头，然后不着痕迹地将人给劝走了。

耳边转瞬间安静下来。

林枝春坐在座位上思来想去，忽然就想到一个方才未曾提及的问题，陆在野什么时候去找的老余。

难道，是听见她和舟舟谈论换座位的那个下午？

可是那天他明明神情冷淡得像是一句话都不愿与她多说。

都这样了，他还会去办公室找老余提及换座位的事？

林枝春倏而无法想象，他这么个浑身上下无一处不是散发着疏冷气息，看起来就没有什么是他在乎的人，会为了这种小事踏进办公室。

仿佛脑子里被人凭空塞了一团棉絮，她只觉得混乱一片，什么也理不清。

甚至连方才的猜测，她都希望只是自己的一厢情愿。

“在想什么？”

恰在这时，陆在野回来了，随手往她桌上放了瓶牛奶，漫不经心地解释道：“从老余那儿顺的。”

林枝春匆忙抬眼看他，因着一站一坐的姿势，她只能瞧见他利落的下颌线，及脖颈处微微滚动着的喉结。

她刚想默不作声地把牛奶推回去，可还没触及他俩桌子上那根名存实亡的“三八线”，就被陆在野敏锐地捕捉到了。

“‘偷渡’？”

她听见头顶上方传来一声哼笑：“那可不行，在哪儿‘着陆’，归属权就是谁的。”

林枝春本就没使多大力，等陆在野修长匀称的左手加入到这场根本算不上战斗的战斗后，不过两秒，她就输得溃不成军。

而在他们手中被迫求生的牛奶完全放弃抵抗，孤零零地横躺在了败者的桌上。

也就是林枝春的桌子上。

好吧，也不是第一次输了。

林枝春坦然接受结局，继续睁着圆溜溜的杏眼朝上看，正欲说话，却又瞧见陆在野散漫地坐了下来。

他掀了掀眼皮，仿佛强迫症上身监管全局地问：“怎么不喝？”紧接着，又微微扬了扬眉，“难不成要我拆了吸管给你？”

林枝春连连摆手：“不用不用。”

哪敢劳烦他亲自拆了吸管递到嘴边来。

她低敛着眉目，小口小口地喝着牛奶，最后还是没忍住问了出来：“你什么时候去找的老余说的换座位的事？”

林枝春偷偷觑他一眼，瞥见陆在野极轻极淡地扯了下嘴角，恍若随口说道：“想去就去了，记不清是什么时候去的。”

他状似无意地提起，语气平淡：“只记得不想换座位这回事了。”

果不其然，林枝春的脸唰地红了起来，手中的牛奶悄然放下。

她只得起誓般说道：“我也不想换座位的。”

陆在野却不肯放过她，有意无意地说道：“昨天某人说的好像是暂时不想。”

“不是！”林枝春坚决否定，话语铿然有声，“是永远不想。”

永远和他做同桌？

看来牛奶没白给。

陆在野薄唇抿出点笑，勉为其难地答应：“行。”

教室后门处，班上几个男生正等着陆在野一起去操场，叫唤道：“陆哥，打篮球去！”

他也就不好多做停留，随手揉了下林枝春乌黑柔软的头发，就往外走去，只丢下一句：“说出来的话可收不回去，我这里可不兴变卦。”

下午最后一节课是政治小测验，然后大家决定利用学校临时加的晚自习时间去音乐厅排练合唱。

女生大多是三五成群的，李舟舟挽着林枝春走在最后头，给她分享最新八卦：“枝春，听说这次排练还有别的人要来。”

林枝春偏头转过脸来，对李舟舟同学的分享报以极大的尊重：“除了廖老师以外的人？”

“就咱学校大校花呀，天天升旗在主席台上边念稿子的那个。”

林枝春脑海里突然浮现出一张熟悉的面孔来，那个前不久才见到过的漂亮女生。

然后，她从李舟舟的嘴里听见了名字：“就是钱艺雅呀，听说她爸还是我们学校领导呢。”

林枝春轻轻“嗯”了声，神色倒也没多大变化。

这个名字抑或是这个人，确实会让她不可避免地想起她从医务室里出来的那个清晨，想起亲眼在消防通道看到的两个身影。

或许就在前两天，她还会为之抗拒。

但现在不会了。

一进音乐厅，果然就在钢琴旁看见了个穿着小礼服的高挑身影。

廖老师笑意盈盈地介绍道：“这位是八班的钱艺雅同学，负责我们本次合唱的主持与报幕介绍。”

“大家好，希望能和各位同学相处愉快。”

钱艺雅落落大方地跟五班女生一一打过招呼，目光停留在林枝春身上时，还笑着说道：“你就是林同学吧，我认识你。”

林枝春没顺着她的话继续聊下去，只是淡淡说了声：“你好。”

钱艺雅却走上前来，看样子还想说些什么。

“来来来，同学们按照上次的顺序站好。”

廖老师已经开始排练，林枝春借此侧过身站回了她原本的位置上。

“枝春，我怎么觉得那钱艺雅眼神一直往我们这边瞟啊。”

站好队形后，李舟舟附在她耳侧，小声念叨了几句：“她好像在看你，可她没事看你干什么，她又不认识你……

“不对，她刚刚说她认识你，你们怎么认识的啊？”

林枝春：“不认识。”

如李舟舟所言，钱艺雅的目光确实不着痕迹地往她站的这个角落瞥了过来，林枝春一抬眼，正好对上其视线。

林枝春也不畏缩，视线不避不让地望了回去。

直到悠扬的乐声响起，空旷的音乐厅内充斥着婉转动听的女声，悠悠诉说着浪漫情怀。

钱艺雅报完幕后站在一边，目光收了回来，虚无缥缈地往红绸布上飘忽，不自觉就想起中午看见的那一幕。

她看见林枝春从小卖部里出来，手上拿着刚买的饮料和零食，本是不偏不倚地往教学楼走去。可半道上篮球场里倏然冲出一个黑色球衣的身影，少年顾不得因打球脸上还没来得及擦干的汗，俯下身笑着同人说了句什么，然后，骨节分明的手径直从林枝春怀里抽走了一瓶水。

明明篮球场里边围了那么大一圈女生，他只要招招手，就会有人争着抢着给他送。

可他偏不，硬是绕出篮球场，特意跟人拿了瓶，最后还要用口型说句“算我的”。

甚至不用第六感上场，钱艺雅就能觉出陆在野对林枝春跟别人不一样。

尽管那天早上，她听见了那声又冷又劲的“不喜欢”，可这远比不上她亲眼看见的东西对她的冲击力大。

那样冷淡的一个人，竟然也会俯下身，脸上现出哄人的模样。

音乐厅里，当最后一个音符落下，廖老师满意地让五班同学先去休息休息。

于是乎，五班的女生们作鸟兽散，各寻位置聊起了天。

林枝春就在原地坐了下来，李舟舟有个音准问题实在弄不明白去里边找廖老师了，所以林枝春旁边是空着的。

钱艺雅走了过来：“林同学，能坐吗？”

林枝春轻点了下头，脸上看不出什么别的情绪来。

钱艺雅顺势坐下，不在乎她这不甚热情的态度，状似友好地开口道：“你就不好奇我为什么会认识你。”

其实林枝春还真的就不好奇，一句话问得无波无澜：“为什么？”

接着，她从舞台纸箱里随手抽出两瓶矿泉水，出于礼貌，递了一瓶给钱艺雅。

“你有一个那么引人注目的同桌，想让人不注意到也难吧？”钱艺雅抿唇笑着，言语中好似全无恶意，像是真的在同她闲聊一样。

但林枝春明白钱艺雅其实真正想说的，不外乎就是她诸事都沾了陆在野这个同桌的光。

或者，还觉得她近水楼台先得月了。

林枝春静静瞧着她没说话，清冷的目光里头好似什么也没有。

林枝春正欲开口反驳的时候，却听见背后传来一道清冷嗓音：“会被人认识，当然是因为她自己。”语调散漫，尾音上扬，又冷又劲，“又不是谁都能考年级第一。”

是陆在野，他轻松翻上舞台，自然地拿过林枝春身旁的水拧开，又放了回去。

动作行云流水，毫无迟滞感，有种旁人说不出的熟稔。

林枝春一句“你怎么来了”还没问出口，就见陆在野指挥着五班几个男生抱进三大箱奶茶，给参与排练的同学们人手发了一杯。

“来来来，陆哥请大家喝奶茶了！”

“不用急，大家都有，一个都不会少。”

王敢的大嗓门在音乐厅响了起来。沾了奶茶的光，他此刻被五班女生众星捧月地围在中间，一脸的与有荣焉。

幕后出资者“陆老板”倒是淡定得很，半蹲在舞台上，盯着林枝春喝了口水。

半晌后，他才像是注意到舞台上还站着个人似的，扭转了头淡淡道：“钱同学需要的话也可以下去拿。”

他语气平淡得像是方才的“呛声”压根儿没发生过，面上也瞧不出特别的情绪来，态度跟对待最普通的同学没什么区别。

但他刚才那两句维护实在明显，却又说得叫人挑不出什么毛病来，以至于钱艺雅本能地想替自己辩解两句。

“陆同学可能误会了什么，我不是那个意思。”

钱艺雅斟酌着开口道："我只是觉得你们同桌之间关系挺好的，我、我并没有想针对谁。"

然后，林枝春的手猝不及防地被钱艺雅抓住。

林枝春匆忙抬头，猛然撞进钱艺雅漂亮的大眼睛里，听得人轻轻柔柔地说了句："枝春，是不是我刚才说的话让你对我产生了什么误会？"

林枝春有些没反应过来。

算不上安静的环境里，林枝春悄然抬眼，一字一句地认真说道："可能是有什么误会。

"但解释就不用了。"

话落，林枝春抽出手，不着痕迹地往后退了一步。

钱艺雅还想再说什么："枝春，你听我——"

一旁不发一言的陆在野忽然出声打断了她："钱同学，老师找你。"

他朝办公室门口扬了扬下巴，姿势随意又冷淡，说这话的时候嘴角抿成了一条直线，显然是不欲多说的意思。

办公室的门并没有打开的痕迹。

林枝春稍一思索，就明白那是陆在野抛出来的台阶。

僵持半分钟后，钱艺雅收回徘徊在他二人身上的目光，无力地垂下了手，最终还是往办公室的方向走了过去。

陆在野不是瞧不出女生的小心思，正相反，他瞧得太清楚了，只是碍于女生颜面，很多时候并不愿意拆穿，睁一只眼闭一只眼也就过去了。

这次出声制止，可以说是厌倦了这玩到他眼皮子底下的小把戏。

遑论钱艺雅还借他的名义拉踩他同桌。

正如林枝春所看到的，他这个人本来就长得一副生人勿近的样子，眼皮薄，眼风尤其正，外加上凌厉的轮廓更给人一种不好糊弄的气势。

只要他想，几乎没什么事可以被轻松掩盖过去。

舞台下，绝大部分的五班同学都在优哉游哉地喝着刚送来的奶茶，边喝边聊。

舞台上，林枝春居高临下地看着还半蹲在地的陆在野，突然没头没尾地问了句："你就这么将人赶跑了？"

陆在野无所谓地"嗯"了声："不然你想继续跟人叙旧？"他随手拍了拍校服裤上沾染的灰，干脆站了起来，"喝奶茶吗？"

"不喝。"林枝春觉得太甜了。

陆在野手指夹着手机，却还是走了下去，在大纸箱子面前站定，掏出了杯喝的。

接着，林枝春见他转身回来，将喝的往她怀里一塞。她瞥了眼才发现，手上这杯和五班同学正在喝的不一样——透明的杯身里清晰可见大片完整的新鲜橙子，杯底是厚厚一层枸杞，上边则漂浮着银耳。

她感受着掌心传来的温热："这是？"

"红宝石柚子茶，没放糖。"陆在野漫不经心地掀了掀眼皮，"试试看。"

从他这同桌一连两次给他带蜂蜜水的经历推断，她可能与寻常女生口感不一样，并不太喝奶茶之类的。

微微带上一点甜，对她来说最合适。

所以在王敢点奶茶的时候，陆在野特意瞟了眼奶茶店的菜单，点了一杯果茶。

果不其然，林枝春将吸管戳下去喝进嘴里时，杏眼弯弯，瓷白的脸上悄然流露出笑意来："谢谢'陆老板'。"

但林枝春没想到的是，第二天早上，陆在野同样提了一杯果茶过来上学，她难掩震惊地低低问了句："哪儿来的？"

他们上学这个点，哪里会有奶茶店开门？

"别废话了，赶紧喝。"

再耽搁下去，原本还算温热的果茶怕是得凉了。

陆在野单手将卫衣帽子给自己提上，趴在桌上就开始睡了起来，徒留林枝春和桌上晶莹剔透能看见里边所有用料的果茶大眼瞪小眼。

好半天，她才发现装果茶的磨砂杯身上边什么商标也没有。

切实将银耳喝进嘴里时，一个颇有点不切实际的想法冒了出来——这果茶不会是"陆老板"自己做的吧？

想到这儿，林枝春一惊，然后微微咳了起来。

轻微的咳嗽声让陆在野蓦地抬头，冷淡嗓音里掩着一丝不易察觉的关切，或许连他自己都能没发现："怎么了？"

林枝春清了清嗓子，小心翼翼地试探着问道："这是你做的吗？"

陆在野没直接回答她的问题，挑了挑眉："不好喝？"

快喝了小半杯的林枝春有什么资格说不好喝："好喝。"

她咬着吸管，就当他默认了般问道："做这个岂不是要起很早？"

他这么个连正常上课都需要补眠的人，大早上起来制作果茶，说出去绝对没人信。

可偏偏，这事发生了。

“还好。”

陆在野侧脸压在左手肘上，语气淡淡地说道：“家里水果太多，再放该烂了。”

林枝春轻轻“哦”了声，也没想太多。

当时她反正是没想到，“说起瞎话绝不眨眼，常在河边走多年”的“陆老板”，居然也有被拆穿的一天。

这缘于老余突然兴起的家访活动。

陆在野同学很幸运地抽到了第一个名额。

星期五放学的时候，老余就开着他那辆白色小破车载着教室最后排的同桌两人往陆在野家里驶去。

对，同桌两人。

因为林枝春同学也幸运地抽中了第二个名额，为了减少麻烦，老余直接决定家访完陆在野同学，就直接马不停蹄赶往林枝春家，所以索性将两个人都捎上了。

外观漂亮的独栋庭院前，不等陆在野掏出钥匙开门，一位打扮时髦的年轻女人就热烈地将他们一行人迎了进去。

经过陆在野一番简要介绍，林枝春跟着喊这位漂亮姐姐“小姨”。

喊着喊着，她自个儿心里过意不去了：“要不，我还是喊您姐姐吧。”

“叫什么姐姐啊，辈分不就乱了？”陆在野冷不防地插了一句，“就这么想占我便宜？”

陆在野小姨也就是陆妈妈的亲妹妹方小姐，却是不满地瞪了他一眼，然后扯过林枝春的手：“这位同学，你想叫什么就叫什么，别听他瞎说。”

等方小姐从老余那里得知他俩还是同桌后，细长的柳叶眉挑了起来：“这小子竟然还能有同桌？”

天天跩得跟个二五八万似的，真是谢谢老师同学对他的照顾了。

她看向林枝春的眼神也就更加怜爱：“来来来，多吃点水果，平时肯定辛苦你了……”

“方晴晴。”陆在野懒懒开口。

“没大没小，叫小姨！”

陆在野见她闭了嘴，也就不再多计较，转身就往厨房走去：“行，我去洗水果。”

方小姐又看向老余，热情地递了个橙子过去：“余老师，您吃橙子。”

“你们家水果还挺多，是得多吃水果。”老余客气了下就接过来。

“还不是他。”方小姐往厨房递了个不得其解的眼神，“平时压根儿不碰水果，前两天非叫人往家里送水果，足足买了十几种，两大袋子。”

林枝春心里“咯噔”一下，蓦然想起清晨的果茶。

还有那句“家里水果太多，再放就改烂了”。

莫非，是现买现做？

第十四章 车厘子

沙发两侧，老余和陆在野他小姨相谈甚欢。

两人从远在北城的陆父陆母说到附近房价几何，从应试教育对学生的素质要求说到楼下宠物店的猫猫狗狗，一时气氛很是融洽。

只不过，话题忽然转到了陆在野转学择校的事情上。

“余老师不瞒您说，一开始家里是打算送他去上淞城外国语的，反正他之前在北城上的也是国际学校，教育体系什么的都差不多。”

淞城外国语，有名的私立高中，处在地价不菲的市中心，设施一流环境一流，收费自然也是一流。

对于陆家这种有钱人家来说，确实是很合乎情理的选择。

闻言，老余理解地点头，只是轻咳了声问道：“那最后怎么没去，而是选了我们一中呢？”

“他自己定的。”

方晴晴至今搞不明白这件事，纳罕道：“本来和外国语的蔡校长都说好了，后来又突然说不去了。”

不怪方晴晴奇怪，陆在野这个人看起来就不像是对这种事情上心的人，去哪所学校睡觉不是睡，外国语的环境可能睡得还舒服些。

老余端着泡好的碧螺春也跟着发出疑问：“不去了？”

这好端端的怎么就不去了？

“对啊，去年年底的时候吧，我让他把学生档案什么的拿给我好办转学手续，结果他忽然跟我说换所学校。”方晴晴边回忆，边说，“我当时问他换什么，他就说——”

“方晴晴。”恰巧这时，陆在野端着洗净的水果从厨房里走了出来，径直往方晴晴嘴里塞新鲜饱满的草莓，冷淡的语气里添了分嫌弃意味，“多吃，少说。”

方晴晴一下奓了毛：“我是你小姨，你又没大没小！”

坐在一旁的围观群众林枝春同学，没忍住轻轻笑了两声。

接着，她听见陆在野随意又敷衍地“嗯”了声：“大了六岁的小姨。那要不要我把小姨相亲场上的光荣事迹跟人全都说上一遍啊？”

少年尾音微微上扬，语调非常欠打。

可配上那张清俊面容，偏又让人只觉无可奈何。

大人不记小人过，大人不记小人过。

方晴晴倒吸了口气，克制住了想要讨伐他的强烈想法，自顾自地将视线移向了电视屏幕。

陆在野则没什么表情地转过脸去，淡定地朝着老余喊了声“余老师您吃草莓”。

老余不愧是传统有礼，饱受儒家文化浸染的优秀语文教师，忙客气道：“没事没事，我不吃。”

陆在野点了点头，但骨节分明的手还是挑出了几颗鲜红欲滴的大草莓放在了老余的果盘前。

“哎呀，你这孩子怎么这么客气呀！”

老余笑得眼角起了皱纹，满脸写着“看看，看看，这就是我教出来的好学生”，可不过须臾，笑意就凝在了脸上。

老余看见他的好学生将洗好的车厘子以及才拿出来的新鲜草莓全放在了左边茶几上。

林枝春一抬头，就看见陆在野冲自己扬了扬下巴，顺着他点的方向望过去，沉甸甸的车厘子和鲜红的奶油草莓卧在晶莹剔透的水晶盘子里。

“谢、谢谢啊。”

林枝春愣愣地说了句，再看向老余时不知怎的突然有种心虚：“余老师……”

老余冲她连连摆手，连把自己面前的草莓放过去的心都有，竭力说道：

“我不爱吃草莓，枝春你吃吧。”

过了好一会儿，方晴晴领着老余去书房登记家访的表格，客厅里顿时就只剩下他们两个人。

陆在野闲闲地往沙发上一坐，长腿支着，脸上惯常挂着漫不经心的表情，只在林枝春转头望他的时候，随口说了句：“怎么不吃？”

语调平而缓，偏又不容人拒绝。

林枝春收回目光“哦”了声，捻起颗车厘子放进嘴里，酸甜酸甜。

她觉得还行，正想问陆在野自己怎么不吃的时候，突地瞧见了沙发上崭新的球衣。

不是他寻常穿着打球的黑色球衣，而是学校篮球队的统一式样。

于是吃不吃车厘子暂且不谈，林枝春好奇地问：“你要去参加篮球比赛吗，我们学校和附中打的那场？”

“嗯？”

林枝春以为他没听明白，又多说了两句：“每年这个时候，我们学校都会和附中约篮球赛，算是友谊赛吧，不过，我们学校输的次数比较多。”

陆在野面上依旧没什么情绪：“他们确实问我去不去。”

“那你去吗？”林枝春知道他口中的他们指的应该是校篮球队。

而且，校篮球队可能不只是问，是求。

求到人还没答应就眼巴巴地把球衣塞给了人家的地步。

林枝春在心里微微叹了口气。

这也是没办法的事，一中篮球校队的实力一直不太行，从上上上届开始，就一直处于被附中吊打的地步。

虽然说是友谊赛，但是输得这么难看，一中同学脸上也不是很有光……

再这么输下去，打球的时候怕是连啦啦队都凑不齐了。

“怎么，你想让我去？”陆在野看她那一脸纠结遗憾，好笑地问道。

听了这话，林枝春摇头又点头，最后还是点了点头，颇为诚恳地说：“我觉得你去，可能会更好。”

她见过他在篮球场上飞驰投篮的模样，更是知道他平时懒得走直接在座位上将纸团扔进垃圾桶的准头有多好。

每每五班以王敢为首的几个男生总爱拉陆在野去球场打球，其中有很大一部分原因就是他打得好。

且这个朴实而又无华的缘由让五班直接从“篮球凑凑合合”的班级一

跃而起，摇身一变成为一中篮球新锐势力。

“你去吗？”林枝春朝陆在野瞥了眼，盯着那干净利落的下颌，有些摸不准他的想法。

陆在野口里嚼了颗糖，发出咔嚓的脆响。

他没说话，懒懒掀了掀眼皮，等糖咽下去了才重复道：“你觉得我去会更好。

“那就去。”

他又不是小姑娘，倒也不至于在这种事情上矫情。

去和不去，于他而言，本来就没太大差别，多打一场球罢了。

既然有人想要他去，那就去。

但突然间，陆在野感觉到自己散漫垂在沙发垫上的掌心一凉，低头一看才发现，上头多了两颗圆润滑腻的车厘子。

他听见林枝春学着他的语气轻轻说道：“吃车厘子吗？”

陆在野低声哼笑了一句：“拿我的东西来贿赂我，是不是有点不够意思？”

“不是贿赂……”

林枝春乍一听他这话，就觉得不对劲，想解释但张了张嘴，半天都没解释出个所以然来。

“不是？”

陆在野挑起其中一颗，正要放进嘴里，手又忽地顿住，琢磨着说了句：“还是心形的，同桌你这贿赂——

“还挺走心。”

他说话懒洋洋的，不急不缓的语调将事情说得还真像那么回事似的。

受不住他那冷淡中夹杂着深意的眼神，林枝春急急说道：“车厘子不都是心形的吗！”

陆在野狭长的眼睛微微眯起来，淡淡扫过茶几上那一大盘紫红果实，接着薄唇抿成一条直线，冷然吐出四个字“当然不是”。

“说什么呢你俩？”

方晴晴从书房里出来，好奇地问道，她身后跟着手上拿着家访登记表的老余。

陆在野脸上神情瞬间敛了个干净，闲散地依靠在沙发上，半睁着眼要睡不睡：“没什么。”

尽管方晴晴很好奇，也只好悻悻作罢，转向老余和林枝春亲切说道：

“余老师，林同学，我送你们出去吧。”

家访已经结束，待会儿还要去林枝春家，老余确实不能再久留，忙点头道谢：“哪还用送，我带枝春出去就行。

“哎呀，真不用，这么客气干什么？”

“没事，我送你们吧。”

老余和方晴晴在门口告别推来让去，听得陆在野从沙发上跳起，拿过鞋柜上的钥匙，慢条斯理地说道：“走吧余老师，我送你。”

再这么拉扯下去，天该黑了。

他足足比老余高了一个头，高瘦挺拔的身影在玄关处格外显眼，林枝春仰脸看他的时候，听得他说了句：“不想走？”

陆在野侧了个身，让她出去，紧接着，四平八稳的冷淡声线再度响起：“舍不得就下次再来。”

下次再来？

谁下次再来？

林枝春微微愣神，惊得说不出话，出来后才想起跟人说声“再见”。

回头就看见陆在野站在原地，渐渐暗下来的光线模糊了他清隽的面容，夜色里只留个凌厉的轮廓。

等车子彻底远去，陆在野漫不经心地转身准备回去。

没承想才一回头，他就发现身后冷不丁地站了个人，险些被吓到。

他说起话来，仍旧吊儿郎当没个正形：“方晴晴，你这是打击报复啊。”

又不喊小姨！

方晴晴翻了个白眼：“谁报复你了。”

她这好奇心不是一般的重，老余走了都不放弃，仍然在逮着之前的问题追问：“你当初到底为什么非得选一中来着？”

“想知道？”

陆在野扯了扯嘴角，浑不懔地笑道：“不告诉你。”

“你好歹吱个声吧。

“是谁忙前忙后给你办的转学手续，是谁任劳任怨听你的说换就换？”

陆在野全然不顾地往家里走去，昏黄的灯光打在他身上，背影洒脱得不得了：“方晴晴，你声音再大点可就扰民了。”

行吧。

去年年底的画面像一阵风一样刮过方晴晴的心头，却又连个答案也没留下。

她只记得那天晚上，陆在野抱了只小小的奶猫回来，修长的手指正有一搭没一搭地梳理着猫毛。

在她提议开学去外国语报到的时候，陆在野头也没抬地拒绝了，像是在思索什么，低声说了句："换个学校，淞城一中吧。"

方晴晴当时的第一反应甚至不是"学校都找好了他居然给我临阵变卦"，而是"他居然还知道淞城有什么高中"。

每天看着什么也不上心的样子，到底是从哪儿知道的，还突然对去哪个学校有了兴趣。

方晴晴再度问道："你确定，你真的想好了？"

陆在野不疾不徐地点头，脑海里闪过路灯下的黑白色校服，淡淡"嗯"了声："就淞城一中。"

方晴晴后来也没问出个为什么，但到底还是依他的选择将学生档案又转到了淞城一中。

既然他想去那就随他。

路上，林枝春安安静静地坐在老余车后座，望着车窗外飞驰而过的模糊夜景一言不发。

远处路灯高高亮着，勉强撕破这沉沉夜幕，细碎的星子遥遥闪烁，做这暗夜里行人永恒的微光。

当视野逐渐重合，方才陆在野小姨，那个漂亮年轻的方小姐闲聊时随口说出的笑谈，一下子又回到了林枝春耳边。

她恍然间想起，第一次见陆在野也是在这么个暮色四合的昏暗傍晚。

除去那晚猫和人之间的种种曲折，更多的小细节悄然越过时间之河，浮了上来。

就比如他那晚无意间扫过来的一眼。

分别的刹那，路灯打在她校服衣领上，少年的视线隐隐约约地在上方停留了些许时间。

她当时还以为自己校服上是不是沾了脏东西。

此刻，林枝春把头靠在车窗上，却模糊地猜测道，或许，他当时看的可能是她领口的校徽标识。

上边写着四个字"淞城一中"。

林枝春下意识地瞥了眼身上的校服，领口处赫然绣着校徽校名。

她将车窗稍稍往下摇了摇，不算太烈的风声呼啸而过，未扎起的发丝被吹得微乱。

那么，开学那天的再度相遇或许也不是什么玄之又玄的缘分。

而可能是事在人为。

冷意扑面而来，林枝春却像感觉不到似的弯了弯唇。

书包被放在座位另一旁，边上有个透明的玻璃罐，里头装着剩下的车厘子，颗颗饱满，滑腻的表面微微泛着光，颜色艳丽又温柔。

哦，这个她记得。

是陆在野强行塞进来的，他说：“吃不完也不能‘始乱终弃’。”语气理直气壮，且带着不容辩驳的气势。

五月上旬，月考的压力堪堪散去，淞城一中整个校园内的气氛又活跃了起来，各项业余活动趁着良机，雨后春笋般冒出头来。

比如这周五下午和淞城附中联合举办的篮球赛。

基本上一下课，球场上就会变得热热闹闹，散发着莽撞却也热烈的青春期荷尔蒙味道。

不过，五班教室里要安静得多。

林枝春坐在座位上有条不紊地写着文综最后一道大题，五分钟后，题目写完，又特别熟练地从自己右手边抽出两张地理卷子。

“陆同学，醒醒。”

陆在野靠窗趴着，睡得浅。

听见叫唤后，他半睁着眼抬起了头，懒懒“嗯”了声，示意她有话直说。

“地理卷子。”林枝春言简意赅。

和老余不一样，教地理的王老师是个暴脾气，没写完卷子的同学上课一律出去站着。

这段时间断断续续吃了人不少东西，林枝春是不太好意思眼睁睁地看着人罚站，却又坐视不理的。

她轻咳了声：“我给讲下后面两道综合分析题吧，然后你把前面的选择题做了。”

“你给我讲题？”陆在野才睡醒，平日里疏冷的声音染上了丝丝鼻音，又低又沉。

他坐起身，本意是靠近点瞟一眼试卷，但在某种意义上来说，同林枝春的距离也更近了。

近到，林枝春稍稍抬头，就能望见少年滚动的喉结，且不知道是不是错觉，她总觉得鼻尖萦绕着一种清淡好闻的薄荷味儿。

这是从来都没有过的距离。

风撩开窗边的豆绿色帘子，两人之间拱起若有似无的热气。

耳边是前排同学的八卦声："听说林逸和一个女明星被拍到了，工作室不承认，说只是好朋友。"

"拉倒吧，男女之间哪儿来的纯友谊？"

明明事不关己，可林枝春恍若心事被戳中般，耳郭硬生生一点一点红了起来，连呼吸频率都在加快。

她望着横亘在自己课桌前的手，小声说道："你要不——"

然而她一句"你要不先离我远一点"还没来得及说出口，教室后门处却突然响起声响亮的叫唤："陆哥，兄弟们需要你！"

无暇顾及其他，林枝春和陆在野的视线同时朝后门移了过去。

因此，抱着球的王敢接收到的就是两道这样明明并不相同，却又好似相通的视线。

——一道清冷的，带着某种含蓄的疑问；另一道就直接多了，冷淡中夹杂不耐烦，像是充斥着被打扰的不豫？

他这是来得不是时候？

王敢定睛一看，可他陆哥桌上空空荡荡啥也没有，仅有的卷子离他还有两寸远，在……在林姐手上啊。

再说，卷子和陆哥有什么关系？

谁还敢强迫陆哥写卷子不成？

"走啊陆哥，打球去！"王敢兴奋得大喊，手中的篮球被他拍得啪啪作响。

陆在野朝他瞥了眼，没什么兴趣地开口道："今天不行。"他扯过林枝春手里松松拿着的试卷，懒洋洋地示意道，"得学习。"

您心里还有学习这回事？

王敢瞪大了眼，一脸的不敢置信，差点就将"昨天前天一直到开学那天，您不是一直都没交过作业吗"脱口而出。

话到嘴边又给咽下，王敢还是讪讪开口道："可是今天校篮球队的都来了，就等陆哥你一个呢，大家伙都盼着你能过去。

"特别是那篮球队队长李志，就上次一起打过球的大高个，迫切地在操场等着你呢。”

那篮球队长的原话是“王敢这次算我求你成不，把咱陆哥给喊出来，这一中校队的脸面输赢可全在你这一喊上了”。

于是乎，肩负巨大任务的王敢眼巴巴地瞧着陆在野，和他手中的篮球一起杵在门口，都快杵成了一块“望陆石”。

陆在野眉心微皱，修长手指在课桌上叩了叩，正准备说些什么的时候，身旁忽然响起林枝春的说话声：“要不，你先去？”

陆在野偏过头，薄薄的眼皮掀起，抬眼就看到林枝春因纠结而皱成一团的面容。

视线里，他这同桌瓷白的脸竟有几分像个糯米汤圆，还挺可爱。

“小林老师又不给讲题了？”陆在野极浅极淡地扯了下嘴角，逗人玩似的问道。

“不是。”林枝春斩钉截铁地回了句。

“你当然还是要学习的，这个地理卷子也得做，但是你现在可以先去打个球。”

像是终于想好一切先后顺序，林枝春微微皱着的眉倏而松开，眉眼弯弯地笑着说道：“这个题可以等你回来再讲。”

学习重要，集体荣誉也重要。

小林老师决定两手抓，一句“休息和学习要两不误”说得振振有词。

后门处是着急发慌，生怕他不肯同意的王敢同学，面前坐着位倡导德智体美劳全面发展的小林老师。

陆在野撩起眼挑了下眉：“行，那走吧。”

他捞起椅背上的校服外套就往外走去，末了还不忘扔下句：“一起去吗，小林老师?

“休息一下，劳逸结合。”

陆在野将林枝春方才说过的话改了个词又还了回去。

林枝春被这话唬得还真就答应了，下意识地点了点头应了声“好”。

一中篮球场，男生都还在场上热身，还没正式开始打球。

林枝春拉着李舟舟挑了个干净地儿后，径直在看台上坐了下来。

除开上体育课，她其实很少到篮球场这一块来，算是这红白跑道上的生面孔，一路走来的时候，不少目光往她身上瞟，多是男生。

“枝春，你怎么忽然想起来看篮球赛？对了，刚刚是不是有人在看你呀？”李舟舟边递给她一瓶草莓味的酸奶，边小声问询道。

林枝春含糊地带过：“没有吧，就是来看看。”

李舟舟也不再提此事，甚至她连眼神都没往操场上瞟一个。

她正专心致志地给林枝春介绍她新近关注的男明星：“枝春，草莓台最新的那个选秀你看了吗！里面有个超级大帅哥！

“他真的又能唱又能跳，除了有些黑粉总喜欢跳脚，简直是完美得不能再完美的存在好吗！”

淞城是个小城，但互联网的高速发展，还是将最新的追星热潮蔓延至了小城的青少年群体里。

林枝春眼神原本正往篮球场瞥去，闻言，像是思索着什么回了句：“你上次说你喜欢林逸？”

想起在不久前在教室里听到的传闻，她小心地问了句：“他、他是不是‘塌房’了？”

“对……”李舟舟同学的悲伤一闪而过，“不过我已经不喜欢他了。”

她握紧小拳头：“上次是我看走了眼，被林逸包装出来的人设给骗了。

“但是，我这次是真的很喜欢楚河，他是特别温柔又耐心的一个人，对待舞台认真，对粉丝也从不敷衍，我希望他可以出道。”

出道，然后被更多的人看见。

林枝春望见李舟舟脸上的诚恳，点了点头，觉得她这次可能比以往都要认真得多：“我记得出道是靠打投？”

李舟舟连声附和：“我已经给楚河投过票了，每天都有投的。”

猝不及防间，背后传来一道带着讥讽的女声：“你是不是脑子不太好，给明星花钱？”

林枝春和李舟舟同时回过头去，就看见钱艺雅站在比她俩高一阶的台阶上，居高临下地站着。

也不知道钱艺雅是什么时候来的，此刻正撇着嘴角不屑地说道：“少做点这种不切实际的梦不好吗，也少花冤枉钱。”

李舟舟反应过来后，良久憋出一句：“我花我自己的钱，关你什么事啊？”

“你愿意当冤大头当然不关我的事，我只是觉得某些女生自不量力的样子很可笑而已。”

字字句句之间，都充斥着一种浓浓的瞧不上的意味。

钱艺雅正长篇大论地说着话，林枝春倏然出言打断了她：“有什么好可笑的？”

“舟舟喜欢谁，跟你有什么关系？”她话语虽轻，却很有存在感，“你凭什么指手画脚？”

林枝春面上情绪淡淡，眼神直白地望着钱艺雅：“总不能因为钱大校花处处受人追捧，就不许别人追个明星了？”

“你……”

自从音乐厅那次碰了个不声不响的软钉子后，钱艺雅心里就有口气一直没能顺过来，方才的一番针对也是出于想让人难堪的心思。

只是没想到，看起来安安静静的林枝春说起话来会如此犀利。

钱艺雅一时气笑了，倒也不怕撕破脸，直接说道：“你又能好到哪里去，非要我说那么直白吗？”

“那就不要说。”林枝春连头都懒得抬，嗓音冷淡地开口，一开口，就让人接不上话。

钱艺雅忽然怔住，猛然觉得她这漠然到傲慢的姿态像极了某个人。

她哑了声没再说话，半晌后被身后跟上来的两个同班同学给拉走了。

看台的角落顿时又只剩下林枝春和李舟舟两人，风悄然吹过，鼓起两人的校服外套。

林枝春想了想，半蹲在李舟舟面前，怕她因为钱艺雅刚才不知轻重的几句话伤心，于是低低说了句：“舟舟才不听她的，舟舟爱追哪个明星就追哪个。”

她不善言辞，劝了好一会儿也只能说出几句差不多的话来，且最后免不了添补上一句：“但是舟舟，我们也不能给节目组花太多钱了。”

李舟舟重重“嗯”了声，情绪看起来好了很多。她撑着下巴，面上现出几分清醒：“其实我知道的，节目组在割韭菜嘛。

“但是选秀机制就是这样，没有打投，他就不能被人看见，我就当是为他的梦想花钱好了。”

李舟舟后边的话说得颠三倒四，连自己也不知道话说明白了没有。

但林枝春忽然清楚了她的意思，根本就不是钱艺雅想的那样，而是真的喜欢一个人，就会想要看他越来越好，看他出现在更高更大的舞台上闪闪发光。

追星也是一种喜欢，只不过是将喜欢寄托在了遥不可及的人身上。

但道理都是一样的。

如果能够收放自如，那或许就不叫作喜欢了。

林枝春望着稍远处的篮球场，视线越过重重人影，定格在那个穿着“9”号球衣的高挑人影上，一瞬间有些恍惚。

她俩并排坐在看台静候球赛开场，午后的风温温柔柔，是难得的安静画面。

画面倏而被打破，凑过来个穿着校队球衣的男生，长相还挺阳光：“同学，你也是来看球的？”

男生摸着自个儿后脑勺，露出个开朗笑容：“我叫易泽，校篮球队的。”

他目光大大咧咧地盯着女生领口处的铭牌，看清楚后又说了句：“林同学，你好啊。”

林枝春怔了一瞬，没反应过来眼下是个什么情况，轻轻“哦”了声后，才慢腾腾地回了句：“你好，请问有什么事吗？”

旁边的李舟舟同学作为局外人，脑袋噌地灵光一闪，觉得自己可能猜出了点什么。

她打量了下面前身高足有一米八的男生，深觉这个篮球校队的男同学极有可能在同她家枝春搭讪……

要不要阻止？

要不要？要不要？

李舟舟同学做着激烈的心理斗争。

没承想，她这一不留神又给了易泽可乘之机。

易泽开始有意无意地抛出问题，和林枝春聊起天来。

而且两人的对话不单单是易泽单方面的提问，而是有来有往的，至少作为第一次会面来讲，还算比较融洽。

“同学你是五班的吗？我是九班的，就在你们班楼上，每次打完球回去都能看见你们班早读。”

“对。”

“你是不是成绩很好啊，感觉在光荣榜上见过你的名字，能教教我吗？”

“还行。”林枝春抿着唇，犹豫了会儿说道，“如果有时间的话可以。”

“那等我打完球请你吃饭怎么样，今天下午应该是大扫除，没课。”

林枝春后知后觉地瞪圆了杏眼，懵懵然中觉出几分不对劲来：“吃……饭？”

吃饭就不必了吧。

篮球场上，热身做得差不多了，见校队那几个男生都没什么动静，陆在野散漫地倚靠在篮球架下，有一下没一下地拍打着手中的篮球。

他眼神在球场上扫了一圈后，懒懒问道：“还打不打了？”

他只静静站着，冷淡的气质就在这群不修边幅的男生里独树一帜，遑论说话时成倍增加的气场，让人一下就将目光投了过来。

只是场上几个男生还都和这位传说中的校草不太熟，唯一同班的王敢又跑去买水了，于是没人敢贸然开口说话。

最后还是校篮球队队长李志讪讪笑道：“差不多了，就是我们队还有个人换衣服去了，估计两分钟后就回来了。”

陆在野随口“嗯”了声表示理解。

他是没有太好的耐心，也没什么等人的习惯，但还不至于不近人情。

“那就再等——”

可最后一个“等”字没说出口，陆在野忽然顿住了。

他眯起狭长的丹凤眼，远远朝着看台望去，优越的视力让他轻易捕捉到，看台上有人穿着校篮球队统一式样的红色球衣。

还有个被高大人影遮了大半的熟悉身形。

“换衣服去了？”陆在野不带一丝感情地重复道，平直成一条线的唇角倏地扯起，“怎么，你们校队都在看台上换衣服吗？”

什么？

篮球场上的人一时都没能反应出陆在野话语中的真正含义，顺着他的视线往看台上望去后，才回过神来。

“那是易泽？”

“看样子还真是他，喏，11 号球衣。”

只不过众人不解，连李志都是一脸困惑：“他小子去看台干什么，不是换好衣服了吗？”

陆在野不理会身边或高或低的议论声，抬腿就往看台走去，高高瘦瘦的身形在空旷的球场上分外惹眼。

破开云层的金光打下来，在地上留下个落拓冷然的背影。

篮球队那几个人看陆在野往那儿走，自然也顺势跟在他后边，于是偌大的篮球场上，突地出现了十个人站成一排往前走的浩荡场面。

在球场附近溜达的闲杂人等纷纷侧目，只见站在最前边的陆在野冷冷抄着兜，一言不发地停在了看台正下方。

看台上，易泽还在冲林枝春挤出热情的笑容，话说得滴水不漏，不给人拒绝的余地：“一起吃个饭吧，反正大家都是同学。”

林枝春无措地皱了皱眉，她其实不大擅长拒绝别人，尤其是在对方没有恶意的情况下。

所以方才易泽的提问，她都尽可能地回答了。

可被请吃饭，确实不在她愿意应允的底线范围之内。

台下，陆在野仰着头，确认无疑那被人挡住的身形，就是好不容易出来一趟的林枝春。

从他这个角度来看，那个叫易什么的篮球队队员正俯下身在熟稔地跟她说着话。

也正因为被挡住了大半，他瞧不清林枝春面上的神情，只能看见她白皙的一截脖颈，和微微低垂着的头。

是沉默的拒绝，还是默认之下的靠近？

陆在野紧抿着唇，心里好像有什么东西在横冲直撞般，莫名地烦躁。

他深吸口气，不再顾忌其他，顺从着内心深处的本能，蓦然开口喊道：“林枝春。”

看台的最右侧鲜有人来，也没什么大的声响。

持久的寂静里突地响起陆在野冷然的嗓音，他独特的声线压下将将刮起的冷风声，明显得不得了。

而此刻，林枝春正想着要如何拒绝，连右手都悄然地爬上了李舟舟的左腿，准备开口求助，下方忽然传来一道她再熟悉不过的嗓音。

转瞬间，她就听清楚了声音的主人是谁。

她飞快地抬起头来，像是得救般，循着声源朝人望去，面上露出连她自己都没能发现的悦然神色。

也因这一动作，大半个身形冲出了易泽身形的阻挡，陆在野再抬眼时，瞧见的就是她这副微微有些雀跃的模样。

没来由地，他的心情好了那么一点点。

他抬起脸，默不作声地打量着林枝春，嘴里不急不缓地“嗯”了声。

小姑娘依旧穿着整洁到不行的黑白校服，只是可能因为散热，最上头的拉链给拉了下来，露出小片白腻的肌肤和精致的锁骨。

十六七岁的年纪，青涩美好得像春日里头尚未来得及盛放的第一枝花，风一吹，就会颤颤巍巍地在枝头摇曳，很漂亮。

陆在野惯常没什么情绪的眼里涌上抹暗色，他听见自己的声音沉沉说了句：“天气冷，把拉链拉上。”

效果是立竿见影的。

虽然没明白他为什么突然说这个，但林枝春还是乖乖地将拉链拉到了最上边。

她轻声问了句：“你不是要打球吗？”

陆在野没否定，冲林枝春点了点头，只是视线从她身上挪开，看向一边的易泽：“衣服换好了没？

“换好就下来。”

他的声音像是突然冷了八个度，有种不容置喙的强势。

易泽正想解释一两句，跟着过来的篮球队队长李志也说话了，和事佬似的说道：“换好了是吧，杵在看台上干什么，快下来啊。”

李志：“陆哥，这回是我们不够意思，说好了我们等你，结果让你白等了这么久。”

陆在野不置可否地摇了摇头，扔下句“让他下来”就转身往前走。

半晌，等人齐了，连王敢都抱着一箱矿泉水回了球场，陆在野才漫不经心地打了个开始的手势。

于是一行人就近走向篮球架，准备开始训练。

这次，陆在野走在校队那几个人的后边，像是不经意地回了个头，冲着台上的林枝春扬了扬下巴：“下来看，看得更清楚些。”说完，侧过脸精准无比地接过王敢扔过来的开场球，潇洒地起跳，穿过试图阻挡的人影，利落干脆地投了个三分球。

激起一叠声的赞叹：

“陆哥牛！”

“这个准头绝了，谁说我们一中打球不行的？”

听着经久不断的喝彩起哄声，林枝春拉过李舟舟下了看台往篮球场地走去。

猝然抬眼的时候，她望见陆在野食指比了个“嘘”， 下了全场噤声，随着他的动作重新训练起来。

有的人还真是，走到哪里都发光。

李舟舟同学揶揄：“枝春，你眼神偏心得很明显哎。”

林枝春轻轻咳了声，神情微微有些不自然地说：“哪里明显了？”

嘴上不承认，可心跳声却一声快过一声，像是个从来没说过谎的人，心底某些东西也要随之呼之欲出一样。

“哪里都明显，特别是对比之下。”李舟舟笑出声来，“刚才那个易泽跟你说话的时候，你可是一点反应都没有，连眼神都没给人家。”

可是看个打球视线却像装了跟踪定位仪一样，总能准确无误地看向某个人影。

果然，人类的本质是“双标”。

李舟舟同学一脸正解地点了点头，继而套路深似海地问：“枝春，你知道我为什么能在那么多人里一眼找出楚河，那么多精彩的舞台却偏偏只有在看楚河的唱跳时心跳得最快吗？”

“为什么？”

李舟舟笑得灿烂：“因为那么多人里我只喜欢他呀。”

林枝春抿了抿唇，纯澈的杏眼一眨不眨地望向了李舟舟同学，然后听见更振振有词的一番话：“人与人之间，喜欢是最最作不了假的！”

李舟舟捉住林枝春的右手，放在她的胸口处：“你看人家的时候，这里是不是跳得比平时更快？”

林枝春的手没有动弹，只是目光不着痕迹地移至场上，悄然盯着穿着9号球衣的人的动作轨迹，将那所有的一切尽收眼底。

不必承认什么。

胸口处怦然有力的跳动，已经在无声地宣告出事实——

心跳确实变快了。

第十五章 篮球赛

这场训练大约持续了两三节课，球场边上围着的人越来越多，多是闻讯而来的女生，里一层外一层地站着，丝毫不嫌拥挤。

林枝春托着下巴，将她们青涩视线里跃跃欲试的倾慕看得很清楚。

不过，有句话怎么说来着，当局者迷旁观者清，大概就是她这样了。

她也能理解李志他们为什么死活非要陆在野加入校队，绝对实力是一方面，眼下这蜂拥而至的大拨啦啦队又是另一方面了。

有他在，根本就不愁篮球赛那天没人来看。

“让开让开——”

“李志球给我，把球传给我！”

“不是让你守在那儿吗，怎么没拦住啊？”

…………

场上正热火朝天地打着球，男生打球时的传话声通常都是扯着嗓子喊，丝毫不顾及形象与音量。

但林枝春发现陆在野几乎很少出声，他只在必要时喊出几个简短的指令，通常不超过两个字，多数时候都是一脸漠然地传球上篮。

进球了也不会张扬大喊，只是稍一点头示意训练继续，他本人像是压根儿不在乎全场的欢呼与呐喊，像极了没有感情的投篮机器。

“球进了——”

又是一次漂亮的进球，周围掌声四起，陆在野拿过备在一旁的白毛巾擦了擦额角的汗。

望着身侧面露稍许疲乏的队员，他淡声说了句：“都累了，喝口水调整下状态吧。”

篮球队队长李志听了他的话大喊道：“中场休息中场休息，大家都先坐着休息一下啊。”

队员打了差不多两个多小时的球，确实也都有些累，闻言纷纷作鸟兽散，喝水的喝水，喘气的喘气。

只有陆在野，跟个没事人似的，汗擦干后就从场上下来，脸都不见红一下。

林枝春的视线没从场上移开过，自然没有错过他这一动静。她看着他远远地走来，运动过后的蓬勃朝气很好地将他眉眼间的冷淡盖过，比平日里多了抹肆意飞扬。

李舟舟同学刚被副班长叫去办公室搬书了，所以此刻这个僻静小角落只有她一个人。

“怎么没下来看？”陆在野扬了扬眉，一副要来兴师问罪的模样。

明明球赛开场前，他特意同她说过的。

“球场边上已经有很多人在看。”林枝春顾左右而言他，不说自己为什么没下去，反而没来由地说出句自己都觉得有些莫名其妙的话来。

很多人看？

陆在野轻哂了声，随意地回了个头，将球场边至今还未散去的女生身影收进眼底，然后漫不经心地说了句：“你是说她们在看？”

林枝春摸不准他的套路，小声回了句：“对。”

然后，她就看见陆在野低笑出声：“对什么对，她们在看你为什么不下来看？

“你不下来看怎么给我加油？”

陆在野端详着她的神情，“啧”了声反问道：“还是同桌你不愿意？”

林枝春杏眼圆瞪，脸上流露出明明白白的震惊。

她明明看见他对那些加油喝彩声充耳不闻的，现在怎么反而倒打一耙？

她不确定地问道：“你真的需要这些吗？”

没有感情的投篮机器也会在意这些身外之物？

“当然，渴望赞美是人的天性。”陆在野神情坦荡，视线一眨不眨地落在她脸上，像是想知道她究竟能说出些什么来。

林枝春老老实实地说了句：“陆同学你球打得真的很好。”

陆在野低低“嗯”了声，饶有兴趣道：“还有呢？”

语文作文多次直逼满分的林枝春同学却在这一刻词穷了，她望着面前的少年，那张熟悉也清隽的面容，想不起任何一句华丽的辞藻。

默然良久，她轻轻开口：“希望陆同学能一直这么打下去，从十八岁打到八十岁。”

说到最后，她眉眼弯起，悄然补了句：“不会受伤，健健康康。”

闻言，从来都是云淡风轻的陆在野却倏而怔住了，这辈子他听过太多的赞美，像是方才那样的全场欢呼也不在少数。

可那些都太激烈，浮在汪洋大海的表面，不久就会在光下如泡沫般散去。

林枝春方才说的话，却仿佛带着某种温暖熨帖的力量，重重地沉在了他的心底。

陆在野眨着眼，深呼一口气，正想说点什么缓解下内心翻涌而至的情绪，耳边忽然又响起一句：“还有，人也长得特别好看。”

陆在野无语，方才白感动了是吧？

望着林枝春那一脸的诚恳，陆在野顿了下，转而笑道：“敢情你还是只看上了我的脸？

“再给你次改口的机会，重新夸。”

怎么还有逼别人花式夸自己的人？林枝春一脸无奈，就是不改口：“你的脸确实好看，人也长得帅。”

陆帅哥对自己的认识是不够清楚吗？

陆在野盯着她看了好一会儿，确定她这话是发自内心的后，仰着头没说话，像是在思考着什么。

半晌，他才说道：“也行。”

林枝春疑惑，什么也行？

午后温暖却并不刺眼的阳光下，陆在野整张脸毫无遮拦地沐浴在金色的光圈里，浓密似鸦羽的长睫毛小扇子似的扇着。

陆在野朝着林枝春状似无意地说了句：“我脸会一直这么好看的。”

只是他到底还是没把后半句“你就别移开眼了”说出口。

语气冷淡，也没什么情绪起伏，林枝春听在耳里，一点也没觉得人自恋。

她嘴角微微弯起，将笑未笑地“嗯”了声。

“这次就算了，下次正式比赛你必须得给我老老实实坐观众席看。”陆在野冷然的眉眼舒展开来，嘴角极轻极淡地勾了下，扬声说了句。

林枝春应了声“好”，接着往看台下边直直扔了瓶纯净水。

陆在野眼也没抬，凭借着感官单手将瓶身抓住，整个过程一气呵成。

特别干脆特别利落，也就在他身上出现，才不显得刻意。

不过，林枝春这次是真的惊呼出声：“陆同学好身手啊，厉害厉害。”

“谢谢你啊。”陆在野哼笑了声，懒洋洋说道，边仰头喝水边走回了篮球场，估摸着还得陪李志他们再练一会儿。

他没再回头，径直伸出手朝身后挥了挥，散落的日光，给他背影熔了层淡淡的金色。

打完球回教室后已经只剩最后一节自习课。

林枝春没忘记出去前说的话，抽出地理试卷敲了敲旁边的桌子，言简意赅地说了两个字“学习”。

原准备喝口水继续休息的陆在野直起身来，倒也没多说什么，盯着地理卷子背后的空白，在林枝春的读题声中扫了下大致的题目。

“地质构造这一块的知识点你记住了吗？”小林老师拿笔指着卷子，一脸正经。

陆在野随口“嗯”了声，态度不算敷衍，但也说不上太认真。

望着这唯一的学生，小林老师苦口婆心地劝道：“地质构造的相关知识点算是自然地理里面比较难的部分，如果出了大题，能做出来的话，是可以拉分的。

“你可以对照这道经典例题，把知识点都好好看一遍，最好能画出知识结构图来。”

讲完地理又说了下政治，小林老师将自己掌握的知识点与学习方法，毫不藏私的尽数告诉了他。

终于看见陆同学似乎被她打动了，态度端正地表示会按照她说的做，周五之前上交学习任务。

小林老师满意地点了点头。

她自然知道学习不能速成，正想表扬一下陆在野同学，好让他继续持之以恒时，突然听见句带着笑意的调侃：“那要是考试没考这些怎么办？”

特别是政治，每次一背就是大几张资料，大题考的却不过两三个知识点，还偏偏考一次就得背一次。

陆在野望见林枝春微微皱着的眉心，下意识地同她开玩笑，腔调散漫：“那不就白背了？”

“你可以都写上去，就不算白背。”林枝春思索了会儿，给出个让他不至于太过心理失衡的答案。

见他不太信，林枝春一脸诚恳，话说得丝毫不像作假：“就相当于让苍天知道你不认输。”

反正背都背了。

闻言，陆在野脸上没什么表情，眉眼淡淡。

他直接动起了手来，骨节分明的手指稍稍用力，在林枝春头发上作乱，边挠边说：“我确实不认输。

“但小林老师也不能三两句话就哄人当冤种吧，嗯？”

林枝春赶忙求饶，边笑边躲：“我认输，我认输。”

陆在野觑她一眼，拿起空白的卷子盖住脸，不声不响地往墙上一靠：“不用，你输不了。”

输给谁都不会输给我。

林枝春也是在看日历的时候才发现，五班同学筹备了许久的合唱比赛同陆在野参加的篮球赛是在同一天。

但好在一个上午十点就能结束，一个十点半正式开始。

于是星期天，林枝春整个人处于绷成一条直线的状态，她随着班级大合唱时，心头总是若有似无地浮现出篮球赛的事情。

尽管已经想好了合唱结束后，该怎么同带队的廖老师快速请假离开，林枝春仍然还是紧张着的。

她怕赶不上球赛开场，怕错过哪怕一星半点。

“下面让我们有请来自淞城一中的合唱班级，和他们的表演曲目《东方之珠》。”

好在等真正上了台后，林枝春反而放松下来，和所有同学一起伴着旋律唱完了整首。

她松了口气，接着在掌声中回到后台，来不及换衣服，就快步走出了演播厅的大门。

也就没看见，身后有道审视的目光一直黏在她身上。

“艺雅，你干什么去？”

“我先走了，帮我跟廖老师说一声。”

钱艺雅跟在林枝春后边，亦步亦趋地走出了演播厅。

附中篮球场，李志做完热身，给陆在野递了瓶水，经过这几天的磨合，两人很快熟了起来。

或者说，是李志单方面地和陆在野熟了起来，他发现这人看着虽然不好接近，但无论是打球还是下训的时候，都还挺好说话的。

特别是球场劝架那事，让李志印象很是深刻，突然一下子就明白过来为什么王敢那么捧着陆在野了。

他们这帮校队成员，都是十六七岁热血沸腾的年纪，打起球来不分轻重，球场上发生口角是常有的事，真要着急上火了，打一架也是可能的。

比如昨天，两个队员因为拦球发生肢体碰撞，双双撞飞在地，当即一人一句地骂了起来。

“长没长眼，人来了看不见啊？”

“你骂谁呢，球来了怎么没看见你去抢啊！人菜话还多，呸！”

5号队员满脸涨红，甩开膀子就揪起对方衣领：“你再骂一句试试？”

“骂的就是你怎么着？”12号队员同样不甘示弱，两人眼看就要打起来。

李志火急火燎地在边上看着，都不知道先把哪个暴脾气的拖走比较好。

“吵什么吵？”一旁整理好护腕的陆在野冷淡出声，话一说出来，连空气都仿佛冷了八个度。

他眼皮一掀，随手拍了两下球，看情况不对，旋即将球传给了李志，两三步向前，拦下5号队员气血上头后挥舞出的拳头。

“啪——”

肢体的碰撞在空气中轰然响起重重一声。

光听声音就知道很疼的那种。

两个队员怔住，全身的血液忽然在一瞬间冷了下来，连李志都没反应过来，手中的球一下没拿稳，直接就掉在了地上。

“满意了？”

陆在野散漫地垂下手，在众人的目光之下，懒懒地将手收回兜里，冷然的视线扫视了一圈后，倏然开口道：“人菜就抓紧时间赶快练练，朝自己队友发火有什么用？”

他站在两人中间，不声不响地将人隔开：“真有本事就明天球场上见真章。”

陆在野说完转身就下了场，也不管那两人面上神色如何，不疾不徐地往树荫下走去。

背后寂静无声，没人敢说话，特别是刚刚两个发生冲突的队员被训得跟犯了事的人一样，垂头丧气地捡起地上的球，连声都不敢吱一下。

李志记得昨天自己回过神后赶忙跟了上去，一个劲地问：“陆哥你的手没事吧？

“韩俊那小子下手没个轻重的，要不我带你去医务室看看？”

他心里明白这事的解决确实多亏了陆在野，反倒是他自己这个做队长的有些失职了。

望着陆在野抄进兜里的手，李志挺过意不去的，埋着头就差跟人以死谢罪了。

“去什么医务室？”

他听见陆在野低低嗤了声，身上带来的压迫感无形中消减，冷淡的嗓音里藏着那么丝宽慰：“你这个队长当得也不容易，回去好好休整下吧。”

李志听话地走了，也就没看见，在没人的地方，陆在野甩了下右手，冷白的掌心皮肤处泛起了微红。

那两个队员下手是真的狠。

陆在野斜觑一眼，颇有些无语，转瞬若无其事地扭开瓶盖，仰头喝了口水。

“各位同学，各位同学！距离比赛正式开始还有五分钟！请参加篮球比赛的同学各就各位，观众席上的同学保持安静！”附中的体育老师吹着哨子在场边维持纪律。

陆在野收回张望的视线，一脸平静地上了场，偏头跟李志说了句：“准备比赛吧。”

可李志这个时候不知道为什么忽然灵光一闪道：“陆哥，你是在等人吗？”

陆在野没接话，静静抬眼看着他。

“就上次我们训练时见到的那个女孩子，”李志很少见到陆在野心不在焉的样子，连蒙带猜道，“她是陆哥同桌对吧？

“学校还有人说你俩八卦呢，说……”

李志不好意思地笑笑，摸着头继续说道：“说陆哥你对人家不一般，不过没关系，陆哥你不用在意这些有的没的，学校里还有人传我和王敢相爱相杀呢。”

李志没敢多说，将这个八卦潦草带过。毕竟，这些天相处下来，他是真觉得陆在野这个人哪儿哪儿都好，就是人冷了点。

“八卦这种东西都假的不能再假了，陆哥你可千万别信。”不等陆在野开口说话，李志又自顾自添了句。

陆在野无语。

恰在这时，裁判的哨声再次吹响，观众席上比之方才又陆陆续续来了些人，陆在野抬头一望，并没有看见想象中的熟悉身影。

他垂下头，火红的球衣衬着冷然的气场分外明显。

沉默了大约半分钟，他才漫不经心地说：“你怎么知道传闻是真是假？”

现场人声嘈杂，陆在野说这话时，观众席正好传来一声尖锐的呐喊。

李志听了个囫囵，不解其意地问了声“什么”。陆在野却闭口不言，接过左侧传来的球，飞奔着上了篮。

林枝春进场的时候，球赛已经开始了十五分钟，她偷偷溜进来，找了个角落位置坐下。

场上红白交错，选手跑来跑去，移动速度非常之快，其实很难辨认出来谁是谁。

但林枝春一眼就瞧见了那个越过重重人影，冲向篮板起跳的身形，他今天照旧穿的 9 号球衣，个子在一群校队选手里，也仍然很突出。

林枝春举起许久未曾碰过的旧式相机，找准角度调好焦后，在陆在野跃起投篮的时刻按下了快门。

随着咔嚓一声响，少年精准投篮的时刻被定格了下来。

光影之下，火红的球衣似烈焰般燃烧，晶莹的汗珠挥洒在半空，长长划过。

配上少年眉间肆意，称得上是发挥得很好很好的一张照片。

林枝春垂下手，静静坐着，眼睛一眨不眨地看着场上，唇边挂着浅浅笑意。

直到身畔忽地有人落座，钱艺雅笃定的声音响起：“我就知道你急着走是为了这场篮球赛。”

林枝春一下就敛了面上笑意，脊背挺得很直，却连个眼神也不想给到身侧坐着的人。

钱艺雅见她不说话，弯着唇笑道："你好像很忌惮我？"

"不是。"

林枝春倏然开口打断了她："是讨厌。"

黑白分明的杏眼里干干净净，纯澈到连出现厌恶情绪时也依旧是坦坦荡荡的。

她这毫不避讳的言语让钱艺雅蓦地一愣。

"你……

"我今天来只是想跟你说两句话而已。"钱艺雅估计从小到大都没有受到过这样的委屈，暗暗掐了自己一把后，才勉强平静下来。

钱艺雅肯定地说："我看得出来，你很关心他。"

林枝春一言不发，淡定地看着球场上飞驰而过的人影，平静的脸庞看不出分毫情绪波动。

"但你真的了解他吗？"

钱艺雅最讨厌的就是她这副毫无表情的冷静模样，兀自忍下心中不喜，话赶话地说："他来淞城这么久有跟你提过一句，他为什么会来这里吗？你知道他一星半点的过去吗？"

林枝春悄然转过头来，杏眼里难得地出现丝波动。

见状，钱艺雅得逞地笑道："都没有吧？"

说到最后，她不禁拔高了语调："你根本就不了解他。"

僻静的角落里，两人无声地对视着。

"是没有。"

半晌后，林枝春点了点头，率先坦然道："他确实没和我说过。"

"那你——"

林枝春比了个手势，伸出纤长的食指竖在钱艺雅唇边，示意她不要急着说话："可我不觉得可以用一个人的过去全盘否定一个人的未来。

"他也没有义务跟我说他的什么过去。"

"我跟他现在是同桌，我了解他的现在就够了，他是什么样的人，我应该比钱同学清楚一点。"林枝春无所谓地说道。

见钱艺雅似乎怔在原地，林枝春也不再多说，只是稍稍偏了偏头，淡然说道："钱同学，能让一让吗，你挡住我视线了。"

钱艺雅离开后，林枝春往球场望去，可球赛却不知何时已经停止了，场上球员三三两两地喝水闲聊，看样子是在中场休息。

就是她方才还看见的那个 9 号球衣不知道跑哪里去了。

林枝春站起身，想看得更清楚一点，身侧却忽然传来熟悉的疏冷嗓音：“别找了，这里。”

她循着声音看过去，果然看见那个在球场上肆意飞驰，也定格在她相机里的火红身影，活生生地出现在了她面前。

球场亮着的白炽灯下，陆在野轮廓凌厉，利落的下颌线棱角分明，再往下就是修长的脖颈，和瘦削的锁骨。

因着宽大球衣，他平日里遮得严严实实的冷白肌理一下露出不少。

非礼勿视，非礼勿视。

林枝春不知不觉红了耳朵，她强装镇定地问了句：“你怎么来了，比赛结束了吗？”

林枝春并不确定陆在野是否听见了她方才和钱艺雅的一番争论。说实话，她不想让他听见，她总觉得，钱艺雅那尖锐的女声和说出来的话，隐隐带着伤人的力度。

她悄然抬眼，见陆在野神色如常眉眼冷淡，才轻轻松了口气。

默然良久后，林枝春听见陆在野低低“嗯”了声。

他随手将她头发丝上不知何时沾染上的彩带给拂了下去。

等目光落在林枝春尚未来得及换的纱裙上时，陆在野狭长的双眸忽地一暗，顿时明白为了及时赶过来，她费了多大的气力。

“林枝春，你能来我很高兴。”他深呼了一口气，嗓音暗哑，“特别高兴。”

林枝春微微怔住，有些没反应过来。

转瞬间，腿上落了件陆在野不知道从哪儿拿来的外套，经他这么一盖，透风的纱裙上边压着厚实的毛绒布料，的确是没刚才那么冷了。

贪恋这回南天里的暖意，她难得没拒绝，而是小声地道了句谢。

陆在野收回手，面色如常地“嗯”了一声，顺势在她身旁坐了下来：“渴吗？”

问归问，可他手里不知何时早已多了两瓶矿泉水，边问边往林枝春怀里塞去。

这一幕异常融洽，恍若早已演练过很多遍，透着股长时间相处才会出现的熟稔。

去而复返的钱艺雅见到这个画面，只觉刺眼。

她蓦然开口："陆在野——"

细细的声音听起来有几分尖锐，原先俏丽大方的脸也因她动作显得有些扭曲。

闻声，林枝春落在矿泉水瓶上的手一顿，纤白的指尖轻轻颤着。

她下意识地望向了身旁的陆在野，看着他不紧不慢地侧过头去，脸上瞧不出什么情绪来。

见钱艺雅张嘴半天没说出个所以然来，他淡然问了句："有事？"

其实他这个人一向不属于那种很有耐心的类型，轮廓凌厉、骨相清冷，面上没有什么笑意的时候，更是让人觉得耐心告罄，难以接近。

可钱艺雅也不知道是中了什么邪，偏要一次又一次地撞上南墙。她穷追不舍地问："你就不能给我一个机会吗？"

她不理解，明明自己的成绩前途，甚至家庭背景，样样出挑，为什么陆在野就是视而不见？

他为什么就是看不见？

钱艺雅自诩聪明漂亮，从来不觉得自己会有被人拒绝的一天。

她瞪着形状好看的眼睛，一眨不眨地望着陆在野，浓浓的不甘尽数写在脸上。

"我记得上次和你说过，"陆在野却丝毫不为所动，漆黑锐利的眼仿佛能洞穿一切，他敞着腿，双手撑在膝盖上，很认真地重复了遍，"不要在我身上浪费时间。"

尾音语调稍稍加重，搭上他本人的疏冷声线，像极了裹挟着风雪的冷冽寒风，冻人而不自知。

因为坐得近，这话林枝春听得一清二楚。

她垂下头，忽然就意识到，陆在野的拒绝就和他这个人一样，锋利得别无二致。

他太坦荡，压根儿不屑于装什么。

林枝春的视线余光里，少年稍稍仰着脸，冷淡的眉眼全然暴露在光下，单薄的嘴角抿成了一条直线。

林枝春小小地叹了口气，忽然就与千百年前耽于美色，不愿早朝的历代君王共了情。

"你说我是在浪费时间？"

另一边，钱艺雅不可置信地质问。

陆在野没再搭话，琥珀似的眼睛里干净透彻。

而他这副样子落在情绪几近失控的钱艺雅眼里，基本算得上是默认了。

钱艺雅难以接受地后退了几步。

也因此，林枝春盖着的厚外套和怀里多出来的矿泉水再度出现在她的视野里，她心底的天平一下就被打翻，排山倒海的酸楚源源不断地涌现出来。

当了十几年被人追着捧着的校花，从来没有人会在她主动示好后，还半点情面不留地拒绝她。

这拒绝于她而言，和羞辱有什么区别？

“你会后悔的。”钱艺雅挤出个难看的笑容，咬牙切齿道，“陆在野，你会为你今天的选择后悔的。”

她转身离开，每一步都踩得又重又响。

望着钱艺雅离去的背影，林枝春眉心微皱，那最后一句狠话听上去有些怪怪的。

她转过头，望着身旁某人无波也无澜的侧脸，轻声问道：“你是有什么把柄在人家手上吗？”

不然，钱大校花这反应有些过于大了吧。

就像是笃定陆在野不答应她，就一定会损失什么似的。

“你觉得呢？”陆在野眉骨挑了挑，“我跟她统共说过三次话，要真有什么把柄也该是同桌你更清楚一点吧。”

陆在野嘲她，清瘦有力的手不住地戳了下她额头：“你脑子里都在想些什么？”

一旁的林枝春困惑地眨了眨眼，还想再问，可惜已经被人按头看起了重新开始的篮球赛。

注意力忽然就被强行转移，因为她发现王敢还在球场上飞驰着，场上总的人数也并没有变，那……

林枝春瞟了眼身侧正一脸淡定地看着球赛的某人：“你不上场了吗？”

陆在野活动了下脖颈，流畅的下颌线条直晃人眼，他漫不经心地扔了句：“没必要上了。”

场上比分差距够大，只要不出现什么惊天大反转，淞城一中稳赢。

对，淞城一中。

连续输给附中好几次后，一中终于在别人的地盘上找回了面子。

上半局，陆在野甫一上场，一中篮球校队就以绝佳的配合和默契连连得分，比分持续拉大的情况下，气势势如破竹地压得附中抬不起头。

特别是球在陆在野手里的时候，附中那些人连个球影都摸不着。

林枝春略一思索就明白了过来。

他在让位，在保证比赛结果的情况下，尽可能地让更多的人享受到这场来之不易的胜利，比如，一中校篮球队此时正兴奋地站在场上的替补队员。

她忽然能理解被众星捧月着的钱大校花，为什么目光独独落在了一看就不好接近的陆在野这里。

他太特别了。

身上有着同龄男生难以企及的分寸感，平日里是不显山露水的散漫，可一到关键时候，那刻在骨子里的东西，就会恰到好处地凸显出来。

“好球！”

淞城一中再得一分，以李志为首的篮球队员在场上兴奋地嘶吼庆贺着。

观众席里也毫不吝啬地爆发出阵阵掌声，向他们投以热烈的视线。

这些风光无两，原都应该有陆在野一份的。

可是，他下来了，不声不响地和她一起坐在僻静角落里。

林枝春抬眼觑他，见他也跟着右手边的观众鼓着掌，脸上是再淡定不过的风轻云淡。

怎么给忘了？

欢呼声与呐喊，他人的赞赏与声名，陆在野从来就不放在眼里。

这场球赛，他本来就没打算参加。

来了，也就是为自己而打的，至于结果，则是赢给一中校队的。

球赛散场前五分钟，林枝春被陆在野扯着从后门提前走了。

她惊讶地问：“你不等他们一起？”

不是说赢了之后会有庆功宴什么的吗？

一中再这么抠抠搜搜，带队来参加比赛的杨老师应该也是会同意出这个钱的。

毕竟这可是一雪前耻，暌违五年之久的胜利！

作为胜利的主要贡献者就这么走了吗？

陆在野瞥她一眼，无所谓地说：“饭就不吃了。”

“陆同学你还真是深藏功与名。”

林枝春披着毛茸茸的外套，有一搭没一搭地踢着路边的石子玩，眉眼弯弯，面上是少见的孩子气。

陆在野斜斜觑了她一眼，没说话。

他等他们一起去吃饭，她也会跟着去吗？

照他这同桌的薄脸皮，怕是不等他提，便主动请辞回家了。

他总不能让人家跑这么远来看球赛，最后又孤零零一个人跑回去吧。

陆在野随手在路边买了瓶苏打水递给她："请你吃饭，想吃什么？"

林枝春："为什么突然请我吃饭？"

原本是没有什么理由可言的，但陆在野望着她脸上的茫然，话到嘴边又转了回去，改口道："就当是给小林老师的谢礼。"

陆在野指的是她多日来在学习上对他的督促，可林枝春愣是嗅出些不寻常的东西："你真的不是在贿赂我吗？

"别想了，文综的五套卷子在数量上是不可能减少的。"

陆在野一噎。

林枝春见他半晌没说话，倏而凑近，想看清他脸上神色时，却见陆在野猛然抬头，似在黑夜里浸润过的眼睛，一眨不眨地盯着她看。

她受不住这样热烈的视线，正欲挪开眼时，下巴忽然被人捉住扳正。

转瞬间，林枝春又落进那黑亮的丹凤眼里，距离近得足够她看清那里头自己的倒影。

无意识地，她的视线在眼前人的眉眼间游走。明明放大了无数倍，可陆在野冷白的皮肤愣是挑不出一点瑕疵来，骨相极其优越的好处更是在这一刻体现得淋漓尽致。

再看下去，可就真要陷进去了。

恰在此时，耳边闻得一声低笑，隐约还能感受到说话时的轻微热气。

"这才叫贿赂。"他说。

什么贿赂，美色贿赂。

林枝春的耳朵不争气地红了起来。

她勉强定了下心神后，用力地将杵在自己身前的人给推开，快步往马路前方走去。

朗朗乾坤，光天化日之下。

太过分了！

直到捎带着些许寒意的风扑在脸上时，林枝春才终于冷静了下来，只是她没回头，也不敢看身后那个人脸上是怎样一种表情。

穿过了快两条街道后，她的步子才慢慢地停了下来。

其间，陆在野一直不紧不慢地跟在她身后，仗着人高腿长，和她的距离始终游刃有余地保持在三步之内。

见前边的身影终于有了停下来的迹象，他眼里闪过一丝玩味，出声喊了句：“小林老师。”

林枝春头也没回，听到这个称呼简直条件反射般地应了句：“你不准再叫这个！”

现在，任何关于“贿赂”“老师”的相关词，都能刺激到林枝春远没有回到正常轨道的大脑。

“不对，你不要说话。”

陆在野笑意徐徐地散开在嘴角，半点忏悔的意思也没有，忤逆般地继续说道：“怎么还不让人说话，霸权主义？”

林枝春不理他，径直往前走去。

“我错了行不行？”

陆在野骨节分明的手指闲闲地勾住她裙子背后绑着的蝴蝶结：“吃饭了，不是来吃饭的吗？”

林枝春脚步还是没停。

陆在野无奈地喊了句：“你抬头看看。”

林枝春按照他说的往上看了看，见到一块硕大的红底黑字的大招牌，上边写着“京贵楼”三个大字。

还真是来吃饭的。

林枝春还没来得及开口，人已经被背后那只劲瘦有力的手给推了进去。

附中篮球场，球赛甫一结束，李志就在观众席张望陆在野的身影，毕竟是本次篮球校队的第一大功臣，怎么说也得拉上一起去吃个饭。

可找了半天，愣是没找着。

明明比赛才结束，大部分的观众还没离场。

李志正想问下带队守在一旁的体育老师有没有见着陆在野的时候，身后的易泽突然开口：“别找了，人早就走了。”

“走了，什么时候走的，你怎么知道？”

李志皱着眉头，目光仍不放弃地在重重人海里搜索着那个高高瘦瘦的背影。

易泽低垂着头，情绪有几分不对劲，不过李志这个时候无暇顾及他，赶忙催促道：“你倒是说啊，卖什么关子呢？”

"他跟人一起走了，就那天那个女生。"易泽叹了口气，神情低迷。

李志也是个狠人，硬是从他这前言不搭后语的话里，悟出个前因后果来："哦哦，那天那个女生对吧，你小子还缠着人家搭讪的那个。"

易泽没说话，他这低迷的情绪终于引起了李志的注意。

"有的时候，我们要量力而为。"李志俨然以一副过来人的姿态，拍着易泽的肩膀，语重心长地劝道。

劝走了易泽后，李志一个人找了块空地，给陆在野发了条微信，想问问他究竟还来不来。

带一个人来也没关系的。

半分钟后，李志手机上收到了回信。

是张照片，上边各式各样的菜肴已经摆上了桌，最重要的是，稍一放大，他就在照片的最角落瞧见了另一双筷子，和拿着筷子纤细的手。

那手纤细白腻，显然是个女生的。

第十六章 没出息

包厢隔间里，林枝春望了眼正低头看着手机的陆在野，轻咳了声，尽力让自己语气显得自然地问：“你跟谁发信息呢？”

这话没一个暧昧字眼，可不知道为什么，组合在一起说出来就很酸酸涩涩、引人遐想，像极了特定情况下某种身份的人才会问的话。

总之，话一说出口，林枝春就后悔了。

果不其然，就在她正犹豫着要不要解释一句的空隙里，默然良久的对面倏而传出道很轻很轻的低笑声，在这半封闭式的空间里分外明显。

今天已经经历了数次这种若有似无的尴尬，百炼成钢的林枝春同学自暴自弃地放下筷子，彻底摒弃了“害羞”这一流程。

她眼神直白地盯着面前的人看，颇有种“不破楼兰终不还”的气势在。

对面坐着的人原先低垂着头，黑色的鸭舌帽帽檐遮住了他大半张脸，冷然的眉眼全然不见，只露出一截冷白的下巴。

骨节分明的手指落在手机屏幕上，陆在野正有一搭没一搭地打着字，虽然是单手，但是他打字速度很快，迅疾的手法简直是要在空中留下残影。

偶尔，平直的嘴角还会挑起来，像是看到了什么有趣的东西一样。

特别特别不对劲。

“你不吃饭吗？”林枝春坦荡抬眼，指了指桌上几乎还未曾动过的饭菜，心下对他这副“恍若被狐狸精勾走”的模样摇了摇头。

“当然要吃。”

陆在野混不在意地将手机从右手里甩出，单薄的眼皮掀起，似笑非笑地朝她看了眼：“你刚刚说什么？”

“你不是都答了吗？”

怎么还问。

林枝春纳罕地看着他，黑白分明的杏眼里满是不解。

“上一句。”陆在野不疾不徐地叩了两下桌面，指节与厚实的红木桌相撞，发出沉闷的声响。

经他这么一提醒，林枝春面上茫然忽地消失不见，显然是已经想起刚才说的到底是一句什么样的话。

她抿了抿唇，强行失忆，然后不自在地吐出两个字“忘了”。

“我不介意帮你回忆一下。”

陆在野挑了下眉，狭长的眼睛里充斥着漫不经心的笑意，他顿了下：“你跟谁发信息。”

林枝春伸出去捂他嘴的手，堪堪停在了半空中。

偏他还故意反问了下：“这句，是不是？”

林枝春愣住。

你说是就是吧，都被听见了还能有什么办法，她叹了口气。

林枝春彻底放弃挣扎，也不再管陆在野的反应，拾起筷子继续挑西兰花吃，吃得专注的时候，耳边闻得一句“林枝春”。

“嗯？”她含混不清地应了声，连头也没抬。

“给我发信息的是李志，他在微信上找我。”陆在野支着腿，稍稍往后仰着，套在外头的夹克敞开，隐约可见里边劲瘦腰身。

哦，原来“勾人的狐狸精”是李志。

林枝春筷子一顿，为了掩下面上的不自然，她悄然低下了头：“我、我只是随口问问。”

她欲盖弥彰地加了句：“你不用和我说的。”

从陆在野的视角看过去，她整张脸都快埋进那只硕大的白瓷碗里了，一时竟分不清是她的脸更白，还是釉质的瓷碗更白些。

陆在野微眯着眼看了会儿，意有所指地重复道：“哦，原来只是随便问问。”

“我还以为你关心我呢。”

包厢里沉默了好一会儿，像是心事被人戳破般，林枝春只能听见自己一下一下，重若擂鼓，快得要漏出来的心跳声。

她深呼一口气，将还冒着腾腾热气的那盅玉米排骨汤，从桌子中央推向了正好整以暇地看着她的陆在野手边：“喝汤吧，陆同学。”

喝汤，别说了，求你。

陆在野拎着黑釉勺，有一下没一下地在汤里搅和着，瞥见林枝春泛着微红的耳垂，识时务地不再提方才说过的话，只是忽然说了句：“下次放假，带你去个地方。”

没说地点，也没有确切的时间，他这句话像极了张口就来的承诺，缥缈得好似云间雾，风一吹就能散去。

可林枝春抬眼，却在望见他漆黑瞳孔里，散漫褪却后的认真时，鬼使神差地答了个“好”。

淞城一中的考试特别频繁，隔三岔五就会来一次，除了期中期末和一月一次的月考，有时候还会有各种名目的大型联考。

比如这次的“淞城市十七校联盟第二次大联考”。

老余悉心在班上嘱咐了又嘱咐：“同学们，没有不重要的考试，考试就是练兵，我们要珍惜每一次练兵的机会。”

“但凡考试就得认真对待，只有这样，高考这一场大仗我们才能发挥出好的水平，考出优异成绩。”

坐在下边的五班同学耳朵都要听得起茧了，“知名不想考试选手”王敢同学叹气嘀咕道：“练练练，天天就知道练兵，再练下去，仗还没打，兵就给练死了。”

全班静默，紧接着爆发出一阵大笑。

老余自然也是听到了，恨铁不成钢地晃着他的保温杯，道：“你能不能有点出息，就你那学习强度，一天都做不完一套文综卷子，还好意思说练兵？”

猛地被揭了老底，王敢一脸“不好意思是我冒犯了”的表情，垂着头乖乖受训。

“你看看人家林枝春，成绩这么好，每天还是坚持在老师布置的作业之外，把往年的高考真题又找出来做了一遍，你跟人家隔得这么近，好歹也学习一下啊！”

老余重重放下了自己的保温杯，说话铿锵有力颇有种高考大动员时的气势，不愧是教了十多年高三的老教师。

王敢简直被他训成了一只鹌鹑，只是这只鹌鹑奇奇怪怪地抓到了另一个重点“你跟人家隔得这么近”。

他悄然抬头，搭错了根筋似的说了句：“我这不也没有陆哥近吗？”

他陆哥还是学霸的同桌呢，不也天天和他们混迹在一块，成绩排名处在成绩单的底端。

话还没说完，背后就感受到了某股凉意。

王敢侧了个脸才后知后觉地发现，陆在野不知道什么时候掀了掀眼皮，散漫地依靠在墙上，眼风正朝他这儿斜斜瞥过来。

猛然间，王敢才反应过来自己这张嘴好像闯了祸，自己挨批居然还拉陆哥下水。

完了完了，他赶忙老老实实闭上嘴不再吱声。

这时，老余那振聋发聩的吼声响了起来，却不是痛骂陆在野，还是在骂他。

“你还好意思说人家，人小陆这几天作业一天没落地交了上来，除了作业，还额外写了卷子，地理王老师还特意跟我夸了人家！

“王敢啊王敢，人小陆基础和你一样的薄弱，怎么人现在奋发向上了，你还……”

后边老余说的话，王敢一句话也没听进去。

作业一天不落？

额外写卷子？

奋发向上？

这说的真的是陆在野？

几个词立体音效般在王敢脑海里来回播放，他瞪直了眼，好半天没说出一句话来。

老余见他不说话，又重复了遍：“怎么人家现在知道要好好学习，你还在这儿给我挑三拣四，啊？”

大概是因为陆哥有个好同桌？

王敢不敢说话，老余也不在他身上继续浪费时间，转头望向最近进步特别大的小陆同学：“小陆，好好加油啊，争取这次提高个一百分。”

陆在野点了点头，往日里情绪不显的脸上扯出点笑意，谦逊又含蓄：“多亏了有人帮助，谢谢余老师。”

老余满意点头，心里越发地对自己的座位安排感到自得："那你们好好学习，老师期待下一次的考试成绩。"说完，便从教室后门走了出去。

王敢眼神哀怨地朝左后方望去，猝不及防地瞧见了一副"互帮互助，共同进步"的学习画面。

只见林枝春脊背挺直，神色认真地翻开了历年真题卷，边翻还边喊刚才被点名表扬的某人一起看，某人连个眼神都没给王敢同学，神情专注地顺着自个儿同桌的笔尖移动。

有了老余在班上公然说出的那一番话，全班同学都对陆在野将会考出的成绩期待了起来。

不少人纷纷猜测他会不会一举考进年级前十，改变淞城一中很久没变动过的排名格局。

这些话说的人多了，连林枝春都有耳闻。

走廊上，几个女生正闲着无聊，你一句我一句地议论了起来："这次考试我心里还挺没底的，也不知道会掉多少名次。"

"哎呀，你成绩这么好紧张什么？"

"这不大家都在努力吗。你没听老余说，陆同学都开始发奋学习了，我们这不得集体往下挪一名，腾腾位置？"

"也是，人说不定考个第一呢，不像我们，怎么学习都是这么点分。"

…………

学生时代的话题总是匮乏的，特别是高考这座大山压在头上时，很多人几乎三句话不离成绩。

灰蒙蒙的天空里，充斥着对未来的迷惘，成绩上上下下的起伏，让人喘不过气，他们逃避自身的同时，却总是很喜欢将别人捧得很高。

反正别人摔下来了，疼的也不会是自己。

听着这些明褒暗贬，林枝春做不到跟什么也没发生过似的径直走过，她轻声开口，咬词却格外精准："他考第一名还是倒数第一名，应该跟你们没有一点关系。"

正在聊天的几个女生回头，错愕地看向她。

不等她们说话，林枝春又补了句："为什么要拿别人的努力来当作谈资呢，如果真的对成绩那么没有自信，不如回教室去好好努力。"

她表情全程没有什么太大的变化，只是清冷的视线恍若能看透一切。

最后扫了那几个女生一眼，林枝春头也不回地抬腿走进了教室。

周二就是大联考，临近考试，班上气氛蓦地紧张了起来，自习课时都有很多出去背书的身影。

放学时，林枝春边收拾着书包，边想了想，特意对人说了句：“你不要有太大压力。”

陆在野从数学卷子里抬起头来，眼神清明：“什么意思？”

“成绩考出来是自己的，考试是为了查漏补缺，名次反而没那么重要。”

林枝春抿了抿唇，一鼓作气地将话说了出来，她是真的不希望他受到那些无谓流言的影响：“你不要听别人怎么说。”

陆在野忽然明白过来，眼尾上扬，反问了句：“你是说他们那些说我能考第一的话？”

林枝春点了点头。

陆在野半晌没说话，嘴角极轻极淡地扯了下：“他们说的我没放在心上。

“但是小林老师可以对我有信心一点。

“那你明天记得早点来，准考证什么的别忘拿了。”

窗外是难得一见的绚烂晚霞，温柔的粉紫色在远处天空卧了一大片，好看得不像话。

柔软的夜色直逼耸立着的高二教学楼，晚风静静趴在窗边，像是聆听情人耳语般。

窗内，少年懒懒地抬起手，在离女生发梢还有几厘米距离的时候停住，说了句：“就这次考完试后怎么样？

“带你出去玩。”

去看橘洲烟花，去看辽阔江河，去看最后一丝暮色掩于天地间的妙然。

林枝春应了声“好”，所有的情绪尽收于一个单音节里。

女生仰起脸，瓷白的面容被霞光映照成微醺的淡红色，形状漂亮的杏眼里，恍若盛着闪耀星子。

次日，林枝春很早就到了学校。

知道陆在野平日里来不及买早餐，她特意在学校门口的面包店里买了两份。

踏进教室时，只有零星几个同学坐在座位上早读，趁没人注意，她随手将手里拎的可颂和豆浆塞进一旁的课桌里。

可直到预备铃响，课桌里的那份早餐也没能等到来拿取的手。

林枝春一眨不眨地盯着教室前方的钟表，时间定格在八点一刻，还有五分钟考试就将开始。

他不来了吗？

随着时间推移，各种猜测浮上心头，林枝春的心绪罕见地出现了那么一丝混乱。

终于，在老余下来巡视的时候，她斟酌着开口问道："余老师，陆在野是请假了吗？"

老余比她更为惊讶："没有啊，他怎么还没来，才表扬两句，怎么又给我迟到！"

林枝春担心，垂下头，手一遍又一遍地理着桌上放着的草稿纸，开考铃丁零响起的时候，她不自觉地往陆在野那个位置看了眼。

还没来。

桌子上空空荡荡，连支笔也没有。

考试开考半个小时后，林枝春眼睁睁地见老余在属于陆在野的那张试卷上记了个"缺考"。

2B 铅笔浓墨重彩地填补在了缺考那一栏，这门考试算是作废了。

林枝春继续审题答题，只是握笔的手稍稍有些颤抖。

"丁零——"

两个半小时很快过去，考试结束。

林枝春低敛着眉眼，面上看不出情绪，放下笔就走出了教室，也不管身后对答案的议论，径直去了洗手间。

等待的过程中，不免听见了他人的闲聊声。

"这次考试怎么样，听说陆在野缺考了？"

"可不是，老余直接记的缺考。"

"要我说，他心理素质也是真的强大，以前在学校里出过那么大的事，还是能跟没事人似的，该上学上学，该干什么干什么。"

"谁知道呢？"

女生加重了嘲讽的语气："怪不得一天到晚冷着张脸，以为自己多了不起似的。"

林枝春冷静抬眼，听出这个声音是隔壁班的张灵，一个曾经向陆在野公开示好过然后被拒绝了的女生。

她有点想不明白，怎么人的爱憎可以来得这么轻易，说变就变？

"那你夸过他，关注过他，现在是不是同样觉得很丢脸？"林枝春的嗓音清亮，在洗手间这样窄小的环境里格外明显，"你又有什么了不起的？"

没管身后恼羞成怒的叫喊，林枝春快步走了出去。

她找了个没人的地方，掏出口袋里的手机开机，急于知道发生了些什么，让某些人一下就变了嘴脸，而陆在野又为什么没来。

没有太费力气，林枝春就在从前加的几个学校大群里看见了几张指向性非常强的截图。

上边动辄千百字的小作文其实就透露出一个信息"某转学生品行不端，迫使同班女生退学回家"。

虽然没有指名道姓，但是所有的文字描述全都指向了陆在野，他好像已经成为了这场触目惊心的流言里"人人喊打的罪魁祸首"。

是这样吗？

真的，是这样吗？

林枝春回到教室时，第二堂考试的开考铃也响了起来。

她手里拿着才发下来的数学卷子，上边一道道熟悉的题目刺激着她的眼球，像是要用力将她从方才的议论声里扯回正道。

可她忽然记起，试卷上最后的那道函数题，她和陆在野一起讨论过，当时他提出了非常简便新颖的解题思路。

他说，让她考试的时候用他的方法做，节省时间。

林枝春闭上眼，深吸了口气。

她实在做不到无动于衷，无事发生般安安静静地坐在这儿写卷子。

林枝春站起身，朝监考老师望了眼，趁老师没来得及反应的时候，将试卷留在了课桌上。

然后，她飞奔着出了教室。

"哎，同学你出去干什么？

"考试，考试开始了！"

就像那天陆在野扯着她跑出校门似的，林枝春不顾身后的呼喊，头一次毫无章法地将规章制度尽数抛却在了脑后。

耳边的呼啸风声恍若昨日，她叛逆地、无所顾忌地朝前跑去。

她心头没来由地生出强烈愿望，想看看他到底怎么样了。

凭着记忆，林枝春打车去了陆在野家。

出租车进不去水云天这淞城有名的高档小区，她就下了车，沿着蜿蜒的鹅卵石路走了上去。

五月底的风褪去冷意，渐渐有些热了，林枝春光洁的额头上生出一层薄汗来。

正想着陆在野是否在家时，却毫无征兆地看见二楼的窗户上站着个高瘦的人影。

看模样，是她那同桌没错了。

不经意间对上她的视线时，陆在野短暂地怔了下，但很快恢复平静，转而朝她比了个“嘘”的手势。

林枝春一脸难言地站在原地。

她没来得及阻止，就看见陆在野借着小阳台的力，径直从二楼窗户上一跃而下。

稳稳落地，连踉跄也没有。

“你——”林枝春瞪圆杏眼，正想说点什么的时候，嘴忽然被人捂住了。

“小声点，别说话。”

少年喷薄而出的热气落在她颈间，有点痒。

等两人走出水云天时，林枝春才听陆在野解释道：“方晴晴不让我出来。”他低低嗤了声，“知道事情被爆出来后，连房门也不给出。”

林枝春点了点头，表示理解。

学校里多的是流言蜚语，站在家长层面，不让去学校自然是出于保护的心理。

“你应该在考试才对，”陆在野侧过脸瞧着她，冷淡的眉眼里出现了一丝波动，“你弃考了。”

句式应该是疑问的，但他用了肯定的语气。

过了好一会儿，陆在野沉沉叹了口气：“你没必要为了我……”

连考试也不参加了。

话没说完，他就止住了。

陆在野比所有人都要了解她，看着安静随和，可做出来的决定从不轻易改变。

特别有主见一女生。

“现在准备怎么办？”陆在野漆黑的眉骨挑了挑，“你就不问问那些人说的是不是真的？”

还是就这么相信我？

林枝春抬起头："我是相信我自己。"

声音虽然轻，却很坚定。

陆在野措不及防地听见她说："都是同学，难道我不知道你是什么样的人，比起网上说的，我更相信我自己的眼睛。"

他一下愣住，没了言语，心里像有把小锤子在细细密密地敲打着，心脏的一角仿佛被放进了温热的蜂蜜水里。

林枝春说的话，是他曾说过的。

是那次她被造谣家庭关系的时候，他在全班面前替她做的澄清。

"林枝春，你是不是傻。"

陆在野仰头闭着眼，冷白的脖颈暴露在光下，罕见地流露出转瞬即逝的脆弱感。

他扯着嘴角，修长的手指撩开林枝春细碎的刘海，望着她澄澈的杏眼，最后问了句："我说了你就信？"

并不刺眼的太阳光下，林枝春点头"嗯"了声："我想听你说。

"你说我就信。"

"那个转学生说的是我。"

再过些天，淞城就将进入初夏，午后的阳光已经沾染上热气，空气中闷得不见一丝风。

陆在野嗓音疏懒，语气淡得像是在说别人的事情："我以前的学校确实有过学生退学，也确实跟我有关。"

他顿了下，瞥见林枝春那双无论何时都澄澈干净的眼，继续说道："那个女生心理状态出了问题，才开学就办了退学手续。

"他们都说是因为我。"

陆在野讽刺地扯了扯嘴角，却又说不出其他。

"那事实呢？"

林枝春眼一眨不眨地瞧着他，倏然发现陆在野的眉眼即便在光下，也仍然没有温度。

他好像浑身上下含着冰块，由内而外散发着冷淡气场，让人望而却步。于是好像很多人都只是远远地看他一眼，听着各种粗浅流言，凭着淡得几乎没有的初印象，随便给他定下一个"不好接近"的结论。

可林枝春见过陆在野"热"的一面，知道他并不是别人口里那个冷血得全然不顾他人性命的乖戾少年。

晚风轻抚过人脸时，她瞧见陆在野为了只小小的奶猫同人大动干戈。

昏黄光线下，脸上的挂彩丝毫不显狼狈，保护弱者的姿态在傍晚夜色里像是会发光。

那是她第一次见到陆在野。

在寒意四溢的冬月里，少年分明热血难凉。

宽敞的庭院前，林枝春脑海里闪过纷杂的信息，手机上那张小作文的内容走马观灯地重现。

将那些文字统统摈弃在脑后，她小声地问了句："当时发生了什么？"

紧接着，林枝春抬起眼。

她的眼神里却不带哪怕一丝丝的偏颇，像是早已做好了决定，只要陆在野说，她就会相信。

"那个女生被人孤立、恶作剧，却不敢声张。"

陆在野半合着眼，伸出右手虚虚挡着上半张脸，看上去像是在遮阳，尽可能地平静叙述道："我知道得很偶然，也不太能理解她为什么不敢说出来。"

"制止过一次，可后来却发现……"他顿了下，慢慢说道，"事情并没有结束。"

青春期里的隐秘心理复杂难寻，比夏日的雨还找不着痕迹。

陆在野也是事后才明白，他明面上的帮助只会让那个女生陷入更糟糕的境地。

"这不是你的错。"

林枝春走上前去，在陆在野没能反应过来的时候，拿下了他的手。

猝不及防地，她瞧见了狭长丹凤眼里头的晦涩。

那双惯常没什么情绪的眼里，似是头次生出夹杂着无奈、懊悔的复杂情绪。

暗潮潮的一片阴影，铺在原先湛亮的眼底，仿佛星子一下敛了光辉。

林枝春其实不大会安慰人，她仰着脸实话实说："这真的不是你的错，至少你帮过她。"

至少你想过要为她做些什么。

所以，就不要太自责了。

两人都在午后融融的暖光下站了好一会儿，热意悄然爬了满身。许是体质原因，林枝春要更不受热，瓷白的脸上渐渐生出细密的汗珠来。

正当林枝春以为他沉湎于过去和流言，所以不愿多说的时候，她忽然看见他有了动作。

少年从裤袋里掏出包干净的纸巾来，骨节清晰分明的手将其撕开，朝着她的脸伸了过来。

像是意识到这动作有些过于亲密了般，他手伸到一半，却又顿在了半空中，冷白的肤色镀上层温暖的光晕。

林枝春茫然抬头，望着他的手神色有些不知所措。

脸上汗珠随着她的动作，悄然滑落，眼看就要飞快地往下留至锁骨处。

“手拿出来。”

她下意识地依言照做，五指呈张开状摊在陆在野身前，让做什么就做什么的模样乖巧得像只漂亮英短。

陆在野将纸递过去，好笑地看着她，提醒道：“下巴，记得擦。”

“哦。”

林枝春难得感受到午后穿堂风送来的干爽。

陆在野接过她用完的纸巾，随手扔进垃圾桶，装作什么事也没发生似的，低声说了句：“走吧。”

像是怕她尴尬，陆在野的视线完全从她身上挪开，抄着兜走在了前边。

高高瘦瘦的身形在地上留下个修长的背影。

林枝春启了启唇，还想再说点什么。

陆在野倏而回头，像是猜中她心中所想般，利落说道：“今天就先到这儿，还有想知道的，等你明天考试完放学后，我一并告诉你成吗？”

说到最后，他尾音里多了分无奈意味。

还是第一次，跟人解释些什么，是真的还不太熟练。

陆在野稍俯下身，和林枝春的视线处在同一水平线上，眼角眉梢里的散漫尽数敛去。

“事情已经过去了，我其实也没你想的那么脆弱。

“不要太担心我，回去好好把剩下两门考完。”

他同桌是次次都能考第一的好学生，没道理为着他那点破事受人指摘。

现在回去老余估计还能算她迷途知返一时冲动，要是明天的考试也不去了，结果就难说了。

林枝春静默地盯了他一会儿，没说话。

陆在野也不急，站在阳光照来的那侧，凭着高她大半个头的个子，挡住了大部分炽热。

视线在他脸上仔仔细细扫过一遍，确认他是真的没事后，站在阴凉下的林枝春终于“嗯”了声。

只是她定定望向了陆在野，倏然问了句：“那你之前说过的话还算不算数？”

她一字一句地重复道：“你说，带我去玩。”

他们说好了的，明天考完试后的下午，他带她出去玩。

怎么不算数？

陆在野勾了勾唇，露出今天的第一个笑容：“等明天放了学就去。

“我在校门口等你。”

如陆在野所言，林枝春回学校考完了剩下的文综和英语，规规矩矩地答题检查，平静得一如往昔。

中午吃饭的空隙，她被老余喊去办公室。

她考试中途突然跑出去的事情，老余也果然不能理解：“什么事这么着急让你连考试也不顾了？”

林枝春低头认错，却始终不说为什么，潜意识里就不想将陆在野牵扯进来，像是固执地想要维护住他最后的名声。

“行吧，你回去。”老余见问不出什么，也不再为难她，挥了挥手就让她离开。

林枝春乖巧地带上门往外走，也就没能听见办公室里的老余低低叹了口气。

老余曾经以为就算五班所有学生都会有叛逆期，他这个最引以为傲的学生也不会有。

可偏是林枝春，离经叛道了一次。

十六七岁的年纪哪里会有什么绝对理性，热烈肆意的年纪里，一百张卷子的束缚也比不过一次情感上的心动。

英语是林枝春的强项，她仔细写完后，又反复检查了两遍，最后在考试还有十分钟结束的时候，提前交了卷子。

她怕陆在野在校门口等太久。

窗户外头下午四五点的阳光仍然有些晒，细碎的金光散落在樟树嫩绿的枝叶上，晃人眼球。

林枝春提着包就往西门走去。

高一年级今天不用考试，此时正是放学时间，她挤在人潮里，像尾小鱼想要破开水面，见到熟悉的面孔，于是急切地朝前游走。

可她没能在校门口见到陆在野。

视线扫了一圈后，她跃动的心慢慢沉了下来。

是真的没有。

如果他在，她不可能认不出来。

林枝春面无表情地去摸书包里的手机，望着手机开机界面时，脑袋忽地就一片空白起来。

她不知道如果陆在野真的没来，她又该以怎样的语气和立场去控诉他。

“林枝春——”

手指在消息框处凝滞住，稍远处却传来道熟悉嗓音。她看见少年散漫地依靠在大树干上，朝她招了招手。

心蓦地放下。

林枝春自己也说不上来为什么，反正忽地就松了一口气。

不等她小跑过去，陆在野几步走过来：“刚刚在找我？”

林枝春没否认，点了点头。

“抱歉，我以为你还有十分钟才会出来。”

陆在野挑了下眉，对方才的情况做出解释。

林枝春并不介意这些，只是边走边问道：“你站这么远干什么？”

陆在野在西门转角处停了下来，随手给她递了瓶水：“低调点？”

林枝春忽然明白过来陆在野的顾忌与避嫌。

他不想让同学在这个风口浪尖上，看到他跟她站在一块。

流言本就是不讲道理的，这样一幕若是被有心人看见，指不定会传成什么样。

鲜有人经过的街口，陆在野斜靠在单车旁，即将出发的瞬间又问了句：“确定跟我走？”

林枝春没吱声，直接坐了上去，反正她已经和奶奶提过，会和同学出去玩两天。

“那就坐好了。”风声混着笑意的一句喊话。

他骑行的速度很快，周身景物在一瞬间后退，闷热的下午，居然也有风呼啸而过。

林枝春坐在后边，手有些放不开，找不着地方放。

恰在此时，车速忽地慢了下来，少年清越的声线响起，带着声轻笑：“你手都不用扶一下的吗？”

“要。”林枝春白皙脸上不着痕迹地红了些许，她抿着唇问了句，“扶哪儿？”

话一说出口，就觉得不对。

前方少年的笑意愈加明显：“还能放哪儿？”

林枝春的视线往前移了移，脸悄无声息地红了起来，她瞧见陆在野今天穿了件黑色的飞行夹克，风一扬，就露出劲瘦的腰身。

“大胆放心地扶，不算你占我便宜。”陆在野腔调散漫，懒洋洋地说了句。

尽管看不见，但林枝春觉得自己能想象得出来少年眉眼间的张狂肆意，那种和平日的冷然截然不同的鲜活神色。

就该是这样。

她觉得陆在野就该永远鲜活肆意。

半分钟后，林枝春纤白的手指往前抓去，松松地扶住了陆在野的黑色夹克。

可下坡时，车身忽地颠簸了下，失重感让林枝春心弦一乱，手倏地就往前抓去，最后，牢牢扶在了陆在野腰上。

半晌，她回过神，空白的脑海中渐渐有了思绪，却蓦然闻得句极轻的哼笑。

明明他什么话都还没说，林枝春仍然无措地红了脸，热意似潮水蔓延，连耳垂都悄然惹上薄红。

望着前方陆在野宽阔的脊背，她又暗暗松了一口气。

此时此刻少年背对着自己的姿势，成为林枝春心里唯一庆幸的事。

至少，没让他给看见。

“又不是不让你碰，想扶哪儿直接说就好了。”可林枝春庆幸不过三秒，空气里懒洋洋的嗓音就再度响起。

陆在野指节清晰分明的手指搭在漆黑把手上，余光里她脸上神情一览无遗。

陆在野扯了下嘴角，漫不经心地说了句：“要不你直接两只手都放上来，有便宜为什么不占？”

许是风声作祟，林枝春没感觉出他话里，平日那股若有似无的冷淡意味，反倒现在说的一字一句里像是藏着许多小钩子，一下一下动人心弦。

他好像随便说点什么，都能让人不由自主地陷进去，哪怕弃械投降，哪怕一无所有。

但林枝春压下心底因他所说的话而起的暗潮，白皙的面容恢复了镇定，纤细的右手报复性地在他腰上掐了一把。

“胡说什么，谁要占你便宜？”

旋即，林枝春听见了“嘶”的一声。

是陆在野在倒吸冷气。

她下手很重吗？

林枝春眉心微微皱起，赶忙往前凑了凑：“很痛吗，不好意思，我——”

话还没说完就被少年散漫的腔调打断，低低徐徐的笑声自陆在野唇边溢出：“林枝春你怎么这么好骗啊。”

“你……”

林枝春彻底放弃和他交流。

转了个弯后，陆在野驶入笔直的柏油马路。

黑白相间的大道宽敞地延向远方，延向好似没有尽头的天际。

尽管林枝春没说出口，可他轻易就猜到了她要说的话。

小姑娘怕是被逗急了，平日里连句重话都没说过，陆在野眼尾上扬，轻微的笑意蔓延至眼角眉梢。

燥热风声里，林枝春听见他说：“是我小人之心，是我无赖，原谅我行不行？”

语调散漫得不像话，仿佛永远也没个正形，可若是细究，就会发现其实每个字都把握在分寸之内。

林枝春下意识地点了点头，又轻声重复道：“你就是挺无赖的。”

陆在野赞同地跟着“嗯”了声，可尾音还没收回来，就听见轻轻软软的声音继续说道：“但是除了这一点，其他都很好。”

这是实话，她说这话时眉眼弯弯，似新月皎洁。

在夸他？

陆在野颇为矜持地挑了下眉。

心下却想到，既然人都这么说了，那他可就当真了。

利落凌厉的肩颈线条好似在一瞬间松缓下来，眉眼不自觉地消融，陆在野低头嘲了自己句。

还真是没出息，人随口一句话就能高兴得跟什么样似的。

但一想到那张素静脸庞时，他又觉得，没出息怎么了。

还不许人没出息啊。

后座，林枝春鼓足勇气开口："陆在野，很多人喜欢你。"

"嗯？"

她这话一出，陆在野的第一反应是以为她要表白，他还花了三秒时间考虑自己要怎么回复。

"但你没必要觉得这是一种负担，也不必为她们的喜欢而苛求自己。"林枝春继续说道。

陆在野皱了下眉，觉得她这话有些不对劲。

不是要表白，说这些干什么？

"张婷婷退学错不在你，也跟你没有关系。"

听到这陡然转换的话题，陆在野敛了眉，握着把手的左手松了松，将速度减了下来，语气没什么变化，只是语调淡了些："你都知道了？"

林枝春轻轻点了下头。

张婷婷就是那个心理状态出现问题而后退学的女生，也是学校里正传得火热的八卦故事里的女主角。

其实很多人并不关心真相如何，那就没必要为他们的眼光苦恼。

林枝春鼓起勇气道："以后我们一起去看看她吧。"

"好。"

见他答应，林枝春杏状眼睛里露出星星点点的笑意来："陆同学，你除了无赖了点，其实哪儿哪儿都好。"

哪儿哪儿都很好。

傍晚吹来的风，不再带着闷热气息，倒退的绿色植被，天边卧着的各色形状的云，大片大片的熏紫色，绚丽也温柔。

什么都不用去想，就有无边无际的自由迎风奔来。

海市商业街。

林枝春第一次在晚上十一点的时候，看见街道上依旧行人如织的热闹，耳边是不绝于耳的直播喊话声，和夜深即人静的小小淞城很不一样。

像是有只手，一下就将她拽入另一个光怪陆离的世界。

明明最怕陌生的人与环境，可她此刻心里一点人生地不熟的紧张情绪也没有。

“困不困？”陆在野食指转着钥匙圈，嘴里嚼了颗水果糖，抄着兜朝她走了过来。

不等林枝春回答，他疏冷的视线兀自扫过她的脸，瞥见圆瞪着的杏眼时，嘴角勾了勾，评价道：“还挺精神。”

林枝春确实不困，因此附和着点了点头。

昼夜温差大，加之晚上天气有些凉，她在车上的时候便换上了件薄款卫衣，点头的瞬间，动作幅度有些大，兜帽随着脑袋一起往下磕了两下，像动画片里的可爱小熊。

头顶顿时传来声轻笑，没什么恶意，疏疏朗朗似明月清风。

她没能看见陆在野俯身靠近，却敏锐地闻到少年身上独一份的柑橘味儿，若有似无地萦绕在周身。

下一秒，被遮挡住的有限视野里，突然出现了只骨节分明的手，松松挑开了她的帽子。

林枝春整张脸得以露出来，只是原先用来绑头发的发圈不知丢到哪里去了，她一仰头，极具凌乱美感的发丝就随风飘了起来。

很少看见林枝春这个样子。

或许还是第一次，陆在野瞧见她披散着长发，不施脂粉的素净眉眼，在 LED 灯的照耀下光华毕现。

“你刚刚说什么？”林枝春的脸渐渐从绯红恢复成瓷白的颜色，想起陆在野方才似乎说了句什么，她下意识地好奇问道。

陆在野扬了下眉，不着调的话张口就来，语气散漫：“我说，小林老师怎么这么好看。”

“那你还是别说了吧……”

“不爱听？”

林枝春抿着唇，脸上看不出任何羞恼的表情，她视线一点点上移，移至陆在野的脸上，倏而认真道：“不是，是我不大习惯。”

她很少接受过别人关于她外貌的赞美。

从小就没有。

苏明惠女士照顾她的时候，连她每每拿回家的奖状也不多看一眼，只会说："行吧，放那儿。"

她也曾经不解过，小心翼翼地期盼过："妈妈，老师说这次我的分数是最高的。"

幼小的林枝春曾竭力压抑住自己的骄傲自得，尽可能的云淡风轻，就是想让妈妈夸自己一句，一句就好。

可苏女士只是不耐烦地朝她挥了挥手："不要得意忘形了，这次是第一下次就要保持，卷子都做完了吗？"

没有，卷子是永远也做不完的。

林枝春匮乏的童年里，竟然寻不出一句像样的夸奖来，遑论关于外貌的评价。

渐渐长大后，她愈加内敛，也不愿多与人交流，就像是一株还未盛开的山茶花，被晚来风雨打落。

"很少有人这么说，所以我不习惯。"林枝春低低解释了句，解释着解释着就不由自主地垂下了头。

陆在野不疾不徐地开口，嗓音似在黑夜里浸润过，冷淡意味平白消减了些："那你喜欢吗？"

喜欢吗？

五光十色的广告牌下，林枝春抬眼瞧见少年线条明晰的下颌，再往上，是所有意气风发尽归于一处的丹凤眼。

鬼使神差地，她点了点头。

"喜欢就行了。"

林枝春听见陆在野混不在意地开口，话中不无道理："喜欢才是最重要的，不习惯肯定是听少了，那你每天听，不就习惯了吗？"

"每天？"

"就每天。"

陆在野重复道："我每天夸你行不行？"

林枝春怔住，正想说我不是这个意思，陆在野已经夸上了，比方才那句"你怎么那么好看啊"要夸张得多。

她赶忙踮脚想要捂上他的嘴，却在捂上的那一刻，跌进了一双漆黑锐利的眼里。

陆在野的眼睛生得很好看，狭长的眼型透着股不好糊弄的聪明劲，稍稍内翘的丹凤眼比女生还要精致。

可因他眉间冷淡，丝毫不显女气，反倒与冷白的肤色相得益彰。

林枝春的手堪堪停在距他唇上一寸的位置，连呼吸间的热气都能感受得到。

下半张脸被遮挡住时，那双眼的存在感就格外强烈起来。

特别是她在里面寻见了自己的倒影。

强忍住快要撞上胸口的心跳声，林枝春想将手收回来，可才一动作，手腕就被人轻而易举地捉住。

她惊呼出声："你——"

"我怎么？"

陆在野捉着她手腕将她提拉到一旁，先发制人地反问："不是你先把手放过来的吗？"

"要不要去看烟花？"晚风徐徐吹过的夜里，他看着她的眼睛问了句。

海市夜晚的烟花很有名，每年的特定节日江面上空都会升起一轮又一轮的绚烂，围观的人自然也很多。

林枝春只听过，却从来没有亲眼见过。

她悄然间心动，却还是犹豫着问了句："现在这个时候有吗？"

"我说有就有。"

陆在野浑不在意地点了点头，领着她就往江边走去。

那时林枝春没细想他这句笃定无比的话，还以为他来时做了攻略，知道这个时候会有固定的烟火表演。

后来才知道，不要钱似的放出的漫天烟花，是他提前做好的安排。

他说有就有。

林枝春想什么时候看就什么时候看。

因为烟花就是为她一个人放的。

凌晨十二点的时候，万籁俱寂。

辽阔的江面上空，"砰砰"升起了不计其数的烟花，似璀璨星火从夜幕坠落，似流星划过每一个有幸见过的人的心里。

平日里神色无波无澜的林枝春，在瞥见这么绚丽的夜景时，也不禁弯起了嘴角。

她屏着呼吸，小声夸赞了一句："真好看。"

林枝春下意识回头，想找人分享，却看见陆在野不知从哪里弄来了相机，此刻正低着头，像是在查看怎么。

“你刚刚也拍了烟花吗？”

“没。”

似乎是拍到了满意的照片，陆在野抬起头，朝她晃了晃手中的相机：“烟花拍不拍其实无所谓。”

很久之后的某天，等照片洗出来，林枝春才知道薄薄相纸上定格的，是她望向夜空的侧脸，她嘴角的那点笑意，被抓拍，被小心留存，从瞬间变成了永恒。

好看的从来就不只是烟花。

第十七章 许个愿

第二天，林枝春迷迷糊糊地从床上醒来，摸出手机一看才发现已经是上午十点，她很少有睡到这么晚的时候。

她无意识地往左侧瞥去，看见厚重的窗帘层层落下，透不进哪怕一丝的日光。

昨晚至今早发生的一切像极了一场大梦。

梦里有裹挟着立夏热意吹来的晚风，有随风扬起的衣诀，漆黑浓烈的夜幕下，烟花耀眼绚烂，身旁的少年也是。

循规蹈矩如她，竟也生出不愿醒来的念头。

洗漱过后，林枝春去找陆在野，隔壁的房门半掩着，她轻推门进去，身后反倒传来脚步声。

闻声回头，眼前的脸与梦中的少年重叠，她后知后觉地问了句：“我们等下就回去吗？”

陆在野斜靠在门上，面上淡淡的，瞧不出什么特别的情绪：“你想回去吗？”

他充分尊重林枝春的意见，只是疏冷的嗓音不疾不徐地抛出了个新的钩子：“蝉鸣山那边不去看一下？”

蝉鸣山是海市特别著名的旅游景点，在网上甚至流传着“不去蝉鸣山等于没去过海市”的说法。

林枝春心头隐隐动摇。

“今天是周六，来得及。”陆在野状似无意地又添补了句。

他们可以去蝉鸣山参观，从山上下来后直接回淞城，半个小时的车程足够让林枝春在晚饭之前回家。

林枝春抿着唇，下定决心似的点了点头：“那我们速去速回？”

陆在野好笑地朝她瞥过一眼，无可无不可地说着话：“随你。”

他们之间，选择权不是从来都在她手上吗？

…………

抵达蝉鸣山后，陆在野抄着兜慢悠悠地走在林枝春后面，偶尔问林枝春几句“喝不喝水”“饿吗”之类的话。

他大多时候一言不发，周身的冷淡气场分外明显，可饶是这样，还是有不少明里暗里往他身上瞟的眼神，多是周末来此游玩的年轻女性。

等到了蝉鸣山最负盛名的许愿树附近的时候，林枝春刚想问问陆在野要不要许个愿，结果一回头就看见他被一个红裙女生围着搭讪。

林枝春张开的嘴又倏而合上。

红裙女生十分热情，灿烂的笑容堆了满脸：“帅哥你是一个人过来玩的吗？”

陆在野连头都没抬，骨节分明的手指兀自在手机屏幕上飞快地移动：“不是。”

女生随口“哦”了声后，径直说道：“帅哥你是第一次来吧，要不要和我们一起，加个微信什么的也方便交流。”

林枝春想走过去，又觉得自己此时过去有些过于刻意了。

而且，陆在野被人搭讪，她凭什么阻止？

像他这样的人，无论出现在哪儿都是引人注目的存在。

被搭讪要微信是再正常不过的事情了，而且，他拒绝又或是答应，都跟她没有关系。

林枝春抿着唇站在原地，最终还是没能挪开脚。唯独心脏那块，仿佛乍然间裂开了条缝隙，凉风飕飕地灌了进去。

那边，低垂着头的陆在野终于抬起眼来，淡淡的视线在面前这个红裙女生的身上扫过。也因此，女生得以看清他清俊的眉眼。

陆在野那极具少年气的英挺面容简直就是“神挡杀神，佛挡杀佛”。

简而言之，就是所向披靡从无败绩。

红裙女生连呼吸都刻意地屏住，眼睛一眨不眨地瞧着陆在野。

且见他抬头，以为自己也不是没有可能要到联系方式，于是笑意盈盈地又问了遍："可以吗，加个微信吧。"

"你不如去问问她？"陆在野懒洋洋地回了句，下巴朝不远处站着的林枝春点了点。

红裙女生一下愣住，下意识地看向他所指的方向，瞧清楚林枝春的脸后，又听见耳边传来句戏谑，轻描淡写的腔调似是无意补充道："她已经够好看了。"

这话的言外之意有些绕，但女生敏锐感知到了他背后的意思，不外乎就是"你觉得这个微信还有必要加吗"。

似是而非的三言两语直接让女生落荒而逃。

望着她的背影，陆在野一挑嘴角，步伐轻慢地走到林枝春面前。

他轻轻"啧"了声，不满地问："你站这儿干什么，就这么眼睁睁地看着我被人拐走啊？

"太没良心了吧，好歹相识一场。"

陆在野长吁短叹，一点也看不出方才面对红裙女生时"杀伐果断"的模样。

林枝春缓缓抬头，先前心里的那股涩意消失得无影无踪，不起眼的愉悦自角落里升腾而起。

她想说些什么，但最后还是咽了回去，只慢吞吞地说了句："你刚刚，拿我当挡箭牌？"

"不愿意？"

林枝春摇了摇头。

不是不愿意，是觉得他似乎有些过于熟练了。

下午一点，蝉鸣山上不见什么人影，大多数游客下山去吃午饭了，郁郁葱葱的山林里，太阳漏进的金光下，停泊着两个影子。

林枝春站在挂满木牌的百年老树下，仰着脸望向树顶，目光里隐约带着虔诚。

陆在野也跟在她身后站着。

他自然是不信这些的，敛尽锋芒地站在这儿，只不过是因为林枝春一句话"你许个愿，很灵的"。

小姑娘都这么说了，那就许呗。

并不大刺眼的阳光下，陆在野懒懒地掀了掀眼皮，视线里，林枝春在木牌上写了些什么，然后很认真地挂了上去。

风起，树摇。

女孩仰起头，半张脸沐浴在融融日光下，美好得不像话。

忽然，强烈的念头自陆在野心中升起。

他还真有个愿望，那就是，不论她许的什么愿望，哪怕千难万阻，他也想帮她实现。

下山的路上，林枝春接过矿泉水喝了一口，水还没咽下去，就听见耳畔响起道状似漫不经心的嗓音。

陆在野状似无意地问了句："许了什么愿，说说看。"

林枝春："许的愿说出来就不灵了！"

"不灵的话，"陆在野挑了下眉，"我帮你实现。"

林枝春还是没说，只嘴角漫出一丝笑意："陆同学这么无所不能的吗，连愿望也能帮人实现？"

陆在野谦逊道："无所不能谈不上，"正当林枝春以为他改了肆意性子时，下一秒又听见他说了句，"但罩你还是绰绰有余。"

——无所不能谈不上，但罩你还是绰绰有余。

林枝春愣愣地看着他，忽然有些不明白为什么这个人随口说出的一句话都能精准地敲击在她的心上。

她听见心跳声一下一下，壮烈如擂鼓。

林枝春蓦地想起下山前，她曾亲手写下的字。

是关于陆在野的。

她写的是，想永远一回头就是他。

这一次，林枝春贪心地用上了"永远"这个词，她希望如果上天真的有灵，就让这个愿望实现。

"怎么不说话，不信？"

陆在野见她怔在原地，屈指轻轻敲了下她的额头："我什么时候骗过你？"

"我信，"林枝春仰头，纯澈的杏眼里落满细碎的金光，"我一直都信的。"

命运反复无常，可总有人心怀美好。

她向神灵许愿，祝少年一生坦途，不必回头看。

下了蝉鸣山，林枝春被陆在野领着去了高铁站，海市到淞城只需要二十分钟不到的时间，确实还挺方便的。

进站后，陆在野去买票，顺手取走了她的身份证，少年人高腿长，几步挤进高铁站汹涌的人潮里。

林枝春站在原地，等得有些无聊，漫无目的地往周围望了圈后又收回视线，随手从兜里掏出手机。

才一开机，冒着红点的短信就倏地冒了出来，发信人陆在野。

她眉心跳了跳，再扫了眼短信时间后，才发现是他们还在蝉鸣山上的时候，再具体一点，应该是在陆在野被那红裙女生搭讪的时候。

林枝春脑海里忽地闪过陆在野指尖飞快在手机屏幕上敲击的模样。

他那个时候是在给她发信息？

身旁人来人往，脚步声与交谈声入耳，林枝春恍若什么也没能听见似的，颤抖着手点开聊天框。

她很好奇他当时都给她发了什么。

陆在野：给林小朋友的每日一夸或许会迟到，但绝不缺席。

哦，陆在野确实说过以后每天都夸她。

她当时以为这只是一句玩笑话。

陆在野：不知道该怎么夸，善良，大方，漂亮，可爱？

陆在野：好像所有可以形容美好的词放在她身上都不为过，那就在前面再加个“最”吧。

林枝春慢慢垂下手，手机屏幕的光随着她的动作缓缓熄灭。

说不清道不明的暖流在四肢百骸里横冲直撞，她很难想象那个跩得仿佛谁都不放在眼里的轻狂少年，到底是怎么打出这样几句话来的。

未免也太温柔了。

林枝春将手机装回兜里，一眨不眨地望着高铁站里头的巨幅广告牌。

陆在野一回来看到的就是她这么一副心不在焉的模样。

他低垂着眼，手指轻轻拨弄了下她的头发：“不开心？”

林枝春倏而抬眼，眼神里的涣散在看到他人后重聚了起来。她小声说道：“我看到你给我发的信息了。”

她不知道该怎么表达，近乎笨拙地表述："我很开心。"

你给我发的那些话，我看了很开心。

除了林建国同志，几乎没有人会把她当成一个孩子来夸，仿佛过往十几年心口破的那个洞，就这么无声无息地被人给补上了。

"笨蛋。"

陆在野的手虚虚揽在林枝春身前，分寸感极好地环抱着她，将进站的拥挤人潮同她隔离开来。

他低低嗤了声："要的就是你开心。"

高铁在淞城西站停了下来。

林枝春望着熟悉的建筑，好一会儿才回过神来，过去两天的记忆并不是梦，只是她现在确实也应该回到这现实来。

只要还没高考，日复一日的学习就不会停止，成绩于人的压迫就不会消失。

这些她都懂，也做好了准备。

只是她万万没想到会在家门口看见苏明惠女士。

林枝春脚步顿在巷子转角处，一下就将自己身后的陆在野给摁了回去。

在苏明惠女士的视线即将移过来的时候，她率先喊了声"妈"。

苏明惠女士皱着眉头，踩着高跟鞋往前走了两步："听你们余老师说，你这次缺考了一门。"

还真是"好事不出门，坏事传千里"，这种小事竟然也能让苏女士给知道了。

林枝春没否认，点了点头。

"你这次缺考是不是跟你那新同桌有关？"苏明惠女士对她这副淡然态度很不满意，重重开口问道，又想起什么似的，从记忆里挑出个名字，"叫什么陆在野是不是？"

林枝春猛然抬眼："跟他无关。"

夕阳的余晖均匀地洒在布满青苔的石板路上，林枝春挺直着脊背，不见丝毫的退让之意。

一句"跟他无关"说得利落又干脆。

她从没有哪一刻像现在这样，希望苏明惠女士不要再说下去了。

作为女儿，林枝春太了解苏女士，对于不认同的人或事，话可以说得多么难听。

另一边，隔着个转角路口，陆在野斜靠在长着绿油油爬山虎的院墙上。

他仍然保持着那个被林枝春一把摁在墙上藏好的姿势，半边侧脸隐在暗处，瞧不出什么情绪来。

只有在听见林枝春的声音的时候，他微微睁开了半合着的眼。

她说跟他无关，是在护着他？

但怎么可能跟他无关。

陆在野稍稍偏了偏头，天生反骨的凌厉轮廓在傍晚的暧昧光线下暴露无遗。

他目光淡漠地朝不远处瞥了一眼，纤长的睫毛在眼睑处打落一片阴影。

晚风徐徐吹来，带过女生轻软却又坚定的嗓音："您要是没什么事，今天就先回去吧。"

陆在野嘴角勾起，似在自嘲。

被人护着的感觉很好。

可他还没到要让小姑娘挡在自己前面，替自己掰扯干净的地步。

说实话，林枝春如今不太想和苏明惠女士有太多的交集。

在她心里，苏女士那次家长会的缺席就已经断送了她们之间仅存的那一点母女情分。

既然那次没有出席，以后也都没有出席的必要了。

"这难道是你跟妈妈说话的态度？"

可苏女士却不知道是被刺激到了哪根神经，好好的温柔知性的贵妇人派头也不顾了："考试缺席，现在是连我的话也不听了吗？"

林枝春还没来得及说话，就听见她继续说道："是不是因为那个男同学？你不要以为我什么都不知道，学校里都在传他以前就害得女生退学的事，我已经听圆圆说过了。

"你现在是怎么回事？跟这样的人混在一起，他人品有多差你不知道吗？你觉得你对得起谁，我还是你父亲？"

苏女士语速并不快，每个字都咬得特别清楚，万箭穿心般一下又一下地戳在了林枝春的心上。

林枝春缓缓抬头，眼中闪过不敢置信的情绪，密密麻麻的痛感自心脏处蔓延开来，像个溺水的人抓不住最后一根逃生的绳子。

正因为血脉相连，所以由苏女士说出口的话才更让人难过。

也不知道过了多久，林枝春才听见自己的声音，强撑着说道："您为什么总是喜欢不去了解，然后就妄加评论一个人呢？

“他不是这样的人，也没有品行不正。”

林枝春忍着泪意：“您说我就好，何必扯上别人？”

从小到大都是这样，苏女士总是喜欢将自己的想法强行安在她身上。

她也从不敢反驳什么，以为只要自己乖乖听话，苏女士就能对自己多笑一笑。

久而久之，沉默成了一种习惯。

林枝春原以为自己这一辈子都可能会在苏女士面前沉默下去。

可是此时此刻，她发现自己做不到。

做不到任由陆在野被泼脏水而无动于衷。

林枝春抬起头，眼神决绝地望着苏女士：“他明明就不是您说的那样，那些话请您收回去。”

“你就这么护着一个男同学，为了护着他宁愿跟我顶嘴？”苏女士却愈加失望起来，连声音也尖锐了几分，“你是不是对人家有了好感？这个年纪不好好读书，把心思花在正途上，你迟早会后悔……”

“林枝春——”

苏女士正喋喋不休的时候，旁边忽地插进了道懒洋洋的声音。

陆在野倏地从转角处走了出来，手插在裤兜口袋里，眼皮散漫地掀了掀，恍若只能瞧见林枝春一个人似的，散漫地走了过来。

看上去特别不正经。

和他平常那股漠然清绝的气场很不一样。

林枝春愣愣地看着他，眼角噙着的泪花忽地滚落了下来，张了张嘴却没能说出话来。

苏明惠女士则一脸狐疑地盯着这个不知道从哪儿冒出来的清俊少年。

“怎么哭了呀？”

陆在野狭长的眼尾上扬，实打实地心疼了下。

但他很快将这抹神色掩去，吊儿郎当地说：“明天出去玩吗？”

“什、什么……”

林枝春有点没反应过来，不懂为什么自己明明叫他不要出来，他还是现身了，也不懂他为什么突然开始说这种似是而非的话。

她怔在原地，泪水洗过的杏眼里干净得一塌糊涂，琉璃般易碎。

陆在野心下一软，可还是忍着心中已然发麻的情愫，挑出一个浑不懔的笑容继续说道：“别不说话呀，上次不是已经拒绝过我一次了吗？”

他倏而凑近，漆黑的眼里锐利依旧，可脸上笑意暧昧：“这次怎么着也得给个面子吧。”

陆在野现在这副样子像极了不好好读书，成日就只知道拈花惹草的“坏学生”。

空有一副皮囊，可底子指不定有多恶劣。

苏明惠女士在短短几秒钟内就得出结论。

现在她丝毫不怀疑自己惯来乖巧懂事的女儿会和这个品行不端的“坏学生”有什么牵扯。

就是有，也肯定是陆在野一直在招惹自己的女儿，而林枝春……

听方才陆在野说的那些话，苏女士至少知道了自己的女儿还没有答应过他。

“你就是陆在野吧，我是枝春的妈妈。”苏女士暗地里松了口气，转而敛起方才的那些个刻薄劲，细眉一挑，“我认为你们这个年纪，还是要把心思放在学习上。”

她上下打量了陆在野一眼，继续说道：“当然，你怎么样我是管不着的，但我希望你还是不要来找我们家枝春了。”

苏女士眼神里是明摆着的嫌恶。

“妈！”林枝春忍无可忍，脖颈间的瓷白皮肤红了一大片。

可正当她想开口说点什么的时候，陆在野抢在她前面，慢悠悠又无所谓般地开了口：“这样啊，苏阿姨。”

林枝春瞧见，陆在野点了两下头，肆意的眉眼像烟花一样在空中炸开：“不来就不来呗，那我先走了。”

说完，少年轻一步浅一步地转过身去，他两只手从头到尾就没从裤子口袋里抽出来过，连背影都显出副玩世不恭的随性。

不过须臾，那个高瘦挺拔的背影消失在转角处。

夕阳的最后一丝余晖也随着他的离去，一点一点地坠入西边的地平线下。

林枝春站在原地，心里却像是有什么被抽空了似的，大片的虚无涌上心头，只剩下层层叠叠而又无法言喻的难过。

耳畔絮叨声未曾停。

“这次可能是妈妈误会你了，但我说了这个陆在野不是什么好人。

“你看，他那个吊儿郎当的样子，像话吗？”

苏明惠女士大发慈悲，从指甲缝里流露出那么一点宽容：“这次考试缺考的事情，我也就不追究了，但你也不准再去搭理那个陆在野。

“最好和你们余老师说一下，换个位置，免得被他影响了。”

苏女士翻了个白眼，又缓声说道：“我这也都是为你好，等你长大了就知道感谢妈妈了……”

“感谢什么？”半晌没说话的林枝春忽然转过头，一眨不眨地往苏女士脸上看，“您刚刚说，我对不起我爸？”

她扯出个讽刺的笑容，开始自揭伤疤：“您说，我们之间到底是谁更对不起我爸？”

明明林建国同志去世不足一年就再婚的是她，结婚后没回这个家看过一次的也是她……

怎么这个时候开始谈起一个母亲的责任感，摆出一副说教的态度？

“我爸从来只希望我快快乐乐地长大，您能不能不要再提他？”

林枝春从苏女士身上错开眼，抿着唇不再言语，转而望向从出生起就熟悉的一切。

夏天时候，巷口会有卖西瓜的推车经过，大路灯在门前的桂树旁驻扎了十余年，脚下的青砖石板路布满了岁月痕迹。

苏女士迫不及待离开的一切，她都很喜欢很喜欢。

如今又多了个人，带着他截然不同的一切，生生闯进她生活里。

林枝春一言不发地坐在院口的台阶上，仰着脸尽力不让眼泪掉出来，连苏女士什么时候走的也不知道。

只觉得眼前的景色越来越模糊，她将手背放在脸上，触碰到了温热的液体。

想擦，却发现越擦越多，怎么都擦不掉。

林枝春无力地垂下手，神色厌厌，任由无边无际的黑暗一点一点地吞没自己。

却在恍惚间，察觉到一只修长有力的手在自己脸上擦抹。

洁白的纸巾将泪水全然擦拭干净，力道温柔，隐隐含着怜惜。

林枝春红着眼眶望过去，还不等看清那张熟悉的清隽面容，眼泪就又掉了下来。

“别哭。”

疏冷的嗓音响在耳畔，温热的呼吸喷洒在颈间，没来由地就让林枝春有种真实感。

他在，他还在。

这让林枝春意识到，她的委屈，她的不平全都不用藏。

她颤抖着声音哽咽道："你刚刚为什么要走？我真的……真的很难过……"

陆在野心脏的一角像是陷了下去，没来由地疼起来，看着她眼角处蜿蜒不断的泪水，一个劲地说着"对不起"。

其实他压根儿就没离开，在转角处一站就是半个钟头，等苏女士彻底离开才敢再次现身。

蝉鸣声四起的初夏夜，少年敛着眉目，将曾经的冷意与锋利尽数掩藏，低着声音哄道："以后你说怎么样就怎么样，行不行？"

"不准再离开。"

陆在野点着头答应她。

他实在看不得她掉眼泪，她一哭，他所有的底线与原则就在顷刻间溃不成军。

他耐着性子又说了遍，嗓音低哑也温柔："再哭眼睛会肿，不哭了。"

好一会儿，林枝春的抽噎声才止住。

她其实也不是不明白陆在野那么做的用意，或者说根本不难揣测，陆在野想把她干干净净地摘出去。

所有的不好听的话与空穴来风的脏水，他一并承担。

但她舍不得。

第十八章 春日里

远处天空昏暗暗的一片，依稀见几颗星子闪烁，路灯昏黄的光线洒下来，恍若又回到了第一次见面的那个傍晚。

林枝春回过神来，忽然闷闷地问了句：“你一直都是这样吗？”

“什么样？”陆在野挑着眉，有些不明所以。

只是见林枝春情绪松弛，说话的时候也不再哽咽，他悬着的一颗心放了下来，就着天边一抹弦月，陪她聊天。

见她犹豫，他直接开口道：“你想说什么问什么，都可以。”

林枝春不确定地抬眼瞧他，一不留神就撞进他琥珀色的瞳孔里：“真的什么都可以？”

“关于我的一切都可以。”陆在野在林枝春面前蹲下身，疏冷的眉眼一点一点融化。

他左手搭在膝盖上，以仰视的姿势虔诚地跟她对视，虔诚至极，像是在望着自己的神明。

尽管他这人从来就不信神佛。

林枝春看见他嘴角挑起一个好看的弧度，紧接着耳畔响起句低缓的呓语：“只要你想知道。”

只要你想知道，没有什么是我不能告诉你的。

他一字一句说得明明白白。

林枝春却忽然不想问了，只是在对上陆在野的眼睛时，轻轻说道："张婷婷退学那件事跟你一点关系都没有，今天我妈撞到我俩，其实你也可以不用绕那么大一个圈子的。"

可是他偏不，看着什么都不在乎，却又总是将事情揽在自己身上。

但为什么什么都不说，为什么要一个人面对所有？

林枝春知道流言那把锋利的刃剑，能一刀一刀地将人刮得鲜血淋漓，正因为知道，才格外感同身受，也格外心疼他。

陆在野轻轻揉着她的头发，低了下头对上她的眼睛，果不其然在她眼角处又看见了晶莹的泪水。

"别哭啊，怎么又哭了？

"哭什么，这不都过去了。"

他开始插科打诨，清越的少年声线在夜凉如水的晚上格外明显："没这件事我怎么转学，不转学我怎么来淞城碰到你？

"好运气都在后头，不哭了行不行？"

陆在野的指腹在林枝春白皙的脸上摩挲着，将泪水擦拭干净。

少年指尖的温度倏地传到林枝春烧红的耳尖上，她强忍着泪意重重点了点头。

"你觉得我今天做的和处理那件事情上面没什么区别？"

林枝春泪眼蒙眬间，头顶忽然响起陆在野的问话声。

她不解地望向他。

然后就听见他低低笑出声来："我说不一样你信吗？不去争辩是因为我觉得她因病退学已经够惨了，我没有落井下石的习惯。"

陆在野慢悠悠地说："可我为什么对你好，你心里不清楚？"

他狭长的丹凤眼里头噙着笑意，打趣似的说道："还是我对你不够好，让你没能感觉到？"

"没，你对我真的很好。"

陆在野大言不惭地"嗯"了声，点了下头，瞥见她泛红的耳垂，还凑过去低声说了句："也是，就差将心剖开给你看了，哪天想看，提前跟我说一声，嗯？"

被他这么一闹，林枝春心里头那些百味杂陈的情绪散了个干净，连泪水也自动止住了，笑骂了句："你怎么这么厚脸皮。"

陆在野斜觑她一眼，见她眼角终于不再有新的泪痕出现，兀自松了一口气。

他又调侃道：“厚吗？要不你摸下试试？”

蝉鸣声渐歇，少年的嗓音格外有辨识度。

抱膝而坐的林枝春听得一清二楚，她埋着半张脸，小声又坚定地说了句：“不摸。”

周一，林枝春正常去学校上课。

联考的成绩自然已经出来了，虽然缺考了一门，但她其他几门的成绩仍然是名列前茅的。

除了老余例行公事般把她叫到办公室聊了下这次的成绩，一切都很平静，和往日并没有太大差别。

最重要的是，她一回教室，就看见身旁的座位坐了个熟悉的人影，陆在野回来上课了。

林枝春掩下眉间悦然神色，轻声问了句：“你不再在家里多待几天吗？”

“怕有人看不见我难过。”陆在野手里拿着张卷子，随口说了句。

“你好好说话！”

陆在野漫不经心地“嗯”了声，张口就来地敷衍道：“是我太想学校，太想坐在教室里学习，所以刻不容缓地回来了。”

林枝春沉默半晌，才接着说了句：“如果真的是因为我的话，你其实可以在家里再待几天的。”

她其实也觉得等再过一段时间，闲言碎语少些了，这场风波渐渐平息的时候，他再回来会更好。

“别把我想得那么脆弱。”像是看出了林枝春的想法，陆在野放下卷子，单手撑在课桌上，“真没事。”

他不是在意流言蜚语的人，别人的话对他根本不重要。

再说，她不是还站在他身边？

这就够了。

中午吃饭的点，林枝春径直出了教室。

陆在野从课桌上抬起头，看见的就是她这么个稍显匆忙的背影。

他眉头微皱，坐在座位上有一搭没一搭地把玩着手中的笔，想等她回来一起去吃饭。

“陆哥，你没事吧？”

身侧忽地传来王敢的声音。王敢摸着后脑勺站在教室后面，显得有几分局促。

陆在野心不在焉地“嗯”了声，随口问了句：“怎么不去吃饭？”

“待会儿就去。”

王敢犹豫了会儿，最终还是鼓起勇气说道：“陆哥真对不起，空间里那些爆料传出来的时候，我居然怀疑过你，我真不是个东西，你平时对我这么好，我居然……”

“行了，别骂自己。”陆在野懒洋洋地抬了抬手，“有话就说。”

“是我误会你了，那些流言都是假的，我就知道，陆哥你怎么可能是那种人。”王敢接着说道。

陆在野眯起眼，嗓音沉沉：“什么意思，你都知道什么？”

“就……就空间里的那些东西都是假的啊，发消息的人已经删掉并澄清了……”

澄清？

王敢后来还说了些什么，陆在野没有再听，心上重重一晃，他抓着手机就出了教室。

他不知道发布假消息的人出于何种原因突然澄清，但他知道天上从来没有免费的馅饼掉，一定是有人替他做了什么。

很巧，没跑多远，陆在野就在教学楼的前坪遇见了才回来的林枝春。

他悬着的心倏地放下，像是终于找到了归途。

女生校服规整，乖乖站在立了很多年的孔子像前，对他露出一个浅笑：“你怎么出来了？”

见他不说话，林枝春自顾自地指着孔子像说道：“你知道我们学校的孔子像特别灵吗？每回一考试就有好多人拿吃的摆在这儿供奉。

“上次联考，我放了两罐旺仔。”

陆在野声音涩然，明知故问：“为什么是两罐？”

“另一罐为你放的。”林枝春眉眼弯弯，冲他笑道，“我也想为你做点什么。”

“所以你去找人删了那些谣言？”

陆在野眼皮掀起，平日里的散漫消失不见，漆黑的眼里闪着不明显的触动，却又仍是说道：“我不在意那些的。”

“我在意。”

林枝春走上前，一眨不眨地与他对视：“你都说了是谣言，那凭什么让谣言继续泛滥？”

后来陆在野才知道，空间里那些个谣言不仅被删了个一干二净，淞城一中内部群里还不断有人出来替他说话。

比如王敢，比如那个篮球队队长，比如五班的所有同学……

他们被人组织到一起，你一句我一句地在校园墙上说着关于陆在野最真实的看法。

旧日伤疤被人覆以温柔，他在林枝春的眼里得见微光。

良久后，陆在野喉结微滚，低声问了句：“对我这么好，不怕我讹上你？”

林枝春摇了摇头。

“那你讹吧，多久都可以。”她说。

过了立夏，六月就如火如荼地来了，刺眼的金光洒满淞城一中的每一处角落。

卷子的陡然增多是五班同学感受最深的一点，讲台上的老余还在喋喋不休：“都不要松懈，过了这个学期，你们就是新的一批高三学生了，一定一定要奋战到最后一刻。

“同学们，打起精神来啊！”

林枝春坐在后排翻阅着前两天考试的卷子，模样认真神情专注，仿佛眼里就只有学习。

倏然间，绑起来的马尾忽然被人轻扯了下。

她随着惯性往后仰，但目光仍然还是落在用红笔标注好的错题上。

连头也没回一个。

站在她身后的陆在野故意叹了一口气：“这是‘只闻卷子笑，不闻旧人哭’啊。”

林枝春正好梳理完最后一道大题，蓦地转过头来，笑了一声：“陆同学你有说这话的时间，不如去多背几首古诗，考试的时候把语文默写给做出来。”

他回校后的几次考试，都是稳定发挥，数学成绩和英语成绩一骑绝尘，甚至能压林枝春一头，只有需要大量笔墨的语文和文综，成绩平平无奇。

考试过后，林枝春检查了下他语文和文综的答题卡才知道，他基本只做选择题，问答题就随手写一点上去。

老余问他为什么不写，他没什么表情的脸上摆着三个字“懒得写”。

“你怎么不懒死呢？”老余怒其不争，恨不得考试的时候守在他后边看着他写。

陆在野闲闲一笑，嘴角挑出些弧度：“您别动气啊，多不值当。”

他好像什么都不在意，明明聪明得厉害，却偏喜欢不显山不露水地活着。

好像分数对他来说，够了就行，多了也没必要。

只有林枝春觉得他这种近乎于天才的挥霍实在是过于浪费，认真地劝道：“你下次还是多写点吧。”

“行，小林老师说什么就是什么。”

陆在野无所谓地笑笑，疏冷的线条倏地缓和下来。他将从学生超市买回的冰饮随手扔在林枝春桌上。

虽然开了空调，教室里仍然有些闷，还冒着滋滋冷气的冰可乐简直就像西瓜里最甜的那一口瓤，和夏天最配了。

这边，林枝春还没来得及说话，触觉灵敏得像狗一样的王敢就开始“啧啧”叹气：“这冰饮是单单给我们林妹妹一个人的，还是大家伙都会有呢？”

林枝春伸出去的手一下顿住，“扑哧”笑出声来。

“别理他。”

陆在野淡淡出声，瞧见林枝春烧红的耳垂，骨节明晰漂亮的手将饮料提拉了起来，轻贴在她手背肌肤上：“热吗？”

林枝春低低应了声：“还好。”

她到底还是脸皮薄，不好意思对方才王敢说过的话就这么熟视无睹，试探着问了句：“要不给王敢喝吧，我也不是很热。”

“什么意思？”

陆在野在她身旁坐了下来，存在感十足，明明眼角眉梢带着浅淡笑意，说出来的话却不是那么一回事：“我给你的，你给别人？”

“这就不太厚道了吧小林老师。”

他漆黑的眉挑了挑，大有种林枝春说个“是”，他就绝不会善罢甘休的气势在。

怎么就不厚道了。

林枝春手探了探可乐瓶身模糊的一层水汽，小声地辩驳了句：“我这是出于同学关系和谐的考虑。”

陆在野随口“嗯”了声，虚虚点了个头认同道：“还是我们小林老师有大局观。”

接着，林枝春就听见他转身对王敢说了句：“去跟超市老板说让他送一箱冰饮上来，钱我出。”

因着她一句话，陆在野请全班人喝了饮料。

王敢后来喜气洋洋地对林枝春说道：“林姐，我算是知道什么叫一人得道鸡犬升天了，感谢，特别感谢。”

林枝春默默无言，想说他倒也不用为了瓶冷饮这么形容自己。

时间就在一张又一张的试卷中流逝掉，平静却也充实，就在林枝春以为会一直这样过下去，直到高考结束的时候，日子却像只光滑的釉瓷碗，突地出现丝裂痕。

“林枝春——”

老余把她叫到了办公室。

林枝春一脸茫然：“有什么事吗余老师？”

待会儿就是英语听力广播时间，她急着回去听听力。

老余叹了口气，上下打量了下她，直接开门见山道：“你要不要考虑换个位置，坐到前面来，要是愿意的话，和李舟舟坐也行。”

林枝春脑子忽地白了一瞬，不明白老余为什么突然说出这样的话来。

她沉默着想了会儿，才艰涩着开口问：“是我妈和您说了些什么吗？”

“没有，不是。”

见她提起苏明惠女士，老余也是一愣，立刻否认道：“这事和你妈妈没有关系，是学校那边……”

老余叹了口气才说道：“我们学校对于学生作风问题一向抓得严，最近学校收到了一些关于你的不好的传言。”

“和陆在野有关？”

老余点头。

林枝春沉默了很久。

就在老余以为她不会再开口说话的时候，她轻声问了句：“您和陆在野说过这件事了吗？”

老余一愣，不明白她为什么这么问：“还没有。”

林枝春点了点头，旋即说道："请您给我一点时间，我会给您一个满意的答复的。

"在这之前，您能不能先不要和他说？"

老余点头答应。

林枝春出了办公室，再抬头时，忽然觉得六月的天空好像也没自己看到的这般明媚。

她明明什么都没有做，命运的手就这么迫不及待地要将她好不容易抓住的，从她身边夺走。

回到教室的时候，陆在野正好听完英语听力趴在课桌上，瞧见是她回来了，才抬起眼，朝着桌上的旺仔牛奶懒懒扬了扬下巴："今天的怎么没喝？

"连英语听力也逃，同桌你变了。"

他性子偏冷，却越来越喜欢同她开玩笑。

后来，他离开后的某一天，林枝春清理他的课桌，才发现里边摆着一本心理学方面有关的书籍。

有些貌似没有答案的温柔瞬间就此一点一点地浮出了水面。

那本心理书籍上边有篇关于高三学习压力的见解文章被特意标注过，上面写着"高三学生情绪压力一般比较大，家长可以凭借适度说笑的方式，疏导学生的心理状况"。

林枝春不知道该怎么形容自己看到那段话的心情，像是飞腾的河流尽数涌上心间的壮烈，又像是千里冰封的冻土开出朵小花的颤然。

怎么会有这么好的人？

苏明惠女士都没能给过的关心，他尽数掰碎了双手奉上。

从老余办公室出来后，林枝春有些心不在焉，虽然课照上，卷子也照做。

老余宽限她的时间也就这两天，她必须给出一个合理的解释来，可关于那些所谓的不好的传言，她实在是百口莫辩。

最佳的处理办法的确是像老余所说，调换位置。

可凭什么。

她做错了什么，还是陆在野做错了什么？

他们从来没有越过线，为什么就要被迫分开？且接受这一安排，不就等于坐实了那些传言？

林枝春心下一乱，水笔忽然在空白的习题册上，画出很长的一道。

身旁立即传来关心的声音：“休息一下。”

陆在野皱着眉头看向她，疏冷的目光扫过她的脸：“你从十五分钟前开始，就没写过一个字了。”

他叹了口气，语气有些无奈：“我知道高考很重要，但身体也很重要，不要太累着自己。”

林枝春怔然抬头，面前熟悉的脸猝不及防地闯进她的视线，那清俊的眉眼她看过无数遍，每一遍都能生出怦然。

她听见自己的声音，低低应了声：“好。”

下午自习课，林枝春收起习题卷子，难得地没有在做题。

五班有个美术生叫汤盈盈，这个学期就要去集训了。

汤盈盈趁着自习课的时间，给班上每个人都发了张同学录，让人填写以作纪念。

林枝春桌上也有这个，她望着五彩斑斓的色纸，很认真地写下了寄语。

在汤盈盈回收的时候，她忽然顿了下，问道：“盈盈，你能多给我一张吗？”

教务处办公室，立式空调徐徐吹着冷风，教导主任王有光坐在黑色皮椅上，他面前站着个身形高瘦挺拔的清隽少年。

“陆同学，你来找我？”

王有光双手交叉放在胸前，眼神瞥向陆在野，脑子里的第一个想法竟然是，这小子居然规规整整穿好了校服。

别说，还真有几分好学生的样子。

“我来，是关于学校最近的传言。”

陆在野懒得多费口舌，神情寡淡地瞥了眼墙上张贴的校纪校规：“王主任应该知道得比我更清楚才是。”

王有光掩饰性地咳了声：“这件事情我是交给了你们余老师处理，既然你已经知道了，我就不瞒你了。

“确实有同学跑到我这里来说过这件事，目前事情还没有定论，不过你放心，学校不可能随便冤枉任何一个学生。”

“那证据呢？”陆在野稍稍抬起头，单薄的眼皮掀起，漆黑的眼里瞧不出什么情绪。

随着啪的一声，他在宽敞的办公桌上瞧见了数张清晰的照片，上边他和林枝春的身影离得很近。

虽然不能清楚看出在干什么，但那种无法言说的亲密却呼之欲出。

王有光又说：“你今天既然来找我，那你也可以当面澄清一下，或者给我一个合理的解释。”

“解释？”

陆在野斜靠在墙上，冰冷的墙壁让他的头脑分外清醒，他低垂着头理所当然地重复了遍：“空穴来风的事情要如何解释？”

他说得没错，这件事情并不好解释，只要他们仍旧坐在一起，流言就不会平息，在如此紧张而又重要的高中阶段，谁又经得起这些？

王有光看着陆在野脸上不似作假的神情，犹豫着开口道：“虽然你这么说，但我总归得给学校一个交代……”

“我会转学离开，请您放心。”陆在野打断了他，云淡风轻地说，“本来就是我的原因，就不连累林同学了。”

说完，陆在野走出教务处办公室。

他和王有光约定好，上完这周五的课就正式转学，随着他的离开，流言自然不攻而破。

五班教室，见陆在野倚靠在教室后门处，林枝春笑了下：“你站那儿干什么，怎么不过来？”

闻言，陆在野缓步走回座位，随口胡扯了句：“想多看一看你。”

“坐着不能看，非要站着看？”林枝春已经逐渐习惯于他的不正经，顺口就接话道。

陆在野诧异地一挑眉，平直的嘴角极轻极淡地勾起：“可以啊同桌，心理素质见长啊。”

林枝春无话。

她眼神描摹着陆在野线条流畅干净的侧脸，良久憋出一句：“彼此彼此。”

陆在野在她头顶溢出一声轻笑，单手揉了揉她的头发：“不错，好好保持。”

就算他走了，也要像这样好好地、好好地继续过下去。

林枝春难得没有反驳他，稍稍低垂下头。

光下，宽松的校服衣领处露出一小截白腻脖颈。

原来两个人在一起待久了，真的会越来越像，身上也会有对方的影子。

周五，林枝春敲了敲老余办公室的门：“余老师，我想好了。”

她轻声说道：“我们并不是传言中说的那种关系，但是我愿意配合学校的处理，包括但不限于学校的处分决定，或者是别的什么。

“但是我希望这件事到我这里为止。”

她忐忑地抬头，就听见老余重重叹了口气：“你们这一个两个的，怎么都喜欢把事情往自己身上揽？”

他当了这么多年的班主任，带过的学生数不胜数，什么情况都见过了，但还真是第一次看见这种互相给对方撇清关系的。

大概是老了，老余已经不太懂他们年轻人这种斩不断理还乱的感情，可也不知道为什么，有些于心不忍。

“这事已经跟你没关系了，王主任那边已经做好决定，陆在野会转学离开。”老余将自己才接到的通知如实说了出来。

“什么？”

林枝春怔住，久久反应不过来，涩然着问道：“您是说，陆在野要转学离开？”

老余沉默着点了点头。

“什么时候？”

“估计是现在，他小姨刚给他来办了转学手续……”

老余后面还说了什么，林枝春完全没听进去，她飞奔着跑了出去，受大脑情绪支配一个劲地往校门口跑。

闷热的天气里，午后的太阳翻起层层热浪，可她的心仿佛掉进了重重冰窖里，冒着滋滋寒意。

热风吹起林枝春宽大的校服袖，她瓷白的脸上很快起了一层薄汗。

但她顾不上擦，朝着校门口那个熟悉到极致的身影喊：“陆在野！”

淞城一中的鎏金黑底的招牌下，少年挎着来时背着的单肩包，单手抄兜地站在阴影处，漠然的眼神偶尔扫过校内。

只有在听见呼喊时，他猛地回了头：“你来干什么？”

话音刚落，他整个人就不听使唤地往林枝春跑过来的方向走了过来，眼尾上扬的丹凤眼瞧着她脸上的汗意，掩不住的心疼：“这么热，跑出来干什么？”

林枝春说不出话，只不停地摇着头。

她瞧见面前的少年哑然叹了口气，无奈似的说道：“现在是上课时间，你跑出来干什么，就这么不把自己的前途当回事？”

“你都要走了……你还管这个……”

林枝春话说得断断续续，甚至有些前言不搭后语：“不是说好了，不会离开我的吗？”

但陆在野听明白了。

他抽出纸巾，逾矩地替她擦着汗，惯来泛着冷意的脸上出现了抱歉的神色：“对不起，这次要食言了。”

林枝春望着他，目光一眨不眨，想从他脸上瞧见哪怕一星半点的动摇神色，可是没有。

就像他俩的离别，已经成了不可更改的事情一样。

她又问了遍：“你真的要走？”

陆在野低低“嗯”了声，语气平淡却又透出种不可更改的意味。

林枝春一眨不眨地盯着他看，大颗眼泪忽然就落了下来。

“骗子。”

陆在野给她擦眼泪的手顿了下，但他很快回过神，神情专注地瞧着她：“那你答应我，千万别为了骗子难过。”

千万千万不要。

那个闷热的午后，林枝春亲眼看着他离开，少年身影消失得很快，快得像是一场短暂的梦境。

梦醒，生活还得继续，考试与上课乐此不疲地推着人往前走，卷子与作业将林枝春每一天的时间占满。

她变得比以前更忙，几乎所有的时间都待在教室里，桌上的书永远都是摊开着的。

偶尔李舟舟担心地瞧着她这“近乎于忘我”的态度，小声地提醒她：“枝春，要不你休息休息吧。”

林枝春总是摇头。

因为她真的不知道离了学习还能干什么，离了学习她会不会想起某个已经离开的人。

一晃暑假就这么过去了。

高三刚开学，他们就搬进了新的教学楼。

那天阳光正好，枝繁叶茂的香樟树也挡不住悬着的骄阳，金光透过枝叶缝隙尽情挥洒下来。

照得教室里边亮堂堂的，而林枝春身侧的位置显得格外空落落。

但其实生活也没什么不一样，除了学习还是学习。

唯一不同的是，趁着拼凑出来的半天假期，她独自一人又去了趟蝉鸣山。

那棵见证人间百年沧桑的老树前，她找到了自己当初许愿的木牌，然后诧异地发现旁边的那一个是陆在野的。

怔了好一会儿后，林枝春将木牌取下。

她以为他不信这些，自然是不会写什么的。

可朴实无华的木牌纹理上透着墨水的痕迹，上边是陆在野亲手写下的四个大字：平安，喜乐

而木牌翻个边就是她的名字。

他替她许的愿望。

淞城外国语学校，陆在野倚在走廊横栏上，干净修长的手指散漫地夹着手机边缘，有一下没一下地晃荡着，头发丝似的细雨连绵里，他凌厉的轮廓倏地被模糊。

明明没说一个字，却让人莫名觉得他心情很差。

好像有条看不见的线将他隔了起来，谁也进不去。

手机铃声响起，陆在野下意识地接了起来，转到淞城外国语学校的这大半个学期以来，给他打电话打得最多的就是路其南。

他低低“喂”了声。

电话那头的人也跟着长吁短叹，故意开着玩笑：“你不行啊，这都多久了，还这么萎靡不振啊。”

陆在野也不想否认，干脆利落地“嗯”了声。

路其南听他这么一承认，愣了好一会儿，才接着说道：“不是，你要真这样，你转什么学啊，拼了命也要留在那儿才符合你的性格啊。”

陆在野沉沉笑了声，像是在嘲笑路其南，又像是在嘲笑自己。

良久，他才说了句：“为什么不，你不是也清楚，短暂的离别，才是最好的选择。”

说完，他就挂了电话。

没什么好纠结的。

流言蜚语不该出现在林枝春身上，她属于一切美好的事物。

“丁零——”

上课铃声响起，陆在野转身走进教室，没趴在桌子睡觉，反倒认真听起了课。

后面坐着几个女生，上课时候喜欢闲聊八卦，陆在野也不大在意，修长手指夹着笔熟视无睹。

只是这次，一个很熟悉很熟悉的名字倏然被人谈起。

“你知道一中那个年级第一吗？叫什么林枝春，听说有把柄被人抓住了。”

“什么把柄，不是他们学校一起参加保送考试的人想整她吗？”

“哎呀，反正就是些不太好的传言，据说还有什么证据。哎，陆哥好像就是一中转过来的……”

有个女生大着胆子问陆在野知不知情。

他冷冷地瞥了她们一眼，漆黑的瞳孔里半点情绪也无：“不听课可以闭嘴，倒也不必在这儿以讹传讹。”

接下来的半节课，陆在野都没了再听下去的心思，手指翻动着手机屏幕，点开了王敢的对话框。

花了两分钟，他大致从王敢那里了解了个大概，淞城一中最近的确在举办 A 大保送资格考试，林枝春是有力的竞争者之一。

可这两天，不知道为什么，又传出了关于她的负面消息，像是有人专门盯着她一样。

稍一思索，陆在野心里有了个大致的猜测。

他问了王敢最后一个问题：参加保送资格考试的名单上都有谁？

不到半分钟，王敢就把文件发给了陆在野，他在上面看到了一个熟悉的名字——钱艺雅。

不等下课铃响，陆在野就趁老师转身写板书的时候走出教室，而后直接从学校后门翻了出去。

他拨出一个电话：“有空吗，谈谈。”

地点是对方定的，约在了淞城繁华街道中间的一方小巷子里。

陆在野从下午就等在那儿。

天空没有预兆地下起了雨，他也在滴答雨声中，等来了钱艺雅。

“不好意思，来晚了。”

钱艺雅姿态闲适地收伞，脸上丝毫没有歉意：“能让你等这么一回，我已经很高兴了。”

陆在野脸上没什么表情，淡淡说道：“你知道我找你是为了什么。”

“当然。”钱艺雅脸上的笑意轻了些，“如果不是因为林枝春，你怎么可能会找我？”

“当初举报的人也是你吧。”陆在野眼皮掀了掀，那股不好糊弄的聪明劲一下就冒了出来。

钱艺雅自知瞒不过他，干脆爽快地承认了，又说道：“你难道不想知道我手上还有什么证据，或者说有什么对林枝春不利的东西？”

陆在野看着她没说话。

只见钱艺雅从包里掏出一张照片，上面正是陆在野和林枝春去海市那天在酒店办理入住的照片。

这种似是而非的照片一旦传出去，不论真或假，对林枝春而言，打击无疑是巨大的。

“你想怎么样？”

“我不想怎么样啊。”钱艺雅笑了，笑容中满是偏执，“我不过是想看看你为了她究竟能做到哪一步而已。

“就像我上次还真没想到你会为了区区一个举报转学。”

陆在野冷淡的眉眼倏然化开，嗓音低缓地重复了遍：“做到哪一步？你大可以试试，如果你准备将自己也搭上的话。”

“想打我？”钱艺雅忽然开口。

“我不打女生。”陆在野冷淡地将视线从她身上挪开，“但如果你动她，我会让你付出更大的代价。”

后面却不知什么时候多了个人，人高马大的，瞧着就不太好惹，在钱艺雅低低叫了声“表哥”后，来人凶狠地说道：“你小子说什么呢？”又对钱艺雅说，“艺雅你别管，这小子不收拾一顿怕是不会老实。”

钱艺雅表哥冲上前来，对陆在野动手。

陆在野站在原地，冷冷地盯着对方，他稍一侧身避开钱艺雅表哥的拳头，将人控制住后，一字一句地开口：“真要动手？”

他将人放开，轻轻拍了下手，不疾不徐地喊出面前这个男人的名字：“如果我没记错的话，你半年前就因为敲诈进过派出所，怎么，现在是还想再进去一次吗？”

陆在野掏出手机，点开段录音，放出他死性不改再次敲诈的证据。

来之前，陆在野就调查过，帮助钱艺雅的这个表哥手上并不干净，而对付这种人，自然没有道理将自己也搭进去。

录音放完，男人神色巨变，开始哆嗦，口不择言道：“就为了那么个书呆子，你至于这样？”

闻言，陆在野周身温度仿佛一下就降了，原先还算冷淡平静的脸如覆了层寒霜：“你最好不要提她。”

他从不在乎自己在别人嘴里是个什么形象。

但林枝春不行，他不许别人乱说哪怕一个字的不好。

“否则，我不介意再送你进去一次。”

“住手！”

眼看陆在野的手悬在拨号键上，随时都有可能将报警电话拨出去后，一直有恃无恐的钱艺雅终于慌了神：“你放过我表哥，我把照片删了，或者给你都行……”

半晌后，陆在野从钱艺雅手里接过照片底片，随后闲散地从地上起身，浑身上下透着股薄凉的气息。

他狭长的眼尾一扫巷子里的这对表兄妹，利落地将照片撕了个干净，语气冷然：“记得说到做到。”

他不愿意林枝春受到任何伤害。

那样好的小姑娘，就该永远活在春日里。

走出小巷后，陆在野又立即联系了酒店，将后续隐私问题处理干净。

做完一切后，明明该回学校去了，他却控制不住地往淞城一中的方向走去。

萧瑟的夜里，一盏残月挂在天上，同时，还滴答滴答地下着雨。

林枝春下了晚自习走出教学楼的时候，外边已经没有什么人了，空气中的潮湿扑面而来。

她忘记带伞，站在走廊上，思考着是该去借把伞还是直接冲进雨里。

然而，等她再抬头的时候，一眼望见的不只是外边淅淅沥沥的雨，还有雨中那个熟悉的身影。

“陆在野！”

她颤抖着喊出他的名字，声音又轻又小，像是怕惊扰到一场不愿醒的美梦一样。

距离上次见面，该有一百一十二天了。

林枝春看着他朝自己跑过来，然后停住，右膝屈着在她身前蹲下。

“你、你干什么？”

她嗓子有些发紧，摸不透少年的心思。

陆在野抬脸看她，狭长的眼混着不知名的情绪，旋即破了个口子的嘴角溢出声低笑：“鞋带散了，帮你系一下。”

只是系一下吗？

林枝春眼里含着泪花，抽噎道：“难道你就没有什么别的话要和我说？”

“有。”陆在野如实地说道，唇畔勾起抹无奈笑容，“我想回来看看你。”

林枝春抿着唇，仍然有些不敢相信眼前这一幕的真实性。

“真的？”

陆在野缓声重复道：“真的。”

少年人嗓音清越，疏冷不冉。

那天晚上，林枝春自然没有淋雨回去。

不管她怎么劝，陆在野就是不管不顾地给她买了把折叠伞回来。

他送了她一路，然后在那个熟悉的街角转口停下，像从前的很多次一样。

熟悉到第二天林枝春一觉醒来，以为一切都是自己臆想出来的。

直到她看见了窗边那把崭新的折叠伞。

他来过，他真的来看过自己。

后来的很多天，包括高考前最难熬的一个月，林枝春都是凭着这份记忆度过的。

高考最后一场考试时，外面下着雨，林枝春平心静气地将答题卡检查了两遍后，抬眼望向窗外。

她知道校门口会有很多的家长在等候，但这份等候其实与她无关。

因为奶奶腿脚不方便，林枝春特意嘱咐过，让奶奶别来。

也就是说，她不会有人等的。

交卷的铃声一响，所有考生停止作答，林枝春在拥挤的人潮中往校门口走去。

相比刺破云霄的呐喊，她显得很淡定，步子也很慢，像是完全不急。

她给手机开了机，想给人打电话，想带着沉寂了一年多的心绪过去找他。

虽然可能会不知该如何言语，但她就是想。

电话接通的瞬间，那边率然出声，是她一贯熟悉的嗓音：“林枝春，抬头看——”

“砰砰砰！”

她举着手机匆忙间抬头，就见蔚蓝的天空里倏地炸开烟花，和她那晚看到的一模一样。

有人在等她，还有人给她放了烟花。

周围的同学惊呼：

“好漂亮，白天放烟花也好漂亮啊！”

“这么大手笔，太浪漫了吧。”

只有林枝春的耳侧响起道温柔且清晰的问话声：“喜欢吗？”

“喜欢。”

“那喜欢我吗？”陆在野似是开玩笑地又问了句，低低徐徐的笑声透过话筒传来。

“喜欢。”

林枝春重重点着头：“特别特别喜欢。”

林枝春去看了场 live house（小型现场演出）。

她那会儿有“高考后遗症”，整个人还沉浸在紧绷氛围里出不来，不看书时总有种荒废光阴的心慌。

某天，陆在野给她送了张票，随口说起：“我有个朋友最近在玩乐队，一起去捧个场？”

林枝春应了下来，真以为是什么名不见经传的小乐队，可到了现场才发现，底下观众很多。

场内气氛远比夏日温度要高，压根儿不需要什么捧场。

她进去时嘉宾在台上预热，乐队主唱，也就是陆在野那个朋友，身上背了把锃亮的电吉他，正笑着和前排观众互动。

“你们看这吉他亮不亮？”

“亮！”

前边围着的多是女生，主唱随即将吉他往下探，嘴角笑意轻勾：“那就用它来照下各位小姐姐的美貌。”

顿时掀起一阵尖叫。

林枝春远远听见，被现场气氛感染，心情放松了不少。

等到音乐响起，富有节奏的吉他声响遍全场时，根本无暇去想其他，她整个人跟着旁边观众一同晃动，沉浸在动感歌声里。

后知后觉地，她明白陆在野带她过来的用意。

“下面我们将带来一首原创单曲《蜚》，希望大家喜欢。”

场上，乐队成员正进行串场互动，场下，林枝春借着手上应援灯的光，偷偷张望陆在野的侧脸。

半明半昧的光影里，他的脸无疑极好看，可惜没看几秒，就被抓了个正着。

“在看什么？”他问。

林枝春心虚地收回目光，撒了个小谎，指着舞台中央道：“看表演。”

看表演需要偏头往他这边绕着看？

陆在野眉梢往上抬了抬，难得没拆穿，顺着她的话问了句：“表演有这么好看？”

此时歌曲唱到高潮部分，耳边是此起彼伏的尖叫。

已经对这个乐队的名气和实力小有认知的林枝春抿着唇笑道：“他们既然能开上百场的巡演，当然是好看的。”

“喜欢看？”

“喜欢。”

陆在野点了下头，除此，没再发表任何意见。

正当林枝春以为这件事会就这么过去时，却看见他在歌曲结束同时也是中场休息的间隙翻上了舞台。

台上，陆在野跟乐队主唱站在一起，两人不知道说了什么，主唱玩笑似的拍了下他的肩膀，旋即将架子鼓和舞台都留给了他。

“咚咚——”

随着陆在野的击打，鼓点声再次响起，并且以迅雷不及掩耳之势响在每个人的耳边。

他随口哼唱了句，调试音准，动作随意，偏又无一处不引人注意。

林枝春胸腔里那颗心脏倏然晃了下，比起刚才的乐队表演，无比真切地感受到，原来有时候，音乐比言语更能蛊惑人心。

漫天鼓声里，那人唱完最后一句，朝她的方向看了过来。

台下很多很多的观众为他鼓掌尖叫，他却只说了一句：“林枝春，开心点。”

他明白她这些天偶尔的低落心情，也理解分开那段时间所空缺的部分，他什么都知道。

正是因为知道，他才希望她往后的每一天都是开心的。

就像歌里唱的：

纵然世俗的浪潮将我弥漫 / 纵然时间的沙漏将过往打翻
我会永远爱你 / 永远陪着你

以后，他们在一起的每一天都会是风光无二，前路璀璨。

番外一 约会吗

高考后，淞城彻底进入夏天，太阳光线热烈得让人睁不开眼，就连午后穿堂而过的风都闷热。

这个仿佛能将人活活晒化的天气，实在是不太适合出门。

可纵是如此，林枝春的手机上还是收到了两条邀她出去玩的消息。

一个是高考结束后整个人都玩嗨了的李舟舟同学。

李舟舟：[小美女出来玩呀.jpg]

李舟舟：快出来快出来，让我们一起回一中探望孤寡老余。

正当林枝春犹豫的时候，手机屏幕上方的微信框又接连跳出两条新消息。

李舟舟：枝春你不准拒绝，如果你拒绝的话……

李舟舟：我就跪下来求你呜呜呜……

林枝春唇边漾出一丝无奈的浅笑，动了动手指回了个“好”，然后又问了下李舟舟具体的时间安排。

那边迅速地给她回了一长串：老余现在只有每周一会在学校，我们要去的话肯定是周一去，要不就明天，要不就只能等到下一周，我看明天的气温好像会低个两度的样子，那就明天怎么样？

明天？

明天好像不行。

林枝春精准地从这一大长串话里捕捉到关键词，她抿了抿唇，倏地试探般回道：不然我们下周去？

李舟舟立即发来一张黑人问号脸的图。

李舟舟：为什么？

李舟舟：你在外面有别的“狗”了吗？

林枝春摸了下鼻子，耳边的碎发被空调风吹得微乱，她有些心虚地回了个“没”，但脑海里不由自主地浮现出一张轮廓分明、眉间总是夹杂着三分冷然的清隽面容。

不过，陆在野虽然“狗”了点，但终究还是个人吧。

林枝春顿了下，又欲盖弥彰地补了句：明天不能去是因为已经和别人约好了，但一起回学校看老余这件事我答应了，就下周一吧。

后面李舟舟反复问林枝春那个别人是谁，都被她糊弄过去了。

半分钟后，林枝春点开了陆在野那个全黑的头像框，一眼就看见醒目的三个字“出来玩”。

言简意赅，偏又让人难以抗拒。

再往上翻，有好几百条消息。

准确来说，是四百三十二条，在他们分开的每一天里，陆在野都如约给她发一条消息。

不长，大多时候只有几个字。

但每个方方正正的黑体字后边都像是藏着汹涌澎湃的滔天情意，能一点一点噬进人四肢百骸里去。

放假在家的这几天，这几百条信息林枝春已经翻来覆去看了好多遍，可每每再看还是心痒难耐，心脏像是被人泡进了蜂蜜水里，甜得能抽出丝来。

——“就每天，我每天夸你行不行？”

原来，他说的每一句话都真的有做到。

陆在野离开后，林枝春就一门心思扑在学习上，再也没查阅过手机，这些消息还是高考完后的那个傍晚，才进入到她视野中的。

在这个连信息都是碎片化的快速时代，怎么会有人在石沉大海般的四百多个日日夜夜里，日复一日地坚持着给根本得不到回应的人发消息？

林枝春深呼一口气，压下难平心绪，在对话框里回了个“OK”。

第二天傍晚，太阳仍然挣扎着露出半个身子在外边，远处天空橙黄血红交杂，像喝醉了酒的老翁。

林枝春洗了个澡，在衣柜前挑着待会儿要穿的衣服。从前上学的时候，压根儿不用考虑穿搭，什么季节穿什么季节的校服就是了。

可今天，有点不一样。

林枝春杏眼圆睁，扫过衣柜里林奶奶闲暇时候给她准备的衣裙。

那件鹅黄色蓬蓬裙似乎有点太可爱了，不适合她的风格；方领格子裙的颜色是很正的红色，她想象不出自己穿上的样子；那条牛仔裙……

林枝春叹了口气。

她一件一件地拿着去找了林奶奶：“奶奶，您觉得我穿哪件比较好看？”

要是平时，林奶奶肯定会说“七七穿哪件都好看”，可今天，林奶奶扫了眼自己这个眉眼间隐隐藏着羞意的孙女，倏而指了指最角落里的茶歇裙：“这个最适合你。”

须臾，林奶奶站在林枝春身后给她系背后的腰带，望着更衣镜里那个亭亭玉立的身影笑得慈祥：“七七长大了。”

有喜欢的人了。

林奶奶并不点破她，只是笑意盈盈地叮嘱了句：“注意安全，早点回家。”

林枝春低低“噢”了声。

瓷白的脸颊飞上一抹绯红，一如那窗外的绚烂晚霞。

六点半的时候，林枝春站在淞城最大的商场门口张望，带着夏日余温的晚风徐徐吹过她白色裙摆，阵阵涟漪随风起。

其实陆在野一开始打算来接她，可林枝春觉得没这个必要，问了时间地点后就自己过来了。

商场门口人流如梭，傍晚余晖下，逛街的人有很多，她没能瞧见印象里那个高瘦挺拔的身形，正打算摸出手机问问时，双眼忽而被一双指节修长的手给覆盖住。

“在等我？”

极为熟悉的疏冷声线，阔别一年之久，再度如此真切地在林枝春耳边响起。

明明是夏天，可他的手半点也不湿热，微微的干燥，微微的凉意，覆在她眼上时，连力度都把握得刚刚好。

林枝春呼吸频率渐渐快了些，连带着心脏的跳动，一下一下如擂鼓般迅疾。

是紧张吗？

不然怎么解释心中掩也掩不下去的那星星点点冒出的雀跃之意。

林枝春被陆在野的手带着脱离了拥挤的人群，停在了空旷的广场角落里。

她感觉到覆在眼睛上的手抽离，若有似无的目光落在她身上经久不散。

“小林老师，好久不见。”

最后四个字被刻意地放缓，少年懒洋洋的嗓音像夏日清晨里的第一缕风。

林枝春轻轻“嗯”了声，纤细的脖颈低垂着，近乡情怯似的没有抬起头来。

想见他，却又在关键时候心生怯意。

“害羞啊？”

头顶传来声哼笑，徐徐散在她耳侧。

陆在野微俯下身，狭长的眼尾撩起，极有技巧性地问道：“你不看我，那让我看你行不行？”

忍了四百多个日日夜夜，现在人就在眼前，早没了那些明里暗里的束缚，要是还能忍，陆在野低低嗤了声，那他可能有点不太正常。

林枝春稍一抬眼，就看见陆在野盯着自己看，那张常常没什么情绪的脸上，多了两三分漫不经心的笑意。

她听见他低声问询道：“看电影吗？还是先吃点东西？”

林枝春还没来得及说话，面前的人抄在兜里的手拿出，薄薄的眼皮掀起，道了个歉：“不好意思，第一次没什么经验。”

略显喑哑的声音在傍晚将落不落的夜色里格外惑然。

第一次。

第一次什么，约会吗？

当脑海里掠过这么个想法，林枝春恍若触电般地收回自己的思绪。

她不好意思地揉了下耳朵，暗暗庆幸此时视野昏暗，陆在野应该看不见她这一小动作。

“都行，不过我吃过饭了。”

旋即她认真答道。

“那就去看电影。”

陆在野嘴角轻挑，不知道从哪里掏出两张电影票来。

半个小时前，星嘉电影院。

前台负责接待的收银员小姐姐望着柜台前一脸淡漠的少年，礼貌地问了句：“您好，请问是一个人吗？想看什么电影，我们可以帮您推荐一下。”

陆在野懒懒抬眼：“不是一个人。”

他这笃定的语气让收银员小姐姐怔了好一瞬，在确认空旷的影院除了他确实没有别人后，小姐姐才轻声问道：“您是还有朋友待会儿过来吗？”

陆在野摇头：“没朋友。”紧接着又说道，“是女朋友。”

说这话时，他漠然的眉眼间倏而染上些许笑意。

饶是在电影院工作过数年之久，见过无数情侣，吃过无数狗粮的收银员小姐姐也被他这么既坦荡又拐弯抹角的一句话给惊得哑口无言。

最后还是陆在野打破沉默，主动开口：“两张电影票，谢谢。”

所以时隔半个小时，当收银员小姐姐再度见到陆在野以及他身边的林枝春时，面色复杂，幽怨的眼里似有千言万语。

林枝春接过才打好的爆米花，转过身时似有所感地小声问了陆在野一句：“我脸上有东西吗，为什么她一直盯着我看？”

“你好看。”

林枝春颇为无奈地看了他一眼。

想让他在电影院这种公共场合少说这种话。

没承想，陆在野漆黑的眉挑了挑，附在林枝春耳边说了句：“我说得不对？”

尾音拖得极长，低哑的声音引人遐想，偏神情又再认真不过，怎么看都还是那副冷淡模样。

林枝春想不明白，像他这样的人，说起话来怎么可以……

怎么可以这么不正经！

她羞恼地塞了把爆米花放陆在野嘴里，想要借此堵上他的嘴。

陆在野眼角含笑，浑不在意地咽了下去，薄唇不经意地擦过林枝春的掌心。

林枝春脸皮薄，实在没办法接受他这堂而皇之的调侃。

“谁是你女朋友？”她的脸不争气地红了红，却仍是抿着唇说道，“你怎么张口就来。”

嗓音软软，尾音偏低。

不像反驳，像能挠进人心里的羽毛。

陆在野稍稍歪了下头，狭长的眼直勾勾地盯着女生飞扬的裙裾，那裙裾之下露出的小半截脚踝，白得晃人眼。

他顿了下，凑到林枝春眼前，像是要将她脸庞的每一寸都看个清楚：“不是占过我便宜，多少负点责？”

她怎么就占他便宜了？

林枝春心下一颤，正准备摇头否认的时候，手心痒痒的触感再度盘桓上心头，同少年凌厉外表不一样的是，他那形状好看的薄唇出乎意料的软。

林枝春视线上移，悄然望着陆在野的脸。

他冷白的下半张脸上唇色显得有些淡，也正因如此，形状漂亮却又丝毫不让人觉得女气。

“我不是故意碰到的。”林枝春咽了咽口水，开始撇清自己趁人不备而占便宜的嫌疑。

没承想，陆在野听完，直接低笑出声。

他轻轻“啧”了下：“谁管你是不是故意的，碰到了就是碰到了。”

他又不要她认错。

他只要她负责。

陆在野径直将方才咽下去的话说完：“我的意思是，这样我们之间就有了不可推卸的关系了，懂吗？”

闻言，林枝春一怔。

她还没来得及说什么，光洁的额头处就被陆在野骨节分明的手指轻弹了下。

“小林老师，你到底懂不懂啊？”

他凑得很近。

近到林枝春能瞧清他眼睑下方的小痣，还有狭长丹凤眼里头那些在顷刻间变得明明白白的别样情绪。

“什么关系？”

她小声问道，像是在确认什么。

“当然是正常的男女关系。”

陆在野眼尾撩起，唇畔溢出丝若有似无的笑意：“还是说小林老师想要再进一步？”

“你别得寸进尺。”林枝春的耳垂再次悄无声息地红了起来。

她脸上神情鲜活，像极了荒芜许久的贫瘠土地，突地开出来的一树灼灼桃花。

在没遇到陆在野之前，那片荒原处于日复一日的平静中。

遇见陆在野之后，荒原上生机盎然，她也终于开出了属于自己的花。

陆在野跟着她一块低头，假模假样地“嗯”了声。

确实，还没表过白，哪有叫人家直接答应的道理？

“林枝春，抬头看我——”

电影院的暖黄光晕下，林枝春在走廊尽头的窗台旁，抬眼撞进少年敛去冷淡的黑亮瞳孔里。

她瞧见高了她大半个头的人，低俯下身，直到和她的目光处在同一水平线上。

离下一场电影开场还有好一会儿，影院里暂且没什么人走动，特别是他俩站的地方，静得恍若呼吸可闻。

陆在野薄薄的眼皮掀起，倏地一字一句认真道：“我这人，也没什么太大的优点，唯一能保证做到的事就是喜欢你。”

从小到大都没这么喜欢过一个人。

没经验，却又恨不得将所有的俗世浪漫尽数献给她。

林枝春瞥见陆在野清隽脸庞上不再无波无澜，少年傲气一瞬间敛了个干净。

他自嘲般地嗤了声：“甚至，喜欢到觉得没你不行。”

没你不行。

像是空气中被抽掉了氧气，太阳坠入黑夜永不升起。

分开的这一年多的时间，他耐着性子学习，雪花片似的卷子于他而言从不是什么难事。

他只是会在偶然的间隙里长久沉默，长久地想她。

陆在野深呼了口气，惯来镇定惯来临危不惧的人眉宇间竟也现出两分不确定。

他说："林枝春，这里只有你一个人。"

林枝春望见他修长指尖点了点左边胸口处。

那里是心脏所在。

陆在野喉结微滚，低声问道："你呢？"

吊灯的光将他高瘦挺拔的身影倏地拉长，他整个人就像是无边暗夜里钻出的行者，专到人间蛊惑人心。

可林枝春不得不承认，她被蛊到了。

明明没有一丝风吹进来的室内，她的心在摇曳。

相遇那天傍晚少年的洒脱肆意毫无预兆地闯进她脑海，紧接着，好多个他送她回家的傍晚一个一个地闯了进来。

在头顶炙热目光的注视下，林枝春点了点头。

她听见自己毫无原则地答了个"好"字。

喜欢好像就是这样。

从来不讲道理，也没什么原则。

十五分钟后，林枝春轻手轻脚地走进放映厅，抱着爆米花，全然不管身后亦步亦趋跟着的那人。

她感觉到自己裙上的腰带又被人给钩住了，接着微哑的嗓音低低响起："真生气了？"

林枝春动了动，果不其然没能挣开："松手。"

身后那人不但没松，反倒就着腰带的气力，顺势将她钩到了怀里。

转瞬间，林枝春感受到后背抵着的胸膛传来的热意，且这份热意在黑漆漆的放映厅里分外明显。

"你……"林枝春完整的一句话还没说出口，陆在野的脸就往前挪了挪，温热的呼吸像是打在她的脸上。

姿势在这一刻显得格外暧昧。

仿佛每一个动作都显得多余。

她从来没和人凑这么近过，确立关系之前的陆在野淡漠随意，是无论如何也瞧不出眼下这副乖张模样来的。

虽然，这样的接触她并不反感。

能感受到的也的确是少年埋在骨血里的躁动青涩，再正常不过了。

但这些都阻止不了林枝春的脸红得简直要爆炸。

偏偏身后那人还半点不觉，慵懒着眉眼，继续问道："我不想松怎么办，别生气了，嗯？”

陆在野语序颠倒，说起话来仿佛毫无条理性可言，可狭长的眼一直没从林枝春身上离开过。

林枝春几乎是用尽了全部的羞耻心，才咬牙说出这么一句话：“你、你刚刚难道没抱够吗？”

对，刚刚。

在她点头后，陆在野怔在原地，但也仅仅怔了那么一瞬。

旋即，在林枝春尚未来得及作出反应的时候，他将人一把抱住，从前的克制统统化成了最烈的情意。

林枝春的脚尖一下就脱离了地面，她能觉察到腰间被人紧紧抱着的力道，少年清瘦有力的臂膀带着她旋转起来，雪白的裙裾在影院的走廊飞扬。

一圈一圈，仿佛没有终点。

“陆在野，你够了，快放手。”

“不放。”喑哑的声音响在她耳畔，低低徐徐的笑声笃定又铿然，“我这辈子都不会放手的。

“小林老师，死了这条心吧。”

眼看着电影即将开场，林枝春是怎么也不能由着他再胡闹下去了。

她强调道：“你松开啊，现在不合适。”

“合适就行？”陆在野依言，悄然将手放下来。

他不是那种没分寸的人，只是忍不住逗逗她。

黑暗里，大屏幕上的广告已经告一段落，经典的龙标倏然出现，影片就要开始了。

暗得几乎瞧不清人脸的情况下，林枝春匆忙点了个头，算是同意。

陆在野笑了下，没再纠缠，将林枝春白裙后面的腰带重新系好。

如果此时有盏白炽灯能打他脸上，一定会发现，他那张向来没有什么情绪、淡漠冷然的脸上，笑意达眼底，温柔得不像话。

按着电影票根，陆在野牵着林枝春落了座，女生掌心细腻柔软，触感极好。

被他这么牵着，林枝春还有些不好意思，却也没将手抽回来。

待看到放映厅里成双成对的男男女女时才后知后觉地问了句：“你是特意买了情侣场吗？”

“没。”陆在野好笑地扯了下嘴角。

买票的时候，他还真没想到这一茬，让收银员小姐姐随便挑的。

他当时想的是和林枝春一起看电影，至于看什么、在哪儿看，统统不重要。

重要的只是她。

林枝春佯装淡定地“噢”了声。

可当真看见前边情侣打打闹闹时，又不禁移开了眼。

陆在野很快就发现了她这一迹象，偏头问了句：“不好意思啊？”

本来，他也就没认真在看电影，视野余光里都是她罢了。

林枝春正想摇头，恰在此时，左前边那对情侣旁若无人地亲了起来。

转瞬间，她的眼就被陆在野修长的手给覆住，耳畔响起熟悉嗓音：“你不喜欢的话，要不换一场？”

“没事。”林枝春喃喃说道。她总觉着陆在野对她有些过于关心，过于好了。

她挣开陆在野的手，往他身侧挪了挪：“我们接着看电影吧。”

陆在野却像看破她所有顾虑似的，懒洋洋地说了句：“不要怕麻烦我，我为你做什么都是应该的。”

林枝春从屏幕上错开眼望他：“做什么都行？”

“过来点。”她听见陆在野状似漫不经心地唤道。

闻言，林枝春听话地凑了过去。

陆在野附在她耳边，平直的声线也有了波澜，他简单重复道：“无论为你做什么，都是我的荣幸，小女朋友。”

我能为你开疆拓土，更能为你俯首称臣。

他们看的是一部纯英文影片，后半部分有些拖沓无聊，放映厅里的情侣走了大半。

他俩还在。

倒不是因为认真地看了下去，而是林枝春看得有些昏昏欲睡，甚至半梦半醒地睡了过去。

陆在野稍一偏头，看到的就是这番景象。

他嘴角勾了勾，毫不犹豫地将林枝春左摇右晃的小脑袋往自己肩上一按。

人瞬间安稳了下来。

他敛眉，扫了眼林枝春的睡颜，旋即，撩开她额上碎发，低头亲了下去，像无数情侣所做的那样。

却又更珍重，更温柔。

番外二 夹娃娃

偌大宽敞的放映厅里，四下无人，安静无声，只有最前边的白色巨幕上在滚动播放着赞助商的商标。

林枝春睡得浅，恍然间睁开了眼，迷迷糊糊地瞧见自己的脑袋正以一个亲密的姿势搁在旁边人的肩膀上。

像是被惊到了，她倏地抬起头来，身体往旁边的空位处一倾。

距离稍稍挪远，反倒叫她即刻看清了旁边人的模样。

放映厅里的最上方吊着几盏暖黄的灯，那薄薄的一层灯晕恰好打在少年脸上。

让他原先显而易见的凌厉气势往里收了收，线条流畅的五官在光下精致得不像话，眉眼青涩又嚣张，少年气很足。

林枝春毫无遮拦地看着他，杏眼里涣散的光芒渐渐回拢，意识一下就清醒起来。

清醒地明白过来自己刚才靠在谁的肩膀上。

她悄然抬眼，往上看了下，是那张熟悉的清隽面容。

是陆在野。

是她男朋友。

像是风吹八千里，终于寻到归期，她悬在半空中的心安安稳稳地往下落。

“醒了？”身边传来一声清楚的轻笑，林枝春还没来得及说话就被一只指节修长的手给拽了回去。

由于惯性问题抑或是陆在野使的力对于她来说有些过大了，林枝春身形一晃，脸直接磕在了少年温热的胸口处。

她因此闻得那越发有力的心跳声，一下一下，透过鼓膜清晰传入耳里。

待反应过来后，她慢慢红了脸。

怎么被人轻轻一拽，就拽到这儿来了呢？

林枝春无奈地闭上眼，半句话也说不出口。

只觉放映厅里的气氛都是尴尴尬尬的。

“刚刚还在害羞，怎么忽然这么……”

打破沉默的人还是陆在野，他手指把玩着林枝春细软的发丝，饶有兴趣地调侃道：“这么主动，嗯？”

他刚刚还真的只是想将人拽回来，没承想被扑了个满怀。

陆在野狭长的眼微微眯起，目光落在与自己不过咫尺之间的林枝春身上，看着她将脸整个埋起来的举动，嘴角轻轻勾了起来。

他女朋友怎么连害个羞，都这么可爱。

“谁主动了？”林枝春飞快地抬起头来，瓷白的脸闷出层好看的薄红来，她又想像方才那样从陆在野胸口处快速离开。

可她才一动作，就被陆在野毫不费力地摁住了：“你觉得你男朋友会在同一个地方上两次当？”

林枝春脸被他拿右手固定着动弹不得，连耳边都是他徐徐的呼吸声。

“是不是太小看我了。”陆在野垂下头来，刻意压低了嗓子道。

这次，林枝春的颈间也被他温热的气流喷洒着，瞬间连心口也微微颤了下。

她轻声否认：“没。”

她还真不觉得自己在这方面赢得了陆在野，她觉得他总是这样，一脸的云淡风轻，仿佛一切都尽在他的掌控之中。

林枝春觉得自己被人吃得死死的。

她敛起眉，悄悄然在心里叹了口气。

头顶却倏而传来一声低笑。

接着，她听见陆在野说：“低着头想些什么乱七八糟的呢，愁眉苦脸的？”

林枝春巴掌大的脸被他用两根手指轻易地抬起，她也就因此猝不及防地撞进少年深邃的双眸里。

那里，有她清晰的倒影，也只有她。

“我记得刚见你的时候就说过了吧，你脸上藏不住一丝半点的情绪。”

陆在野另一只手抚上她的眼，在她眼角温柔地摩挲了两下后低笑出声：“怎么办，你的眼睛出卖了你。”

他言下之意其实就是，林枝春的眼睛会说话，和她这个人一样，干净又纯粹。

让他甚至生出想将她藏起来的念头。

林枝春怔怔地看着陆在野，感受着脸上残存的余热，忽觉被他触碰过的那一小块肌肤似在发烫。

她鬼使神差地将方才想的说出口：“我觉得，觉得我好像真的很喜欢你。”

陆在野眉眼带笑地“嗯”了声，嘴角弧度不自觉地扩大，像个经验老到的猎手一点一点地放出诱饵：“还有吗？”

心房一寸一寸被瓦解，林枝春在顷刻间举手投降，如实说道：“而且我好像被你吃得很死。”

“虽然你这么说我很高兴。”陆在野转而凑过脸去，眼角眉梢尽是松懒神色，语气坦荡又无赖，“但你是不是搞错了？”

搞错什么了？

林枝春眉心微微皱起，现出几分迷茫。

旋即，她的手被陆在野捉住，被径直往他左胸口处带去，少年灼热的体温在这一刻再度覆了上来。

强烈的心脏跳动似在昭告着未曾言说过，却已经明显得不能再明显的喜欢。

“你自己感受一下，到底是谁被谁吃得死死的？”

林枝春很快听见陆在野无奈地笑了下：“还要我怎么喜欢你，把心都挖出来给你看好不好？”

她“扑哧”一下笑出声来。

陆在野配合地挑了下眉，语气隐隐藏着一股危险：“你这是要谋杀亲夫啊？”

“对，杀了再找。”

林枝春被他纵得简直无法无天起来。

陆在野嗤地笑了下：“别白费力气了。”

他长臂一伸，一把钩住林枝春细白的脖颈，懒洋洋说道：“我不可能把你让给别人，想什么呢。”

“你这是强盗逻辑。”她憋了许久，憋出这么一句，说出来时，自己还笑得不可自抑。

陆在野轻描淡写地点头承认，毫不自悔且眸光幽深，末了还补了句：“不准反驳，再反驳我可就亲你了。”

尾音低哑，像是要低低钻进人心里。

林枝春显然抵御不住某人自傍晚之后就开始突飞猛进的骚话技术，更适应不了公共场合的亲密。

她没什么杀伤力地瞪了某人一眼后，生硬地咳了下：“我要出去了。”

陆在野漫不经心地“嗯”了声，然后跟着她起身，除了脸上有些憾然，倒也没什么别的情绪。

他收放自如地去牵林枝春的手。

被挣开，他又牵住。

来来回回几次后，那双手指纤长白腻的手终于不再挣扎，就这么任他牵着。

十指相扣的形状清晰倒映在白色幕布上。

走出影院，林枝春侧头，语气似埋怨似撒娇，反正像极了热恋状态的小情侣：“你牵我干什么，我又不是不能自己走。”

陆在野大跨步靠近，下巴轻抵着她发梢，情话张口就来，语气偏又散漫得理所当然：“除了喜欢，你觉得还能是什么？”

他眼睛生得好，说这种话的时候简直如有神助，平日里冷淡的眼此刻像藏了无数的小钩子。

林枝春被他盯得不好意思起来，饶是看过那么多遍他的脸，他的眉眼，还是不可避免地陷了进去。

她低低“嗯”了声，白皙的耳垂不自觉地一点一点地红了起来。

不过两秒，就听见头顶传来的调侃声：“怎么不看我，你不看怎么知道我有多喜欢你？”

“你不要说了。”林枝春反应极其迅速地捂上了陆在野的嘴，连拉带拖地将他从电影院门口拖离。

再在那儿站下去，依陆在野那张嘴，迟早引得过往路人纷纷驻足，她将和他一起承受路人“光天化日之下，现在小情侣都这么卿卿我我黏黏糊糊吗”的目光洗礼。

她脸皮薄。

陆在野也知道她脸皮薄，任由她牵着，半点反抗也没有，甚至眉眼间隐隐透出股沉溺意味。

直到路过电玩城，陆在野倏地顿住脚步。

林枝春回头看他，视线里带着疑惑：“怎么了吗？”

陆在野微俯下身，手虚虚搭在林枝春肩上，呈一个环抱姿势，漆黑的眉挑了挑，指着电玩城里头的娃娃机问了句：“想不想玩那个？”

林枝春视线一下就被吸引了过去，五彩斑斓的灯光下，透明橱窗里琳琅满目的娃娃确实很有吸引力。

她实诚地点了下头。

陆在野站直身体，反牵过她的手：“那就去。”

十五分钟后，娃娃机前，林枝春茫然地看着往机子里扔硬币的陆在野，以及屡次落空的铁爪。

她没忍住小声问了句：“陆在野，你行不行啊？”

陆在野投币的手一顿，状似无意地回过头来，清隽面庞上的冷然神色仍然维持得好好的，只是眼尾撩起，状似无意地瞥了她一眼。

“要不还是算了吧。”

林枝春没敢继续探讨方才的话题，只是望着空了大半的硬币盒有些心疼：“我其实也没那么想要娃娃……”

“别，为了你这不行也得行啊。”

只见陆在野修长手指点了点娃娃机里头最大也是最难夹的娃娃，神色淡淡地说了句：“就那个，你的。”

他看见她盯着那个娃娃望了好久。

然后，林枝春就被陆在野支开去买饮料了。

等她回来，居然真的见证了一个奇迹，陆在野果真抱着娃娃机里头最大的小棕熊站在电玩城前台等她。

接过有她半人高的小棕熊后，饶是林枝春这个对视线不怎么敏感的人都能感觉到，周遭的年轻女性对她投来的羡慕目光。

陆在野此刻正闲闲地依靠在电玩城的墙上，表情松懒："满意吗？"

林枝春点了点头，却又问了句："你怎么夹到的？"

陆在野没再回答，嘴角极轻极淡地扯了下，只说："满意就行，问这么多干什么？"

他亲昵地揉了揉林枝春的头发，不紧不慢地跟在她身后。

电玩城的老板注视着他俩的背影，"啧啧"赞叹："看看，人家为了讨女朋友欢心直接买下了一整个娃娃机。"

这不活该他有女朋友吗？

番外三 第三次

来的时候还是傍晚时分，看了场电影出来，天色却早已完完全全地暗了下去，夜空深蓝如墨，映着商业广场附近的簇簇灯火。

突然间，附近有个孩子放起小束烟花。

林枝春蓦地被转移了视线，似是想到什么，扯了扯旁边那人的袖子：“你看，烟花。”

“觉得漂亮？”陆在野微眯起眼，顺着她指的方向望了过去，姿态散漫。

他右手臂弯里还搭着那只小棕熊

约莫五分钟前，他嫌熊太大占据了林枝春所有的视线与关注后，又以怕她累着为由将熊抱了过来。

林枝春点头又摇头，转过身去看他侧脸，少年利落干净的轮廓，即便在夜里也显得棱角分明。

她笑道：“我只是忽然想起了上次看的烟花。”

上次？

陆在野稍一琢磨就明白过来：“海市那次？”

见林枝春没否认，他将棕熊挪到了左手上，腾出来的右手撩起她被风吹至前额的碎发，再自然不过地将其撩至耳后，接着提议道：“那我们再去一次。”

“再去一次？”林枝春有些没想到他这么轻易地就做好了决定，神色一怔，有些不可置信。

陆在野目光落在指尖触碰到的地方，原先小巧白腻的耳垂明显有些发红：“你想看，我们就去。”

他漆黑的眼里，隐有暗光闪烁，许是夜色温柔，连语气都染上点点缱绻。

“什么时候？”林枝春心动地小声问道。

陆在野懒洋洋地回了句：“时间你定。”

说完，他嘴角的弧度悄无声息地扩大，手从女生耳垂处落下，松松揽着林枝春的腰，透出种强烈的占有欲来。

不管人潮多汹涌，陆在野总能在第一眼锁定到她身上，那个纤瘦、脊背挺直的单薄背影仿佛刻在了他心里似的，是难以磨灭的印记。

林枝春“哦”了声，但还没来得及说别的，整个人就被带着转了个圈，她看见陆在野手指着广场中央摆着的冰激凌摊位。

那是淞城新近火起来的网红冰激凌，排队的人很多，很受欢迎。

“要不要吃？”陆在野挑眉问道。

林枝春别过脸去，试图在陆在野那张惯来没什么情绪的脸上寻出一些端倪：“我怎么觉得你今天特别积极？”

先是约她出来看电影，然后又问她要不要夹娃娃、要不要吃冰激凌，就感觉特别特别周到。

“这就叫积极了？”陆在野神情松懒，骨节匀称的手指在林枝春肩上点了两下。

他低低笑了声，最后还是如实说道：“我还想更积极一点。”

约会，看电影，这些寻常情侣会做的事情，他都想和林枝春去体验，这种最寻常不过却又最不可或缺的俗世浪漫也是他想要给她的。

而别人不会有的，他也想给她。

“在这儿等我。”丢下这么一句话，陆在野把棕熊给她，就独自跻身到买冰激凌的队伍中去了。

前方人影憧憧，林枝春瞧见他单手抄在兜里，冷白色的手臂肌肤在夜色里直晃人眼，高瘦挺拔的身形在人群里永远是鹤立鸡群的那一个。

林枝春抱着棕熊，停在原地。

回想起方才陆在野按在她肩上的力度，以及那句“站着别动，听话”，她心头莫名颤了下。

他甚至不愿意让她和他一起去排队。

“我又不是瓷娃娃，还能被挤碎吗？”

他随口就“嗯”了声，说：“是我怕你挤着行了吧。”

路灯下，林枝春望着比常人高了一截的陆在野在队伍中显现出极大的优势。

他轻松接过老板递来的大号冰激凌后，迈步走过来，还顺手扶了下旁边咿呀学语的小孩。

他身高腿长，极具存在感地走过来。

林枝春还没伸手，抹茶色的冰激凌就直接喂到嘴边，她不好意思地说道：“我自己可以的。”

他递着冰激凌却丝毫没往后挪，甚至还往她嘴边凑了凑。

林枝春微微仰起头，瞥见陆在野懒懒掀了掀眼皮，漆黑的瞳孔里冷淡不再，全是她的倒影，以及将将溢出的，属于少年人的温柔。

“知道你可以。”陆在野顿了下，极轻极淡地扯了下嘴角，“是我想喂你。”

林枝春没再坚持，低头咬了口冰激凌，清新冰凉的触感转瞬间从舌尖传遍四肢百骸。

确实还挺好吃的。

只是在听到旁边的对话“妈妈，我也要你喂我吃”“你都多大人了还要喂”“不管，我也要像那个姐姐一样，要嘛要嘛”时将头埋得更低了。

童言无忌，童言无忌。

只是林枝春不免更加羞涩起来。

陆在野就站在她身侧，自然也是听见了的，他不动声色地喂林枝春吃了口后，狭长的眼尾撩起，往声源处淡淡扫了眼。

这时，小朋友妈妈的包里响起电话铃声，这是一个要紧的电话，可广场上人声嘈杂，她还带着个孩子，一时还真找不到合适的地方接听。

陆在野往那边看了眼，然后朝林枝春抬了抬下巴。

林枝春很快会过意来，两步走到那位女士身前：“您可以先找个地方打电话，孩子我们帮您看会儿。”

那位女士飞快扫了他们一眼，见是两个年纪不大且面善的年轻人后，匆忙地道了声谢，然后就往僻静角落里小跑而去：“康康，妈妈很快回来。”

被留在原地的男孩七八岁，模样生得很机灵，胆子也很大，见到林枝春后的第一句话就是："姐姐，是不是别人喂的冰激凌更甜一些？"

他还刻意压低了声音，殊不知不光是一旁的陆在野，估计就连广场上的行人都能听见。

林枝春被他问得一时语噎，张了张嘴，却没能说出话来。

"小屁孩。"

嘈杂的人声中倏地听见陆在野低低嗤了声，尽管知道不是在说她，却还是清晰无比地打在她薄薄耳膜上。

她瞧见陆在野将小孩身体扳正，腔调慵懒，但又一本正经地说："你妈说得没错，你都多大了还要人喂。"

小孩不服，拿出亲眼看到的画面来反驳："可、可你刚才也喂了漂亮姐姐吃。"

"你也说了是漂亮姐姐啊。"陆在野拖长了语调，不正经的样子，眉眼间平添几分率性。

小朋友一脸问号。

林枝春更是一脸问号。

他俩一脸茫然无措地望着陆在野，看他微俯下身来，散漫地一低头，压低了嗓子说道："漂亮姐姐是我女朋友，你不是。"

闻言，林枝春飞快地瞪了他一眼。

怎么对小朋友说这些……

又见他敛了脸上些许笑意，低声说道："该保护妈妈才对，叫你妈妈喂算什么男子汉？"

小孩似懂非懂地点了点头。

半分钟后，他妈妈打完电话回来，对两人道了谢，将他接走了。

林枝春看着那一大一小离去的身影，不知是想到了什么，忽然就怔在了原地。

直到耳边响起熟悉的疏冷嗓音："漂亮姐姐在想什么，嗯？"

尾音低哑，语调拖长，话语中的冷意散了大半，取而代之的是能在人心里放起一把火的惑然。

林枝春转头望了过去。

她此时已对陆在野不正经的言语有了那么一点适应能力，刚想面不改色地问他接下来去哪儿的时候，忽然在他左侧脸上看见了小块冰激凌奶渍。

抹茶绿，小小的一块，不知道是什么时候沾上的。

出现在陆在野那张冷淡漠然的脸上，实在是过分违和，可瞧上去，偏又有些可爱。

林枝春好笑地点了点自己的左脸颊，想告诉陆在野他这里发生了点小意外。

陆在野漆黑的眉一挑，有些不明所以。

随着他这一动作，那块抹茶绿奶渍愈加明显了起来，林枝春忍俊不禁，同时又在自己脸上同一处地方点了点。

下一秒，她的手僵在了原地。

陆在野倏而俯身亲了过来，薄薄的嘴唇出乎意料的软，印在她脸颊上，肌肤相触的位置染上些许灼热的气息。

林枝春动了动唇，嘴角溢出字来："陆、陆……"

她下意识地想喊他的名字，却在转瞬间被捂上了嘴，修长手掌绰绰有余地覆在林枝春下半张脸上。

由他嘴唇带来的全然陌生的气息旋即无数倍放大，像是感官全开，林枝春只觉整个人的灵魂都在战栗。

她脑子里一白，顿时只剩下一个念头，他亲了上来。

熙熙攘攘的商业广场，仿佛一切交流谈话声都成了背景板里的杂音，林枝春半闭着的眼只依稀瞧得见眼前的这个人。

他存在感过强，明明浑身清冽，亲起人来时，却又是无所顾忌的，薄薄的唇从她眼尾流连至她腮帮处。

最后，他用指尖温柔又热烈地碾磨了下她的嘴角。

"我能亲你吗？"

意识模糊间，林枝春听见了这么含混却又喑哑的一句问询。

她没回答。

他就一遍又一遍地问，像是非要得到答案不可："小林老师，可以吗？"

大概是意识已经抽离，不再属于自己，林枝春动作幅度轻微地点了下头，模糊不清地说了句："你快点。"

"这怎么快啊，宝贝儿。"他笑意低缓，冷白的喉结上下滚动了下。

像是过了一瞬，又像是过了许久，当陆在野再度站好后，林枝春装作看风景似的移开了视线。

表面淡定，脸却红得像是晕染开的胭脂。

偏陆在野还在不住调侃："在看什么，这么好看？"

"比你好看。"林枝春逞强似的回了句。

她觉得有些不能理解，为什么同样是亲吻，怎么有的人脸一点都不红。

这脸不红心不跳的，不正常……

她怀疑般地往陆在野脸上看去，目光却又在扫过他薄唇时，触电般地挪开。

头顶传来低笑。

她抬眼就见陆在野唇边藏不住的莞尔笑意。

林枝春心下更加不平，微皱着眉心问道：“你真的是第一次亲人吗？”

未免，未免也太淡定了吧。

“不是。”陆在野如实说道，态度坦荡。

林枝春不可置信般地又问了遍：“你不是？”

她没能把质问完全说出口，纯澈的杏眼倏而染上几分湿意，像极了被欺负了的样子。

陆在野长臂一伸，将她的头摁在了自己胸口，揉了揉她头发后，不紧不慢地解释：“想什么呢，第一次亲人也是你。”

林枝春不解地抬起头来。

陆在野轻咳了声：“电影院。”

饶是平日再淡定，狭长的丹凤眼里此时此刻也滑过了一抹不自在，他说：“你睡着的时候。”

昏黄光线下的放映厅里，他没忍住，曾撩开她额间碎发，吻了她额头。

所以是偷亲？

林枝春好半天才回过神来，嗓音又轻又软，可说出来的话却不是这么一回事：“那你刚刚怎么就知道亲之前要打招呼了？”

“没忍住。”

陆在野又恢复了那副冷淡模样，只有在向她解释时稍稍低垂了下头，嗓音藏着小钩子似的道：“下次让你亲回来行不行？”

怎么，是“一回亲两回熟”吗？

林枝春无奈失语，索性不再理他，自顾自往前走去：“不要。”

她才不要占他这个便宜。

陆在野人高腿长，很快从后面追了上来，林枝春却又故意往前跑去，想让他追不着。

陆在野这么一个看着就冷得不像话的人，竟然也乐意陪她玩这种小孩子游戏，每每快要追上时，又纵容地放过她，让她能始终跑在前面。

偶尔，在后边开两句玩笑话来逗她玩，懒洋洋的腔调一下一下，像能钻人心里去。

“小林老师，慢点。

“多少给个追上的机会。”

漫天的夜色，混着五光十色的灯火，已经快晚上九点，商业广场上的人潮也逐渐少了些。

林枝春的纯白裙摆在光下飞扬，流光溢彩的美丽毫不夸张地出现在她身上。

她迈开腿，肆意地往前跑去，身后总是不紧不慢地跟着个高瘦挺拔的身形，仿佛永远站在她后边，永远为她兜底。

在她没注意，差点撞上花坛的时候，后边传来恰到好处的拉扯力，是陆在野。

他一把将林枝春抱入怀中，清越的声线混着笑意在她耳畔响起：“抓到你了。”

倏然，黑色鸭舌帽倒扣在她头顶，将她半张脸都给埋了进去，与黑暗触感一齐而至的还有陆在野修长的手指。

他替她整理好微乱发丝后，托住她的脸，出其不意地亲了过来。

在林枝春尚未反应过来的瞬间，他低笑出声：“第三次。”

番外四 她的神明

高考成绩是大半个月后出来的，在此之前，林枝春已经在家梦游般地过了好一段时间，就连查成绩，也是在陆在野的提醒下，才终于记起。

“紧张吗？”电话那头，陆在野关心地问了句，难得地收起了往日里的闲散。

林枝春想了想，实话实说：“不紧张。”

她对自己的水平很清楚，卷子做完就能大概估出个分数来的那种。

这次卷子虽然难，但她也差不到哪里去。

“那等你查完分，我们就去海市玩。”

陆在野其实对她有信心，只是怕她自己当局者迷，见她情绪状况什么都很好，放下心来嘱咐了两句。

“淞城上午十点开始查分听见没，别把身份证号给输错了。”

疏冷的嗓音被打断，林枝春笑着回了句：“陆在野你话好多啊。”

“嫌我？”

这短短的两个字一出，饶是林枝春没能看见陆在野人也能猜到他脸上神情，必定是眉一挑，狭长的眼微微眯起，散发着某种危险又冷淡的气息。

可陆在野人又不在身边，于是她胆大地回了句：“有点哎。”

很好，电话那头的陆在野扯了下嘴角，青白的指节有一下没一下地叩着桌面，漫不经心地说了句：“看来是昨晚没亲够。”

“你流氓！”林枝春羞愤地指控他，然后飞快地挂了电话。

嘟的一声，电话戛然而止。

那天过后，林枝春整整两天没理陆在野，除了成绩交流，没说过任何话。

直到她知道陆在野的高考分数竟然以一分之差赢了她。

震惊之余，她破天荒地给陆在野发短信：陆老师，深藏不露啊。

那边被晾了有一会儿的陆在野看到消息，指尖在屏幕上飞快点了点：不敢，全靠小林老师教导。

林枝春确实是真心地为陆在野高兴，想了想，她还是决定先将冷战抛到一边，问他有没有什么想要的。

她想送他点东西，算作奖励。

对话框一直显示“对方正在输入中”。

她没忍住发了个问号过去。

两秒后，对话框里弹出条消息：想和小林老师去海市玩。

这也算愿望，这不是本来就计划好的吗？

林枝春又问了句“还有吗”。

陆在野：小林老师别不理我。

特别的楚楚可怜。

偏林枝春还真就吃他这一套。

两天后，海市。

晚上江边的烟花盛大，灿烂，一如既往。

林枝春仰头看着被映照得五彩斑斓的夜色，轻声喟叹：“真的好漂亮。”

无论看多少次，都犹嫌不够。

“那就每年都来，”陆在野云淡风轻地补了句，“我陪你来。”

林枝春转脸看他，又听他问：“这次怎么不许愿？”

陆在野记得蝉鸣山上那次她很热衷于这个。

可林枝春却只轻轻摇了摇头：“不用了。”

在对面热切的注视下，她说出原因：“我有的已经足够多了。”

奶奶身体康健，高考分数超出预期，还有……她悄然抬眼，望向对面，唇边漾出丝完完全全发自内心的笑。

“我还有你。”

至少此刻，林枝春很知足，知足到不再想要去许什么愿，以及愿望会如何实现。

这个每到夜间就灯火璀璨的俗世，热热闹闹拥千万人入怀，不是每个人都能像她这样幸运的。

“有我？”陆在野扬眉，扯了下嘴角。

“对啊，我有你。”

淞城这座小城，来来去去的就是这么些人，没有意外也没有什么特别，只有林枝春一眼就望得见的明天。

可是有一天，有个少年浑不懔地闯了进来，带着一身的傲骨与意气风发。

从此，野草般荒芜的城愣是生出茂盛春意。

她也有了自己触手可及的神明。

所以愿望什么的，她就不许了。

她愿意将虔诚祷告的机会短暂地让出去，让更多人的心声被上天听见。

因为，她有陆在野了。

灯火阑珊处，她的神明随手脱下身上的黑色夹克，替她拢了拢衣服，赞同似的“嗯”了声：“那就不许。

“反正你所有愿望，我都能帮你实现。”

懒洋洋的语调里是毫不掩饰着的自信，就这么低低徐徐地随着风涌进林枝春耳里。

像是在说着什么都会有的，不止现在，还有将来。

他在春光里，更在她身边。

离开淞城去上大学之前，林枝春还见过苏明惠女士一次。

那是八月底，蝉鸣声未绝的夏天尾巴，外头的光线依旧炙烈，烘烤着行人脚下的每一寸土地，是很热的天气。

这种天气不到万不得已林枝春是不会出门的，可清点行李时，她发现自己的身份证即将过期，而再有几天她就得带着证件去外地上学，不办不行。

于是在某个工作日的上午，她无奈地望了眼窗外的太阳，往淞城派出所赶去。

排队等候的间隙，林枝春无聊地掏出手机刷了下，一打开就看见陆在野的消息框上头有个小红点。

除开早上最开始的那条“起来了没”，他陆陆续续给她发了七八条消息，每隔半小时发一条，每一条都是同样的内容，一个单调却又存在感强到不容忽视的问号。

瞧着充斥着整个聊天界面的问号，林枝春觉得自己都能想象得到他那疏冷眉眼里薄薄的一层不耐烦。

陆少爷什么时候受过这种委屈？

从来都只有他拒绝别人的份，谁敢对他爱搭不理？

估摸着自己前边还有三四个人需要办理事务的样子，林枝春悄无声息地推开等待室的门走了出去。

然后，她特别识趣地拨通了某人的电话。

铃响了才两秒，就被接通。

像是有人专门守在手机前等着这个电话似的。

“喂。”电话那边的冷然嗓音裹着层电流后更显磁性，且陆在野尾音拖得长，腔调散漫，还莫名给人种懒散味道。

只是，电话的内容却不是这么一回事。

“小林老师这是想起我了？”语音隐隐加重，像被冷待过似的。

林枝春“扑哧”笑出声来。

她怎么觉得这句话怎么听怎么像“深宫怨妇”。

“你还笑？”陆在野轻轻“啧”了声，“看来是真不想我。”

“想，怎么不想。”

林枝春嗓音轻软，一个字一个字地给陆在野这只大型犬类动物顺毛。

敛起笑后，她又给自己解释了句：“起床后没看手机。”

没看手机自然看不到他给她发的消息。

那边浅淡地“嗯”了声，装模作样地附和：“没看手机就想不起我，知道了。”

这是哄不好了？

“陆在野，你是什么品种的醋精啊？”林枝春没忍住调侃道。

再一抬头，忽然就觉得外面打在树上的炽热光线也没那么刺眼了，好像所有的不顺心都可以在与他的三言两语中释怀。

陆在野配合地说了句：“小林老师专属品种，只此一种。”

“你够了。”林枝春嘴角不自觉勾起，漾出个好看的笑容来。

她以前觉得谈恋爱很没劲，特别是小情侣旁若无人的卿卿我我，觉得很腻味。

现在她却又发现，不是所有恋爱都那么无趣的，因为也不是所有人都是陆在野。

她话说完，陆在野果然没再逗她，转而正色问道：“在哪儿呢，外面？”

他的直觉一向准得可怕，林枝春也不打算瞒他，点头承认道：“在派出所办身份证。”

“你一个人？”

电话那边的陆在野却微微皱了下眉，单手掀开阳台窗帘，旋即被外头刺目的阳光给晃了下。

他嗓音沉沉：“怎么不和我说？”

这么大太阳，就不怕晒伤中暑？

林枝春一怔，反应过来他在关心她后很快说道：“不麻烦的，我家离派出所也就十五分钟的路程。”

半晌没人说话，她隐约听见电话那边传来翻找东西的声音，清脆的钥匙被拿起的声音。

“办完在派出所里面等着，我来接你。”他清越声线安稳有力，似在她耳边响起。

林枝春轻轻“哦”了声，干净的杏眼里头有几分茫然无措，仿佛被这突如其来的一句话弄得失了真实感。

怔了好半晌后，她才如梦初醒般重新走进等候室，然后按部就章地拍摄好了身份证照片。

他说，要来接她。

其实，除了林建国同志，她好像很少被人接送过。

处理好一切后，林枝春百无聊赖地坐在派出所大厅，余光里忽然瞥见一个极其熟悉的身影。

苏明惠女士今天穿了身白色套裙，照旧妆容精致，无可挑剔，大约是来办什么正事。

她却并不关心，平静地将视线从对方身上移开，只在经过身侧时，礼貌地喊了声“妈”。

得知她是来办身份证后，苏明惠女士随意地点了两下头，转而问起她的高考成绩来。

林枝春却只避重就轻地答了句：“准备去外地读书。”

她不觉得将分数告诉苏女士有什么意义，在高考成绩出来快两个月之后。

没承想，苏明惠女士眼中却滑过抹不赞同的神色，她皱眉说道：“这次就算了，以后这种大事还是要和妈妈讨论了再做决定。”

“不用，我自己能做决定。”林枝春笑了笑，温和地拒绝。

“我知道你这个年纪不喜欢家长干预太多，但我怎么说也是你妈妈，你不听我的听谁的？”

苏女士望着面前眉眼出落得越发像记忆里的某个身影的女儿，不自觉缓了语气道：“我前段时间确实太忙没顾得上你，以后有事可以直接来找我。”

林枝春没说话，恍然间发现苏女士眼角居然也生出了些微皱纹来，她倏地轻声问了句毫不相干的话：“你后悔过吗？”

从这个家出去，去追寻自己所谓的幸福，那你如今真的幸福吗？

大概是她问得突兀了些，苏明惠女士迟疑了好一会儿才说道：“有些时候感情并不是生活的全部，我爱你爸爸，但他走后，我的生活还得继续。”

所以不顾一切飞快再婚，毫不留情地将女儿和过往尽数抛下吗？

“你现在还小，总有一天你会明白我的苦衷。”

“我不明白。”林枝春摇头，神色淡然又坚定，“但我尊重你的选择，同样，我的事情也可以自己做决定。”

她将话说得清楚，且不留余地。

苏女士稍稍一想，就能知道面前这个陌生又熟悉的女儿在说些什么，她在同自己做最后的告别。

昔日淡薄到近乎没有的母女情分已经不足以支撑她们再好好聊聊。

“我先走了，你注意身体。”

还是林枝春率先出声打破沉默，她微微垂下眼，望着手机上陆在野给她发的消息，起身往外走去。

他说他到了，在门口等她。

擦肩而过时，苏明惠女士倏而出声叫住了她：“枝春——”

林枝春顿住，听见她说：“我送送你吧。”

派出所里头冷气开得足，让人身在其中丝毫感觉不到是夏天，反观外边，灿若金光的太阳打在一树一树的绿荫上，分外热烈。

才修缮过的水泥墙旁，站着个黑衣黑裤的少年，长腿支着，等在外边，脸上却没有丝毫的不耐烦。

“不用了，有人来接我。”

林枝春的视线投向外头，就再也没能挪开过，仿佛空寂许久的荒野瞬间充盈，她忽然无比地怀念夏天的温度。

苏明惠女士原以为是林奶奶来接她，可当目光随着林枝春望的方向看了过去后，才看见外边站着的是个面容清俊的少年。

很面熟。

花了十几秒，苏女士想了起来，声音艰涩地问：“是上次我见到的那个吗？”

林枝春坦然点头，开口承认：“他叫陆在野，人很好的。”顿了下，她又抿唇笑道，“是我男朋友。”

苏女士嘴边滚过很多话，却又都咽了回去，恍然间明白自己也没资格问这些，最后只低声问道：“你想清楚了吗？”

“当然。”

透过玻璃门折射进来的光线下，女生嘴角悄然弯起，安静无澜的眉间生出点点春意。

有些人要花十几二十年才能看清，可有的人只消一眼，就能让人爱上。

“怎么不进去，你热不热？”林枝春踮起脚，眼里露出些许担忧。

陆在野浑不在意地笑笑：“心疼我？”

“有点。”林枝春被他盯着看了好一会儿，最后还是实诚地点了点头。

陆在野一边替她拉开车门，一边挑了下眉说：“那我待会儿请吃冰激凌？”

林枝春疑惑地望着他：“为什么要请吃冰激凌，还是你请？”

“庆祝一下我女朋友说心疼我。”

陆在野笑得有几分漫不经心，偏眉眼认真，狭长的丹凤眼里头像装了混着冰块的酒，只晃着，就让人心生醉意。

林枝春笑了："你怎么这么好啊。"

任车声多轰鸣，少年人的告白总是更热烈一点。

"那就永远在我身边，我对你好一辈子。"

新番外 如果，如果

林枝春最近常常在想一个问题，如果当初没有那些似是而非的流言传开，如果当初她和陆在野中间没有分开一年半载，他们之间会不会更完整。

会不会每次测验成绩出来后，一转头就可以看见他，会不会人潮汹涌的宣誓典礼上，能听见为了让她别紧张而开的玩笑话。

那些泛不起波澜死水一样的日子，就全都有了颜色。

林枝春忽然意识到，他那样好的人，她其实一天都不想错过的。

所以，不是不遗憾。

下午的时候，陆在野从西园那边过来等她下课，一见面就发现她这副闷闷不乐的模样。

将路上顺带买的麻薯放她手上，陆在野俯下身凑近，眯着眼盯着她的脸看："不开心，嗯？"

转瞬，林枝春脸就被他戳了下，懒洋洋的语调伴着笑意轻易钻进她耳朵里："跟我说说，谁惹你不开心了？"

他总是这样。

能第一时间发现她不对劲的情绪，然后游刃有余地解决掉。

林枝春被他领着坐在附近的长椅上，吹着缓缓而至的晚风，一五一十地将自己正在想的问题告诉了他。

她明白，这些突如其来的小情绪在别人眼里或许是有些矫情的，但它们就是在此时此刻毫无缘由地占据了她的内心。

林枝春低着头，抿着唇，不确定似的，轻轻说道：“我是不是有些贪心了？”

他俩很少谈及那段分开的时间，她并不知道他是如何去看待那些日子的。

只是庆幸，庆幸离别不是永远，分开没有生疏，在可以见面的时刻，半点也没有再等待，立即就在一起了。

“贪心？”

戳她脸的手不知道什么时候跑到了她头发上，像给小猫顺毛，陆在野有一下没一下地抚摸着她后脑勺，轻哂道：“不是想和我在一起？

“这算什么贪心？”

他侧过脸来，漆黑瞳孔映照着她的身影，嗓音散漫却也清晰：“我巴不得你再贪心一点。”

因他两三句话，心里堆积的沉郁一下就少了大半，林枝春微微皱起的眉心舒展开，忽而问了句：“那你呢？”

她想听听他的看法，关于那被迫分开的日子。

陆在野将她整个人圈进怀里，以一种很亲密的姿态，下巴搁在她肩膀上，良久后说了句：“不后悔。”

他说话时，热气尽数喷洒在她白皙脖颈，痒痒的，林枝春非但不反感，反而贪恋这种温度。

也渐渐有些明白过来，他这三个字的重量，意思是他不后悔曾经的分开，他只要和她在一起的现在。

晚风撩起林枝春耳侧碎发，砰然亮起的路灯挥洒下柔软的光圈，将她整个人都笼罩住，恬静又漂亮。

她忽然释怀，转过脸看着陆在野，非常认真地说了句：“也对，我们还有很长很长的以后。”

以后路还长，而她所有的开心与不开心都能和他分享。

说完，像是想到什么，林枝春从他怀里挣脱出来，小声地说了句：“走吧。”

陆在野轻挑了下眉，没松开箍在她腰上的手。

“再不走的话，会被人看到的。”林枝春只得又重复了遍，脸上热意熏染，不着痕迹地红了起来。

他俩坐着的长椅离教学楼不过百米远，周围来来往往的全是下课的人，偶尔也会有人向这边投来好奇的目光。

要是端端正正地坐着也就罢了，可这人和她的距离接近于零，旁人一看就知这是热恋中的小情侣。

虽说大学校园里这样的情况并不少见，可林枝春的公德心显然还是很强的，大庭广众之下的亲密极易让她脸红。

林枝春杏眼圆瞪，直直望着他，再度问了遍：“你走不走？”

可惜，她的瞪视对陆在野一点杀伤力也没有，恰相反，他觉得有种说不出的可爱。

他长手一捞，将林枝春放在长椅左侧的背包拎在手里，准备走，却又不失时机地拖长腔调，凑在她耳边说了句：“亲一下就走。”

微微上扬的尾音仿佛藏了无数的小钩子，轻易就能蛊惑人心。

像是怕她不好意思，陆在野不紧不慢地又补充了句：“回去亲也可以。”

似是不可置信，林枝春盯着他这张脸足足看了五秒。

再一次意识到周围人的目光落在他俩身上的时候，她拽起陆在野，忍辱负重道：“走。”

陆在野配合地跟在她身后，自然明白她没有拒绝就是答应的意思。

他一手拎着林枝春的包，一手去牵她，冷然眉眼顷刻间弥漫出松懒笑意。

转弯处，有家花店，透过明亮的大玻璃窗，能清楚看见里面摆放的各色花朵。

陆在野停住脚步，思索什么颜色的玫瑰更配她。

林枝春倏然也回了头。

这是条小巷，转过弯才是宽阔马路，外边车水马龙，和他们此刻落脚的地方截然不同，静谧无声，少有人烟，仿佛是两个世界。

陆在野低下头，熟稔地牵着她的手往橱窗里指去：“喜欢这个还是那个？”

话音才刚刚落下，林枝春忽然踮着脚亲在他下巴上，一触即分，站好后含蓄地抿了下唇：“亲完了。”

陆在野微微怔了下，旋即很快反应了过来，他垂眼看着林枝春，轻笑出声：“你这也算亲？”

闻言，林枝春钩着他的手指，不轻不重地晃荡了两下，嗓音轻软：“我说算当然就算。”

陆在野不置可否，对此不再发表意见，转而带她进花店：“先给你买花。”

小孩子才做选择，陆在野将刚刚看中的玫瑰各买了一束，等接过店员包装好的鲜花，走出花店后，将花递给林枝春。

林枝春伸出手去接，却在抱住玫瑰的瞬间，也落在了陆在野怀里。

他将她和花一齐抱住，在她来不及反应的瞬间，从鼻尖往下，重重亲在了她唇上。

静谧角落里溢出闷闷笑声，林枝春一字不漏地听见他语意未明的话语：“这才算。”

晚饭后，两人挑了部电影看。挺老的一部电影，名字叫作《如果爱》，由周迅和金城武主演。

男帅女靓，很养眼，可惜讲的是个爱而不得的故事。

明明两情相悦，女主最后还是为了更好的未来离开了男主，很多年后再相逢，哪怕依旧心动，却好像已经没有了非在一起不可的理由。

故事曲折，有些地方不太容易懂，但这并不影响林枝春掉眼泪。

她偏感性，看见年纪大的老人在外辛苦劳累会哭，看见他人梦想落败于现实会哭，看见相爱却并不能在一起，自然也会哭。

电影尾声里，男主穿过长长街巷准备搭车离开的时候，林枝春脸埋进陆在野衣服里，眼眶红红的。

陆在野忽然就开始后悔，怎么就挑了这么部电影让她看。

随手扯了张纸巾给她擦眼泪，等她稍稍缓了一会儿后，他低声哄道：“大家都有自己的路要走，爱情不是生活的全部。

“你看，最后每个人都有了比以前更好的结局。”

林枝春稍稍抬起脸，仍然带着点哭腔，辩驳道：“可是最初相爱的两个人却没有在一起了。”

“你信不信，再给他们一次重来的机会，他们也还是会做出同样的选择。”陆在野叹了一口气，思索电影情节的同时，更多地在想怎么让她走出来。

他意识到，因为这个电影她可能又想到了白天纠结的那个问题——如果没有分开的话。

林枝春哭得差不多了，骤然听见他那么句话，沉默地点了点头，又小声说了句："其实我们也是。"

或许回到从前，也还是会选择分开。

陆在野瞥了她一眼，就知道她大概在想些什么了，骨节分明的手揉了揉她柔软的头发，有条不紊地说："但是不一样，我们在一起了，他们没有。

"他们为了前途分开，我们是为了更好地在一起而分开。"

有没有如果已经完全不重要了，他们终将在爱人的眼睛里，度过每个宁静的黄昏。

看完电影之后，他们说了很久很久的话，就像是把分开那段时间里不能诉诸于口的思念尽数道尽。

陆在野知道她是为高中最后那一年而遗憾，放假时候还特意和她一道回了淞城一中。

那天天气很好，天空澄净如洗，他们进去的时候，老余仍旧站在讲台上，为这一届的学生讲述着高考的重要性。

林枝春站在走廊里遥遥相望，一眼就看见了自己曾经和陆在野一起坐过的位置。

就好像，什么都没有变过。

还是老余眼尖，率先发现了他俩，趁着下课间隙，将他俩扯进去给班上学生介绍。

介绍林枝春的时候，他言语间满是自豪："这是我曾经的学生，也是你们的学姐，我们学校以前的年级第一！"

林枝春朝台下打了个招呼，在有同学问她名字是哪几个字的时候，还一笔一画地写在了黑板上。

不过，介绍陆在野的时候，老余顿了下，似乎是在想着该如何开口。

陆在野却分外自然地接过话头："大家好，我是陆在野。"

他掀了掀眼皮，清俊面容在光下暴露无遗，腔调懒散而又引人侧目："也是你们学姐的男朋友。"

转瞬间，台下起哄声一片，老余怎么压都压不住，当事人却在这片起哄声里淡定地在黑板上写下自己的名字。

林枝春往后看了眼，就发现他不偏不倚地写在她名字旁边。

春光正好，此后他们连名字都不必再分开。
所有缺憾，仿佛须臾间烟消云散。

—完—

后记 正遇春光

我从小就喜欢守在电视机前，看各种电视剧。

久而久之，很容易就发现，各类男主无论是霸道偏执还是清冷如谪仙人，都离不开一个定律，他们对心地纯善的女主总是深情付出以及各种保护，甚至，他们的高光点就建立在于危难中解救女主。

当时作为玛丽苏重症患者的我，每每为此类情节尖叫呐喊、感动流泪。渐渐长大些后，仍然喜欢看此类电视，也不觉得男主对女主的解救有什么不对，只是，我突然注意到了从前被忽视掉的角落——就算没有男主，也能独自发光的女主角。

后来，某次课外阅读活动，我妈给我买了本《绿山墙的安妮》，我遇到了最最喜欢的女性角色，安妮。

这本书的情节并不复杂，讲的是一个长着雀斑的红发女孩被一对兄妹收养，而后考上大学的故事，特别点在于，安妮本身如同奇迹一般令人惊喜。

她漫长的青春期里，从被收养开始就是一场麻烦，马修和马瑞拉想收养的是个能帮忙干活的男孩，很明显安妮并不符合。被留下来后，她进入学校却学不好算术，被老师当众批评，在十几岁这个最注重外貌的年纪，红色的头发以及脸上的雀斑引人指点和取笑，还因为误会被迫与最好的朋友戴安娜分开……

以上种种，都过分熟悉，她遭遇的每一个麻烦都像是故事外的你我会经历的。

但又不一样。

安妮的人生由她独立谱写，从不逃避从不退缩，从不需要去借别人的光来照耀自己。

也因此，我轻易地和安妮产生共鸣，并觉得没人能抗拒“天真热情，满脑子都是浪漫想象”的她。

《枝春在野》是我真正意义上写的第一本小说，它有非常非常多稚嫩的地方，我羞于去看，但也还记得写下“林枝春”这个名字时，想的是像树上第一枝新芽那样美好的女孩子，单薄却有力量，无论在漫长迷惘的青春期经历了什么，最后总归能找到自己的归路。

后来动笔，受限于笔力，很遗憾没能写出更好的故事来，但某天当我无意翻到章节末尾，看到写成文字的林枝春，她不再拘泥于过去，勇敢和母亲告别时，我忽然在她身上看见了安妮的影子，也忽然意识到，我很爱安妮，很爱林枝春，很爱春天里比花还要更加美好的女孩子们。

希望我和她们都正遇春光。

何知河

枝春在野